太陽的血是黑的

胡淑雯

目錄

1 小光 006
2 小海 018
3 阿莫．秋香 034
4 來來飯店 047
5 樂蒂 066
6 名媛千金測驗題 075

7 裸體海灘 080
8 西門町．獅子林．慾望街車2.0 114
9 處子 149
10 公寓酒吧 160
11 天天開心 179
12 白色的禮物 190
13 嘻嘻男孩 201
14 查理帕客 213
15 小時那件事 245
16 自由免費．小海再見 270
17 睡不著 289
18 G 333
0 後記 345

遺忘是充滿誘惑的，酒與藥那般舒服的。
我曾嚮往遺忘直抵心之消亡，卻無法放棄追求，追求記憶帶來的自由。

1

小光

我記得那個夏日傍晚，秋意沿著水管滲進來，水涼得剛剛好，我正想洗澡。水盆將滿，有個男的冒出來，出手要將我剝光。

夏暮的太陽蹲得很低，我也蹲得很低，將身體嵌入斜斜的暗影中，把僅餘的上衣拉攏，像拉上一塊潦草的窗簾。

霞光似水，淋淋瀉了一地，水盆還沒溢出，澡間卻彷彿濕得透亮。

十九歲的我伏在自己腳邊，仰視這突兀的陌異之人：比籃球員更高大的少年，方正的下顎，理平頭，起皺的襯衫沒上扣子，像是剛從操場離開。

少年笑得開朗，露出問心無愧的齒白，四肢灌滿力量，嘩一下撲過來。我伸手抵住他的上臂，感覺像是觸到卡車輪胎。一隻脫困的、發情的獸，全身的肌肉綳懸於暴動邊緣。奇怪的是，他的強大並不讓我感到特別恐懼，因爲他笨拙得像個稚齡的孩子，智商只有七、八歲吧，至多只在夢裡有過性經驗，幾句話就能撂倒他。由他鬆闊的笑聲可以推斷，他並不打算傷害人。

我啓動獵物的本能、陰性的機智，慌亂卻不失狡猾地，朝另一個方向疾走、滑行，半踢半哄掙脫了他，奔進自己的房間，扣上兩道鎖。重重呼一口氣，感覺像是卸下了一團稠重而癡黏的寄生物，倒不像逃命。

隔著房門收聽門外的動靜，聽見他嘻笑著擊出歡鬧的掌聲，像個雀躍的頑童，準備投入一場捉放的遊戲。我聽見他興致勃勃地讓高漲的呼吸緩緩落下，讓時間安靜流過，彷彿在等待自己學會忍耐，練習狩獵，養出耐性，變成大人，好繼續下一個行動。

黃昏急速冷卻，掉了顏色，留下一束稀薄的光線，穿過拴緊的門縫。

那僅剩的微光被我踩在腳下，動彈不得，就連時間也穿行不過。

一切都暫停了。呑噬暫停，屋頂的漏水暫停，就連透明的影子也抵住了時間，擱止了加深的速度。

我聽見門外的呼吸愈來愈急，愈來愈近，像火舌穿過氣管，像蛇行的好奇心。正當我直覺要出事了，事情就發生了。

瞬間，男孩巨大的手指穿破木門，直取我的胯下。

室外，媽媽的麵攤正迎接晚間的第一波高峰，在騎樓底下冒出蒸氣。附近的建築工人剛剛收班，點了幾瓶啤酒與小菜，杯盤與筷子輕輕碰撞，每個聲響都許諾了一份微薄的利潤。再過半小時，待天色完全暗去，那個恐懼日曬從來見不得光的女人，就要騎著單車路過，向濕熱而壯碩的工人們請問，「各位帥哥，你們有誰撿到我的貓嗎？金色的虎斑貓？」女人左眼罩著紗布，因爲她剛去割了雙眼皮，一次只割一邊，另一隻眼要留著煮飯、騎車、上下班，待左眼的傷口癒合了，再去割右眼。獨居的她非常珍惜有班可上的日子，不敢請假，她在山腳的玩具工廠上夜班。

「事情發生的時候，我只是一個小孩子，月經都還沒來呢，就連處女也算不上……」

「什麼？什麼叫做『連處女也算不上』？」小海問。

我說，「小女孩的定義是：初潮還沒報到的女童。處女的定義是：有了月經的童女。」

女童與童女是不一樣的。

「這很重要嗎？」小海問。如此細較童女與女童的差異，眞的有意義嗎？

「假如你遇過那種事，就會明白我的意思。」當我這麼說的時候，想起的不是自己，而是阿莫。

「不對呀，」小海說，「妳說妳當時十九歲，不是嗎？總不會十九歲了還沒來吧？」

「那是夢，是我在夢裡的年紀……」我說，剛才陳述的是由記憶改裝過的夢境，或者，由夢魘竄改過的回憶，「實情是，事情發生的時候，我已經過了十一歲，還沒滿十三歲……」

「妳在搞刑事鑑定喔……」

「說起來是有那麼一點像喔，像驗屍一樣。」我說。

身體提供了尺度，爲我重組了時序。身體不會忘記當時，鳥喙般尖起的乳房，不諳血事的皮膚。身體不會忘記。

「那時候，妳算是女童還是童女呢？」小海問。

某種中間質吧，我說。即將由女童化爲童女，像一隻四足的蝌蚪，正在脫去尾巴，告別童年，等待命定的第一次跳躍。一種既是也不是的，過渡狀態。

多年後，夢見那個「洗澡遇襲事件」，那個被秋意滲透了的、暮光淋淋的夏日，我這才重新憶起那件童年往事，並且在記起的一刻發現自己早就忘了，早就忘記這件事了。然而這件事卻對我念念不忘，一再潛入我的睡眠，以夢的格式帶領我重新經歷一次。

假如我不曾作過前述的夢，我將無從記起這件童年舊事。一旦在夢的提攜底下重回現場，又要忘恩負義譴責夢的不是，說夢裡虛構的比重構的多。問題是，倘若未曾經歷夢的改寫與變造，我將無從透過「與夢爭辯的過程」重新確立，哪些細節才是眞的。

實際的情況是——讓我重新描述記憶追回的「事實」——我光裸著全身，濕淋淋正抹著肥皂，那個男孩闖了進來，對著我笑。

男孩名叫小光，十一歲，與我同齡。腦子開過刀，恆常剃著平頭，袒露的胸口豎起一道又長又亂的刀疤。小光更小的時候開過胸腔，雙手不太靈活，不習慣穿套頭上衣，襯衫只扣一顆，腦筋轉得慢，跑起來也慢，在那民智半開的年代，「多重障礙」這語彙還沒誕生，大家隨口叫他白癡，沒人喜歡跟他玩。

小光住在我家對面，家裡是開洗頭店的。他穿過我媽的麵攤，直入我家沒有門的前廳，沒有光的走廊，來到沒有門的廚房，進入沒有門的浴室，撞見沒穿衣服的我。他鬆垮垮地亂笑幾聲，伸出粗大的食指說，「李文心，我抓到妳了……」沒人跟他玩，他就一路偷窺一路跟，突然冒出來，像個小變態。

小光食量很大，吃下的養分全都灌進肩膀與四肢，聳然高壯，像個巨人，白癡般癡情於白色的地磚，鎮日在浮塵四起的工地裡晃。

「我抓到妳了……」小光呵呵笑說，「我看到妳的咪咪了……」小光的下顎彷彿木造的替代品，拙重而生硬，咬不住字形。他不像其他聰明的小孩，早早便習得各式陳腐的、性的成見。但我依舊在他眼中望見一種溫和的、充血的亢奮。

澡盆快滿了，我將水龍頭旋緊。剛剛脫下的衣服全都躺在小光腳邊的洗衣籃裡。

「妳的ＢＢ呢？」小光說，「李哲偉說男生是雞巴，女生是雞掰，許慧眞說女生不是雞掰，是ＢＢ……」

我叫他走開，他動也不動，眼睜睜釘在原地，像一顆受苦的李子，半熟著被咬了開，泌出酸楚的汁液。

「走開啦！」（其實我還罵了白癡）小光依舊不動，濕潤的眼睛像一把杓子，將我舀起來喝——儘管他只是一個孩子，不曾在夢境以外的時空裡遺精，就連處男也還算不上。

澡盆裡的水管被浮力推開，彈落地面。我立起蹲伏的身體，面向他，裸身朝他立定的方向走過去，打算關起浴門。

浴門卡住了，拉不動。

小光也卡住了，趕不走。

小光像浴室與廚房之間那扇壞掉的門，被生鏽的時光死死咬住了，緩緩滲出積存的淤水。我聽見他咿咿呻吟了兩下，抓住膨大的褲襠，口吐白沫，倒地痙攣。

「我的媽呀他射了嗎？」小海問。

「我哪知道呀，我才十一歲……」我說，「他癲癇發作了啦。」

那電擊的時刻，電流於體內爆出火光的瞬間，小光自童騃的狀態離開，體驗了新的事物，成爲一個處男。

「處男是這樣生成的嗎？」小海問。

「這是我的歪理啦。」男童的性快感朦朧若夢，處男的快感是有對象物的。我說，「這是小光第一次醒著射精吧，因爲這一點，他成了一個處男。」

「你們這樣算早熟嗎？」小海問。

「窮人家的小孩無門無戶的，可能眞的比較早熟吧。」我說。

（彰化有個產科醫師，於超音波裡目睹了一個小男胎，在媽媽的子宮裡手淫。這尙未脫胎的小東西僅僅二十七周，不到七個月大，小雞雞已經能勃起了。這個醫生還說，法國性學專家研究人類的胚胎活動，在六十個有效樣本之中，發現了四十二件手淫，比率高達七成。男女都有，最小的才二十四周。）

夢裡，被事件侵入的是我。現實中，被侵入的是小光，那個入侵的男孩。

原本該要受害的女童、危脆的裸體、冤賠的ＢＢ、蜷縮的客體，竟果斷地攤開四肢，啓動赤裸無遮的身體，面向闖入者並且解決了他。那果斷出於無知，無知於身爲受器的羞恥，以及，身爲「標的物」的虛榮——成爲對象、目標、禮品、物件（「物件」請以台語發音）。

對我來說，夢對現實最大的改寫，不在小光的形象，不在事件的結果。夢裡最大的虛構來自一件微不足道的小事：在夢裡，我不但擁有自己的房間，那房間還有兩道可以上鎖的門，將我渴望斷絕的一切阻在門外。

關門。上鎖。這是夢裡才有的自由。獨處的自由。將自己收疊包覆於自組的時間感中。收疊是爲了再度展開，因爲我由衷渴望將自己打開的自由。

只不過夢啊，「夢是讓人從中醒來的東西」。實際上，我的家是一間店面，大門終日敞開，伸向騎樓，來往著不容拒絕的陌生人，穿梭著各類爬行與疾走的小蟻小蟲、大貓大狗。

「喂，等一下……」小海掛心著另一件虛實，「夢中的麵店是現實裡眞有的麵店，但是……，那個割雙眼皮的女人，是夢裡虛構的假人嗎？還是眞有其人？」

「是眞有其人喔。」我說。再怎麼迷離癲狂的亂夢，總還有眞實偷渡其中。

「她是我爸的同鄉，跟我爸同姓，勉強也算親戚吧，一表三千里的那種，很遠的遠親，我都叫她阿姨，秋香阿姨。」

秋香在玩具工廠當作業員，接的是美國訂單，專攻米老鼠與唐老鴨，還有許多不知名的大眼睛與大嘴巴，十月的時候最忙，趕十二月的耶誕旺季。秋香阿姨說，割眼皮是爲了開運，隆鼻則是爲了追求眞愛，每存到一筆費用，就覺得世界變得溫柔許多，每做完一處整型，就感覺街上的人變得友善一點。除了隆鼻割眼皮，她還去紋了眉毛與眼線，這樣公然整型，求神問卜似的一再變臉，在二十年前不知該算前衛還是有病，大家早就習慣了她，見怪不怪。

二十年前？小海不解，「二十年前妳才四歲而已，事情發生的時候妳十一歲，在夢裡重來一次妳又變成十九歲了？」眞複雜呀，小海說。

「哪裡複雜了？」我說，「四歲時認識的秋香阿姨，通過夢的時光機，跑進我十一歲經歷的時空裡面，被十九歲的我遇到了。」好妙喔，我說。

秋香被抓去關的時候，爸爸帶我去探望過她。當時我確實四歲（不是夢裡的十九歲，也不到「小光事件」的十一歲），瘦得像一根火柴，一個小寫的i。雀斑灑了滿臉，像蕨葉背面的種子，預藏了一整代對未來的信心。世界還很乾淨，雨後還有彩虹，我還沒受過教育，爸爸也還沒壞掉。我記得爸爸牽著我（爸爸壞掉以前也曾經，懂得擁抱與親吻），在一處窗口塡寫資料。除了我倆，那地方別無其他訪客。當鐵門砰然彈開，我的心隨之震動，感覺那鐵門彷彿認得我們似的。我們踏著腳底的回聲，行過幽深的長廊，走廊兩側閉著一格一格厚重的房門，滴落水聲。水泥的地面，沒有顏色的牆，遠處投來的光線不成光線，無從照亮任何東西，只塗深了黑暗。

我爸說，「這是秋香阿姨。」我就乖乖叫阿姨。

我們隔著送飯的小方格，看見彼此的臉。我搆不上，由爸爸舉著。秋香遞出一顆蘋果，送我當見面禮，是她從午餐省下來的。

那是我第一次進入精神病院，街頭巷尾口中的瘋人院：松山療病院。

會面結束以後，爸爸與我路經瘋人院外的一處空地，躡手躡腳掀開布簾，窺看午睡中的馬戲團。他們在此駐紮了幾天，始終沒有開演。爸爸說他們沒有大象、沒有海豹、沒有老虎，只有猴子、小狗與畸形人，且據說陰陽人與連體嬰是作假的，只有侏儒與水腦症寶寶是眞的，但水腦症寶寶夜市裡也躺了一個，頭腫得比馬戲團的這個還要大，「兩天賣不出十張票，江湖不是容易的……」爸爸這麼說。

我還記得爸爸買了一本神奇的簿子給我。簿子裡每一頁都畫了一匹紅色的木馬，當我扣住一角，任簿子一頁頁像洗牌那樣啪啪翻落，那匹紅色的木馬就會全速奔跑，繼而生出翅膀，簡直要飛天而去。那是爸爸的犒賞，他說我很乖，又說阿姨很寂寞。

「妳知道寂寞是什麼嗎？」

我點點頭說我知道，「寂寞就是沒有人會想念你的意思。」

「這是誰教妳的？」爸爸問。我說我每天都有看卡通，卡通裡有教。

我問阿姨爲什麼寂寞呢？爸爸回答我，「因爲傷心太久，就生病了，生病太久，人就壞掉了。」

我們走了一段路，在修車行的門口停下來，等公車。隔壁是一間很老的棉被行，再來是一間更老的理髮廳，人稱剃頭店，玻璃門上漆著紅字：「刮鬍」、「修面」、「電棒燙」。緊接著是一間老到掉牙的「江齒科」，門口趴著一條老狗，伴著一個滿口假牙的老牙醫，老牙醫七十歲了，他的女朋友才五十多歲，懂針灸，在荒廢的診所裡爲人進行無照的神祕醫療。

「接著，最扯的事情發生了……」我告訴小海，「等車的時候我啃著蘋果，秋香阿姨送我的那顆蘋果，啃著啃著啃進果核裡去，核心裂開，飛出一隻果蠅。」

「核心裂開，飛出一隻果蠅？」小海噗哧一笑，「妳的意思是說，妳見證了一隻蟲的蛻變？」

「只是剛剛好而已，我剛好趕上那個時刻……」一隻蛆，由爬蟲變形爲飛行物的瞬間。

「牠一直困在果核裡面，直到妳裂解了核心，釋放了牠？」

「我可沒這樣說喔，沒有那麼神啦，」我說，「我只記得自己大叫一聲，把蘋果扔掉了。」那是一顆爛蘋果，跟那間療養院一樣。

「我很想相信妳，但是，聽起來實在太扯了……」小海說：經驗，客觀的經驗本身或許充滿細節，無止無境描述不完的細節，但是人的記憶不可能這樣，不可能窮盡所有的細節，否則記憶是無法運作的……

「二十年前的記憶是不可靠的。」小海說。

「但是，正因爲那隻果蠅，我才記得那顆蘋果，才記得去看過秋香阿姨……」才記得我的父親曾經如此慷慨，溫柔如和煦的風。

那隻果蠅就像經書裡飛出的神獸，昭示著：我們都被禁錮於治療的程序而非疾病之中，其實我們根本沒病，或者，我們的病不在這裡而在別的地方。

「那隻蒼蠅未免太有意義了吧?」小海說,「意義非凡,像隱喻與象徵,反而讓人懷疑牠並不存在。」

「是嗎?是你沒吃過長蟲的水果吧,」我有些惱羞成怒了,「人與蒼蠅老鼠的關係,比你想像的還要密切,我們與蒼蠅老鼠經常共享食物呢。」我沒說出口的是:你以爲別人都像你家,雙層的氣密窗,空調二十四小時,連一隻蚊子都飛不進來。

蒼蠅無所不在。

如回憶的裂生、意義的繁殖,蒼蠅無所不在。

2 小海

就算卡夫卡不同意我，我還是要說，《變形記》裡最最恐怖也最關鍵的一句話是，「這不是人說的話」。

某個清晨，G自不安的夢裡醒來，發現自己躺在床上變成一個怪物，一隻醜陋的大蟲。這是卡夫卡的《變形記》。由卡夫卡的描寫推斷，G所變成的是某種甲殼類的昆蟲，研究者回到卡夫卡使用的德文裡去，發現，原文中那個u開頭的單字，指涉的是某種害蟲，一種準寄生物，帶著疫病的味道，沾有不名譽的氣息，從功利的角度計算，就是個沒用的傢伙，注定遭到拒斥，承受汙名，「看看你這危害人群與社會的東西」，骯髒的廢物，抓來宰殺當牲禮都不夠格。

一直以來，人們就是這樣看待精神病患的：「她說的鬼話你聽得懂嗎？」當然也包括那許多，承擔了「變態」之名的，陌異之人。

《變形記》裡那句「這不是人說的話」，出自一個連配角都算不上的人物，這人是G的主管。他與G的家人守在G的房間門外，催促他出門，現身，把工作保住。身為一個負責愛家的推銷員，G的時間不是自己的，只不過遲到半小時，良心就被折磨得要燒起來。（再給我幾分鐘，「給我」幾分鐘，自己的時間要由別人來給）。為了爭取時間躲在房內（奢望火速變回人形），寡言的G唯有訴諸語言，開口說話，說很多的話。

在房門的阻隔之下，語言成為唯一的溝通工具。

但是，「你們聽得懂任何一個字嗎？」門外的主管反問G的父母，「他不是在耍我們吧？」G的媽媽歇斯底里大叫起來，「快去找醫生，他真的病了，你們聽見他說的話嗎？」

緊接著就是那一句，令人悚然心碎的判決：這不是人說的話——G的上司低冷宣告著，「這不是人說的話。」那聲音低得像暗號、像祕密，彷彿在驟下判斷的同時，也被自己的判斷驚嚇了。我可以想像那主管的音色裡，埋著雇主的失望，醫院的冷光，監獄的鐵酸，墳墓的預言。

在房門的阻隔之下，G尚未以蟲身見人，就已經失去了做人的資格。完了。毀了。死定了。

這是卡夫卡式的，G的孤獨：再沒有人能夠聽懂他說的話了。

《變形記》裡最根本的變形，不是失去人形，而是失去話語。

假如G還能夠說話，說出別人能夠聽懂的話，就算化為蟲身，至少還保留了一點做人的條件吧。

失去了話語，這人性的基本配備，G失去了工作，失去了鐘錶上的時間，一點一滴失去父愛母愛，失去妹妹的敬意，成為一件臭不可聞的家醜，自囚於不再點燈的臥室（直到這臥室漸漸成了倉庫），偶爾表現出人的行為，坐在窗前觀賞世間的風景，竟讓送餐的妹妹備受驚嚇因而對他感到憤怒。

G的窗外就是醫院，但是他的家人不敢也不願意帶他出門就診。

這是卡夫卡式的，G的孤獨。這樣的孤獨於我外公並不陌生，他是個政治犯，無期徒刑，叛亂罪，實際服刑十五年。沒人願意聽他說話，沒有人把他當眞，幾十年過去了，再也沒有誰聽得懂他。

當人們要貶低某人的意見，習慣說那人是個瘋子，瘋子被說久了，也就瘋成眞的了，譬如外公的同學2046。

你問2046入獄前學了多久的國語，他就捧著一個畫框模樣的東西，說，「這裡有寫。」你們出了幾期刊物？刊物名稱你記得嗎？「這裡有寫。」……你在《野草》的筆名是什麼？2046的回答依舊是：「這裡有寫。」你是先送保密局，還是軍法處？「這裡有寫。」你有什麼話，想要對當年的法官說嗎？2046停頓幾秒，鄭重地說，「有。」你想說什麼？2046抱著他的「回復名譽證明書」，肯定地說，「這裡有寫。」

那張證書裱了框，立在客廳正中央：電視機上方。「戒嚴時期不當審判回復名譽證明書」。2046的太太說：以前他不敢說、不能說，等到總算可以說出來的時候，已經沒有人要聽了；這幾年，開始有年輕人想要聽，他卻又說不出來了。2046今年八十歲，在「綠島牌老先生」裡算是很年輕的一個，一九五一年春天被捕時，他才剛滿二十歲。

與2046同案的2051小他一歲，兩度中風，由印尼媳婦推出來，面向牆壁而非來訪的客人（可見他像一株植物被人由床上移到客廳的時候，多半為了面壁看電視），一句話說得快要斷氣，口水滴滿前襟，舌頭肥得像中毒的豬肝。

2051用盡殘廢者吃奶的力氣，耗了半個多小時，總算湊出一句眾人聽懂的人話。那支離破碎可憐兮兮、濕答答且熱乎乎的一句話是：我—忘—記—了。他那疲憊的兒子剛洗過澡，拖著不耐煩的腳步，走入客廳底端、由木板搭起的隔間，隨口丟下一句：「沒什麼好問的你們快走吧，我剛收班，我要睡覺。」他是一個搬家工人。

那判決般的一句話——「這不是人說的話」——將小說時空凍結的一刻，眾人尚未目睹G的蟲身，因爲他有鎖門的習慣。假如G像我一樣，並不擁有一個得以上鎖的房間，《變形記》該會是一部全然不同的小說吧。

昨天，我離家出走了，在小海家住了一晚，睡前關門、上鎖（因爲好玩），獨享一張大床，在燈下閱讀直到想睡爲止。

小海家有的，我家一概沒有：自屋頂直瀉而下的落地窗，紫色的香皂，熱烘烘的毛巾，周末的派對，吧檯與高腳杯。客廳之外另有一片廳堂，整面空白的大牆，投射著不需要觀眾的黑白電影，昨日黑澤明，今日費里尼，夢一般浪費，虛擲著藝術的光影。

小海的家人會在睡前互道晚安，他的父母甚至同桌共進早餐。當海爸與海媽將酪梨、番茄、洋蔥與甜椒拌成guacamole，端出烤熱的pita（爲了回味半年前的墨西哥之旅），我熬夜的父親恐怕才剛收班，將計程車交給早班的外公。

假如我可以像借錢一般，向小海奢借一點他的好運，我希望我的父母可以得到那種跟書桌、電腦、電話或收銀機打交道的工作，如此一來，他們或許可以多少相愛一點。

昨天晚上，我在街上晃到沒有路了，打電話給小海：

「喂，你姊的房間還空著嗎？」小海他姊拿了公費，去法國留學。她對父母最大的反叛就是，拒絕美國，選擇了歐洲。

「一直空著啊，怎樣？」小海說。
「可以借我住嗎？」
「什麼時候？」
「今天。」
「今天？」
「對，」我說，「就是現在。」
「可以晚一點嗎？」
「爲什麼？」
「因爲我爸媽出國了……」
「所以呢？」
「我約了阿咪、黑草，還有海豚。」
「看A片嗎？」我問。
「……」
「你看你的，我又不會打擾你們。」
「我們要看大螢幕的，有女生在，很尷尬啦。」
「怎麼會？」
「妳不懂，這樣沒辦法盡興的啦。」

「難道你們要集體脫褲子打手槍嗎？」

「說不定喔，」小海說，「色情包廂裡面冒出一個活生生的女人，我們四個會露出原形喔……」

「算了啦，」我說，「我現在沒有心情開玩笑……」

小海停頓了幾秒，問，「又是家裡的事喔？」

「……」我快哭了，握著電話徒勞點著頭。

「不然，我叫他們別來了……」

「沒關係，」我說，「我晚一點再過去。」

我上通化夜市看了一部二輪電影，吃掉一盤肉圓、一碗魚酥、一截烤玉米，來到午夜的「陳公館」（每晚九點之前，小海的管家總在鈴響四聲之後接起電話：陳公館您好……）。

我走進小海家的客廳，見阿咪從浴室裡轉出來，「哈囉，好久不見……」他給我一個微笑。阿咪穿著街舞風格的垮褲，背一仰，自扶手墜入沙發裡，膝蓋的力量彷彿被抽空了，臉上懷著詭祕的羞怯。海豚躺在另一張沙發裡，晃著小腿，撥著吉他，樂聲裡爬出慵懶的春天，輕輕繞過黑草微濕的髮梢。

一派純眞的色情，解體的光暈。

誰也沒說一句話，靜靜抽著菸，彷彿剛從某個祕密集會解散。那沉默不單保護了他們，也保護了我。

我拐進該我的那間房，一句廢話都不必說。小海送來兩杯香檳，一杯金色、一杯玫瑰色，說是要給我解悶。酸甜的酒汁冒出氣泡，在鬱結之處打上一個結，可以紮起來丟掉（假如打嗝的話），也可能淤滯於心口（假如一直打嗝的話）。

房間軟綿綿的，很清甜，柔嫩的色調令我很不習慣。這就是大小姐的生活啊。海姊姊不必打工不兼家教，向補習班訂購幾個時段，模擬留學考試，拿到全額的獎學金。這就像，持有鑽石卡或無限卡的貴賓，才有資格享用（他們並不需要的）免費住宿、免費旅行。付得起的，免費。付不起的，自費。公費留考的獲利者，往往並不需要獎學金，海姊姊就是一例。她說自己並非貪心，考上是爲了證明自己。

我把燈關了，讓黑暗圍上來，閉起眼睛，再張開，適應這全新的黑暗。這房間甜得像旅館，陌生得像病房，逗弄著我像要發出咯咯的笑聲。我適應著海姊姊殘留的香水味，適應著空調的溫度，陌生的濕度，感覺自己的鼻腔收縮著，無法決定要打噴嚏還是流鼻水。我吸吸鼻子，揉著眼睛，不知不覺唱起一首熟悉的歌，〈藍色小東西〉：今天我是個／藍色的小東西／像一顆彈珠／或眼睛／全身冰涼／光滑／怪異而好奇／不發光亦不眨一下（爲了抑制淚水）／我正注視著你……

「適應」是某種一再流失的過程。我們分泌鼻水，適應溫度。流出經血，適應體內的潮汐。在異鄉的冷空氣裡滲出鼻血，適應濕度。生病的時候流鼻涕、咳出帶著血絲的痰。流眼淚，適應粉塵。流更多的眼淚，適應人，適應人際關係。不再像孩提時代那般流出遊戲的汗水，也不像父母那般揮汗討生活，我在開了空調的小海家裡，流很少的汗，喝很貴的水，分泌許多唾液，嚥下說不出口的眞心話。

我適應著黑暗，暗中的月光，找到事物的線條、形狀，與尚未褪盡的色彩。客廳裡沒人吵架，寧靜得令人不安。我那刻意適應的心或許太用力了，用力過猛以致泌出汗水，自眼角流出，成爲淚水。我關掉手機，知道自己不忍心卻絲毫不願意回電，這才意識到，我眞的離家出走了，離開這受傷的世界對我的傷害。

半睡著於恍惚中醒來，喝光床頭的香檳還是口渴，出門去找喝的，發現客廳中有人醒著。暗黑的客廳裡，電視的光影無聲閃動。強大的黑暗呑噬了小海的表情，卻描黑了他身體的線條。小海將雙手埋在腿間，繃緊了脖子，全身靜止於高速中，像一塊高熱的、發光的鐵。我誤闖禁區，陷入了別人的夢裡，踮起無聲的腳尖想要逃開，卻感覺不到自己的腿，臉頰變得很薄很薄，彷彿要被羞恥心融掉似的。

夜色像甜蜜的乳房，緊緊摟著小海。

月光如水襲來，沖刷他周身的黑暗。

原來小海是個美少年啊。

小海的祖父與曾祖父都是做官的，在我們哲學所裡人人皆知。他們家的男人有的從政，有的經商，有的當律師，持續保障並且擴大了家業。成功的男人有了身家，總要跟美女生孩子，洗基因。洗基因這事既科學又迷信，很碰運氣的，洗個三代四代也不見得能夠洗出一個眞美人，總還要靠時尚與整型手術進行調整、校正，佐以菁英教育提升品質。但是小海他們家才洗了三代，就出了一個美男子。

「妳在幹嘛？」小海發現了我。

我定在原地，感覺腳底的地板正在流失。

「妳一直站在那裡嗎？」電視裡，無聲的A片魅魅閃著青光。

「沒有，我出來喝水。」

「妳看到了嗎？」小海問。

「我沒戴眼鏡。」

「妳想看嗎？」

「看什麼？」

這一晚，小海讓我看他打手槍。下一晚，他問我想不想摸摸看，我就摸了。摸著摸著他就離手了，獨獨留下我的手。我雙手動著動著便聽見他問，「我可以把手放在這裡嗎？」他指的是我的乳房。我說不行，「是你叫我幫你做，我可沒要你幫我做。」於是他垂下小鹿般自憐的雙眼，把手放回自己繃緊的大腿，發出泣訴般收縮的呢喃。

「清晨，發現自己的眼睛睜不開，因爲我戀愛了……」收音機裡，一個化名小羽的女生打電話進來，與聽眾分享這一集的主題：身心症。

小羽的眼皮上下都起了紅疹，毒癢難耐，火燎一般，她對戀愛過敏。相思與熱望的激情，躁動於眼周的皮膚，一日發炎過一日，彷彿要開出薔薇。幾天後，眼皮腫成一顆核桃，醫師束手無策。戀愛濕疹，無藥可醫，直到熱戀的激情退去，不藥而癒。

我跟小羽同樣，將自己的那份精神病化做皮膚病。只不過，她過敏於幸福，我過敏於幸福以外的東西。

我記得離家出走當日天色滯濁，垂墜著某種疲倦的、鼠色的灰。八點趕到診所，見爸爸還沒到，填了初診單，退至門外，在微涼的街頭四顧張望。爸爸早已換了工作，把計程車賣了，改去餐廳泊車。用餐時間最欠人手，遲到是可以預期的。不急，還有三個患者排在前面。

打電話，沒接。再打一次，還是沒接。十分鐘後回話了，打來的是代班的周叔叔，說爸爸託他保管手機，怕客人隨時來電要拿車離開，又說爸爸早已出發，「恐怕有半個小時了喔。」算起來早該到了，我回到診所，敲敲廁所，詢問櫃台，再退到門外，繼而心跳加速，在馬路上來回梭巡，奔跑起來。

找到爸爸的時候他正在問路，我穿過車流奔向對街，鼠灰色的天空落起雨來。

我爸一見我就開罵，幹恁娘雞掰，駛恁娘雞掰死破麻……（我娘不就是他老婆嗎？）他釘在原地，癱瘓於自己的暴怒之中，無法跨出任何一步，一直罵，一直罵，猛烈如山洪衝垮擋土牆，噴洩了一天一地的汙言穢語，將我掩埋。逛街的人遠觀著不敢靠近。

我清清白白的自尊，被骯髒的字語濺得滿身男性與動物的，口沫與體液。

我錯在哪裡？

在洪患般的臭水之中，我撈出幾個類似「主旨」的漂流物：妳給的這什麼鬼地址根本找不到，妳選的這什麼鬼醫院連招牌都沒有，妳應該提早到達並且站在巷口等我，我上班的情況多緊張妳不知道嗎？警察動不動就來開單妳這懶惰的笨蛋要替我付罰款嗎？

假如他脫口而出的每個動詞都成真的話，我早已滿身破洞，衣不蔽體，橫屍現場。

身爲一個半生都在償付貸款，隨時可能失業、被時代的力場拋向界外的人，我爸樂於接受體制的束縛（正所謂「上了軌道，做個有用的人」），就連咒罵自己的女兒，也受到慣性的制約，面不改色使用最最陳腐的套語，彷彿我並非他所出，彷彿我娘不是他的妻、我祖母不是他的母。

（髒話是人類社會最老、最臭，永不翻新的語言。它動用了最直接而殘忍的偏見，化做本能與直覺。辱罵之所以有效，正因為它啓動了那些內建於話語之中的絕對成見，愈是陳腐俗濫，效力愈強。你只能罵人妓女不能罵人美女，缺乏「共通感」的髒話是罵不痛的。髒話久未翻新，樣式有限，罵完一圈，用光了所有的動詞與器官，重頭再來一遍，像封閉的迴路、不斷巡迴折返的公共汽車……重點不在創新在於氣勢，而氣勢首重流暢。）

我爸氣勢非凡，流暢至極，節奏獨特，不帶匠氣。實在有夠神。出國參加比賽，或現身武林大會，恐怕都很難遇到敵手，絕對有資格報名「艋舺地頭蛇王幹譙大會」或者「哈林黑街嘻哈天王大賽」。

我爸每日上班十五小時，一周七天，一年三百六十一或三百六十二天（扣掉除夕、初一、颱風天），無時無刻不感到疲倦。倦怠像滴漏，緩緩滲入骨髓，身體微微發熱、時時發炎，隨時可能病倒卻始終還沒有倒。疲倦搗壞了他的脾氣，磨掉了他的感性，也損害了他的皮膚。我爸皮膚病得不像話，簡直要跟流浪狗比癢比破爛，為了搬動機車挪出車位，手臂也拉傷了。

他從路的這頭罵到那頭，由診所巷口罵到診所門外，困在油亮的盆栽之間，激忿得無法踏進門內。如果憤怒是水，他會當場溺斃，溺斃在自己裡面。我的羞憤是火，在臉皮上悶燒。

我爸好不容易由門外罵進了門內，卻堵在電動門邊，任大門關了又開，開了又關，繼續咒罵（徹頭徹尾缺乏文明人的羞恥心，與土包子的自卑感，在大安區的名店街撒野，眞是太屌了）。

候診間一排斯文的眼睛翻動眼白，斜睨著，也許可憐我，也許嘲笑我。假如現場有誰打算將目睹的一切寫下，貼上臉書供人「嘆爲觀止」連連按讚，他將發現自己的筆不夠快，紙不夠長，認得的字也不夠多。再怎麼天才的變態編劇也無從複寫他的咒語。

這個名醫是小海介紹的，大安路上名人巷裡的貴族門診。隱祕，自費。都說很好找的，偏偏我爸找不到。診療結束，才剛步出大門我就哭了，哭得滔滔不絕，與我爸的斥罵同樣凶猛。這段路上滿是餐廳、酒肆、咖啡館、紅酒雪茄俱樂部、名牌精品旗艦店。「所有權」定義了所有的房屋與街道，資本佔領了每一筆空間，不留任何一點陰影可供收留，收留一個痛哭的人。

我在不該哭的大街上哭，彎進住宅區的巷弄裡哭，渴望躲進一截畸零地，一段防火巷，一個樓梯間。但是這地方於我好陌生（難怪我爸會迷路），我勉強將自己安進一棟大樓側邊的暗影中，還沒哭夠，迎面就來了一列狂歡的男女。我像一個走錯艙等的船客，拎著一團破爛，找不到座位，草草將自己塞進另一個隨便的角落，還沒哭完一回，就被突然亮起的街燈刺痛眼睛。彷彿有個監控中心下達了干擾指令，不費唇舌請我離開（也許我不該聽從小海的建議，不該來到這種地方，仰靠只爲特定階層服務的權威）。

我找到一間尚未營業的待租店面，蹲在門口的階梯上，埋頭繼續哭泣……（不過，那醫生確實給出爸爸要的答案，他說不用開刀，還來得及……）一束車燈閃過，有個男人將重型機車停下，在附近抽起菸來。他站在幾公尺外，於我卻等於貼身進逼，那無可收止的哭泣令我身不由己，恍若赤裸。幹，我爸眞會幹譙而我眞會哭啊。

忽然，男人打亮車頭燈，朝我投射死白的光束，我灼燙的心在眼皮跳動，與對方的好奇心對峙起來……夜燈下，我感覺自己的臉一格一格燒起來了，開不出薔薇，只冒出了荊棘，還沒綻放青春，就要從根爛起了，發怒的薔薇生出火焚的恐慌，在我的臉頰畸生。

「……就這樣形成了皮膚炎，」醫生說，「微血管急速反應，搶著去修補，臉就發紅，腫起來了。」

「這算過敏嗎？」我問。

「過敏，發炎，隨妳怎麼說，總之是壓力引起的。」醫生說，「壓力讓妳的免疫系統突然失效了。」

「多久會好呢？」

「依我看，好好睡幾天就會改善。」

「需要吃藥嗎？」

「妳想吃也可以。」

「那擦藥呢？」

「妳要擦也可以。」

「難道什麼都不必做？」我問，「不必吃藥也不擦藥？」

「對，」醫生收起微笑，「因爲這是治不好的。」皮膚負責感受，身爲人體面積最大的器官，它最不擅長的就是自欺。皮膚非常誠實，不誠實不足以保護，或享受。

「妳只要被吻過、燙過、被人擁抱或鞭打過，就一定明白我的意思。」假如這醫生不是一個禿頂老太婆，我簡直要以爲她在釣我。

「我只需要好好睡覺？」

醫生點點頭，「好好睡覺，然後，把不該記得的事情忘記。」她歪著頭寫病歷，繼續說，「最近有睡眠障礙嗎？我可以開鬆弛劑給妳。」她看得出我剛剛哭過，很可能也看得出，我經常哭著入睡。

「每個人都是自己的病。凡人皆有一份精神病，有的潛伏在胃裡，有的爬行於皮膚，有人拔頭髮，有人咬指甲，有人撒謊成性，有人偷竊成癮。在淚眶裡發洩。在嘴皮上發炎……

「是的，所有的傷口都渴望發言，所有受傷的總要伺機傷害……

「然而除了傷害，有沒有其他的方法可以離開，離開這受傷的世界對我們的傷害？」

收音機裡，主持人的講稿是我撰寫的。小海替我引介了這份差事，做爲邁向獨立的一步。事後聽說反應不怎麼樣，對收聽率沒有幫助。製作人要我在字裡行間多笑一點，最好能笑得露出牙齒，明天換個題目，再試一次。

3 阿莫·秋香

中午，向小海借了備用鑰匙，出門買了兩份豬排飯，去台大醫院，與阿莫共進午餐。

阿莫十七歲那年我剛上大一，朦騙父母有免費的宿舍可住，在別人的屋裡搭了一個帳篷般的房間。我的室友是兩個剛過二十的大三男生，豐原來的農家子弟，將租屋的客廳割讓出來，廉價出租。我拿一份家教薪水付租金水電，另一份薪水吃飯。手頭很緊，經常欠錢。獨自在外生活了兩年，直到室友畢業，將屋子還給房東，回家吃父母。

我之追求「自己的房間」，不是爲了讀書、寫作，而是爲了在哭泣的時候不受干擾，失眠的夜裡不必假裝睡著。阿莫跑來借宿的那晚，我的房間還沒有床，睡袋攤開來，將各自的身世鋪在堅硬的地板上。

「我不知道為什麼會跑來找妳，憑什麼相信妳，我只感覺此外沒有別人了。」阿莫說。

此前，我只見過阿莫一面。第二次見面這天，她泰然躺在我身邊，穿著逃學逃家以致沒有換下的高中制服，觀賞我晾在牆上的衣物。初次離家的我過著潦草的大一生活，沒有書桌，買不起衣櫃，圖釘扎進牆面當掛鉤，就這麼晾起內衣來了，非常不適合接待客人。

我在阿莫隨身攜帶的小說裡，發現一紙手寫的筆記：燒炭、跳樓、農藥、安眠藥、臥軌、投海、跳河、上吊、飲彈、割腕、車禍、瓦斯、吞金、吞鴉片、自刎、蛇毒……。當她在我的追問之下，說出「活不下去的理由」，我沉默許久，擠不出任何一句勸世的話。我才十八歲，笨得像一顆木瓜，不曾受過任何像樣的教育。我所受的學校教育僅僅足夠我考上大學，僅僅足夠我討厭書本、誤解知識。我沒有資格插嘴，只能勉強擠出一個故事，我說：阿莫妳知道嗎，藍鯨是地球史上最大的動物，身長一百英呎，等於七八個樓層那麼寬，心臟跟金龜車一樣大，成年人可以在牠的血管之中匍匐前進，小孩子可以奔跑站立。牠的舌頭有四噸重，相當於一隻象，但是牠的耳殼，卻只有筆尖那麼細小。

「這是誰告訴妳的？」阿莫問。

「從電視看來的……」我說，「藍鯨以無畏的好奇心探索這個世界，直到人類無法理解的深度。身為地球上最大的動物，牠不知恐懼為何物。」

「謝謝妳告訴我，」阿莫說，「但是，我們只能羨慕藍鯨，卻無法變成藍鯨。」

我記得我說了「或許藍鯨也正在羨慕我們」這一類的鬼話，又將自家的陳年爛事挖出來，像一個三流的治療師，「妳看（我摸著腰下至臀腿的舊傷），我這裡已經痛了五、六年，時時刻刻都在痛喔……」回憶著那椿說來不算太過嚴重的家庭事件，「只要我醒著，它就日日夜夜痛著，一開始就像剛打上去的、全新的刺青，發炎、發熱、怕水，需要小心的護理，久了它還是一枚刺青，只是變舊了，習慣了，成為我的一部分……」

「我身上沒有傷痕，也沒有疤痕，」阿莫說，「一個都沒有。」

阿莫長得美麗極了，這很麻煩。麻煩的事經常是表面看不出的。

我記得我還說了「等一等」。等到天快亮的時候，我閉上疲倦的眼睛說，「也許妳可以再等一等，等這個世界跟上來……」我總以為，人死了什麼都沒有，有的僅是無盡的時間，找死的人既然什麼都不怕，或許也就不怕等吧。

「假如我告訴我爸媽，他們會相信我嗎？」十七歲的阿莫在失眠的晨曦中這麼問我。

「會吧。」我說。

「為什麼？」

「因為他們愛妳呀。」

「問題不在愛不愛，問題出在怎麼愛……」阿莫說，「他們的主見很強。」

「那倒是，事業有成的高學歷父母，其實還滿恐怖的……」我說。

「眞的嗎？」

「嗯，成功的父母懂得怎樣控制小孩。」我說。

「難道妳父母不想控制妳嗎？」

「他們很想啊，超想的，」我說，「但是，他們並不相信自己有能力決定孩子的命運。他們習慣了失敗，不確定怎樣才算成功，鬥輸小孩也就認了。」

大學放榜以後，我爸見我進了哲學系，憂心忡忡問道，不是說好要塡國企跟會計嗎？我說我塡啦，沒有上（因爲我將它們排在哲學系後面）。我爸不懂「哲學」是什麼，四處探問，聽說哲學讀的是生死魂靈、八卦易經，畢業後只能當算命師，愈打聽愈是心急。直到有個善心人士告訴他（搞不好是個穿著便服的道士），哲學博大精深，與海洋一樣深邃，可以出國拿博士，進大學當教授，我爸這才得到滿意的答覆，心甘情願做個開明的父親。

其後，我在阿莫留給我的《麥田捕手》之中，注意到一段話：「我可以預見你爲了某個微不足道的理由，高貴地送死……」說話的人（一個成長於四〇年代，與老媽般的女人結了婚的男同性戀）講完之後，隨手寫下一張紙條，送給十六歲的逃家少年：「不成熟的人，傾向爲了某個理由高貴地犧牲，然而成熟的標記卻是，願意爲了那同樣的理由，謙卑地活下來。」這是那個假結婚的gay，從心理醫師那裡借來的話，極有可能是一句廢話。然而這句話感動了我。

我猜，這個顯然看過精神醫生的gay，在徬徨無助的青春期也想過自殺，或許曾經付諸行動（因此崩潰住院），自死裡逃生以後，決心「不再為那個理由送死」，轉而完成學業，進入男子中學教書（幸福地，終日與美少年為伴）。身為一個結了婚的gay——他老婆，據逃家少年說，比他老了怕有六十歲吧——當他勸少年「為了那同樣的理由，謙卑地活下來……」他說的正是自己吧。

「喂，我知道我要說什麼了……」出門前，重讀《麥田捕手》的我，在餐桌上向小海說起，「等一下去醫院看阿莫，或許可以跟她討論麥田捕手，講講Holden的故事。」

「妳不說我都忘了，」小海敲了敲自己的腦袋，「對耶，麥田捕手的主角叫做Holden，我記得他是個少年白。」

「不是整頭白喔，」我說，「只白了一撮瀏海，像龐克。」

「戴著一頂紅色的獵帽。」

「逢人便問，中央公園湖面結冰的時候，那些水上的鴨子都跑到哪裡去了……」

「有夠煩的，把那些倒楣載到他的計程車司機煩死了。」

「唯一的志向就是守在懸崖邊，保護那些衝過頭的小孩子……」我說。

那些，走在前線的小孩。

「不過，我從來不記得妳記得的那段話……」小海說。

「哪一段？」

「高貴地犧牲，與謙卑地活著，那一段……」

經小海這麼一說，我才發覺，正因爲我經歷過那個十七歲的阿莫，那年少的輕生者，正因爲她領著我見識了一些事，我才能夠讀懂《麥田捕手》，學會珍惜並且牢記，那些句子。

借宿隔天，阿莫沒有自殺。十七歲的她決定再等一等。

有些事等久了就掉了。有些事不會掉。

六年之後的今年二月，二十三歲的阿莫首次出手，就幾乎要成功了，被送進台大醫院。

據阿莫的室友路路說，事發當日她如常出門，去師大路的酒吧打工，預計凌晨三點下班，卻在晚餐後不斷打起冷顫，嘔吐、腹瀉。老闆把路路趕回家，路路一進門就抱著肚子衝進廁所，被遍地血色嚇得面無血色，倒在馬桶邊吐盡胃裡的食物，邊哭邊將靈魂的穢物一併掏光。

浴室裡（路路口中的「案發現場」），阿莫流出的血像翻倒的油漆，膠住一隻路過的螞蟻，厚厚地凝出一泊紅得發黑的湖，連排水孔都堵塞了。那樣稠重如脂的，流亡的液體，像一個慷慨而絕望的畫家，將僅存的油彩一次花光。

接到路路的通知，我趕到急診室，隔著半透明的簾幕，聽見護士朝醫生喊著，「找不到脈搏，血幾乎都流光了……」阿莫「過去」了嗎？此刻她正在那個神祕的通道上，往「另一邊」去了嗎？那恆常令我們恐懼、困惑，稱之爲死亡的界域。

我記得那張半透明的簾幕破了一個口，上面沾著血跡。

但是阿莫回來了。這條殺不死的爛命。躺在病床上閉著不願張開的眼睛。

「發生了什麼事？」我問。

阿莫不說話，依舊閉著眼睛。

許久，她啓動電腦，打出一行字：我睡不著。

她打字的雙手不斷發抖，斷續寫下：我想要離開現在，變成別人。

阿莫的傷口不是平行的，不是平行於手腕的。她上網研究腕動脈的走向，找到與手腕垂直的那條血管，橈動脈，心狠手辣剖開它。阿莫殺自己不是殺假的。

此後阿莫轉進精神病房，至今兩個月。每一次探望都要先穿過一道鐵門，登記姓名、電話，解釋與患者的關係，搜查隨身物品，取出打火機、瑞士刀，卸下腰間的皮帶。可以攜入手提電腦，但是要留下電源線，手機可以帶著，但充電器不行，所有可以拿來纏繞脖子的線圈，都是違禁品。

爲了預防逃跑、斷絕跳樓，這間病院跟監獄一樣，沒有任何一扇可以打開的窗。

他們關心的不是「你還能怎麼活」，而是，你不可以怎麼死。

我在病房中識得另一個女孩，問她幾歲她說屬豬，手指一根一根折下來，得出一則算術解答：十四歲。

「是二十六歲還是十四歲呀？」我問。她的眼袋很重。

她說十四歲。在這裡已經住了四個月，妄想症，非常怕光，把頭靠在我胸口，要我拉起床邊的遮簾，將陽光裡的惡魔隔開。十四歲簡直還算兒童呢，竟有皺紋爬過垂腫的眼窩，以細如游絲的氣音說話，將每一句話都說成祕密，以免被壞人聽見。問她壞人是誰、在哪裡？她就指著簾幕之外，那些遮不斷的光線——壞人就在陽光裡，佔據並且定義著光明。

藥物令女孩的行動遲緩，像一隻慢性中毒的無尾熊，圈著我撒嬌。十四歲了還在練習加法與減法，不曾讀過完整的一學期。請她吃蛋糕，細細地啃完一個說好吃，再請她吃一個，邊吃邊靦腆笑說，「我，腸胃炎，拉肚子……」唉呀我驚叫一聲，「既然已經吃壞肚子，那就再吃一支冰棒吧……」女孩的牙齒還沒長齊，像是營養不良，眼皮腫著一塊新鮮的瘀傷。她的媽媽給這一切拖磨得一點溫柔也擠不出來了，女孩夜半噩夢，要陪宿的媽媽上床一起睡，媽媽揮了一拳，在她臉上開出新的血痕。

然而她的母親已然是人世間，僅存的一個，愛她的人。值班的護士告訴我，她的媽媽在KTV兼了兩份工，其餘的時間就守在病房裡，睡在躺椅上。「妳說這裡像監獄，沒錯，但是妳有沒有想過，外面的世界更危險？」護士直視著我，說，「妳知道這女孩回家會碰上什麼事嗎？妳知道她在學校裡碰過什麼事嗎？」

吵輸了護士，沒替阿莫爭取到「外宿」的待遇，我們改辦「請假」，離開鐵門與鐵窗的勢力範圍，出門散步，限時一百二十分鐘。路經門診部的時候，我看見一個面熟的女人。雖說是女人，其實這人已經失去某種「身爲女人」的體面，幾天沒洗澡的樣子。我讀不出她的年紀，只看得見她的禿頭，肌黃著一臉乾巴巴的、惶恐的禮貌，等著向護士問話。

「我有重大傷病，醫生開錯了費用。」她說。

「妳是哪一種傷病？」

「癌症。」

「癌症的重大傷病，不能挪到這一科喔。」護士說。

「可是我……」

「癌症歸癌症，精神科歸精神科。」

女人退一步，讓下一個排隊的人問話，但是她沒有離開櫃台，緩慢而憂怯地重讀手中的帳單。她的背包是自製的，一條綠繩子穿進又穿出，將黃色的垃圾袋製成背包。可見她時間很多，手很巧。身穿的長裙也像是自製，以各種質料與花色的碎布拼貼而成。

後排的人一離開，女人隨即再湊上櫃台，「但是這樣，一次四百多，我負擔不起。」

「妳有黃卡嗎？」護士問。

「什麼卡？」

「精神科的重大傷病卡，黃色的。」

「我沒有，但是我有殘障。」有，我有，我有殘障。

「妳有殘障手冊嗎？」

「沒有，但是……」女人晃動自己的左腿，任誰都看得出，她是個跛子。黃色塑膠袋製成的透明背包裡，飽飽地裝填著同一種東西，那同一種東西便是塑膠袋——是的，塑膠包裡滿滿裝著的，依舊是塑膠袋——平整得好似以熨斗貼過，一張一張疊起來，再折成小方塊。其寶貴、珍惜，彷彿每個袋子都是一張鈔票，是她僅有的財產。

「我沒有殘障手冊，但是我有殘障。」殘障成為一種擁有物。

「這樣還是不行喔……」

「本來我還有工作，就沒有去辦殘障手冊，」她說，「但是得了癌症以後，請假太久，我就失業了。」

「妳要先去補辦，才能減免醫藥費喔。」

女人戴了手套，很怕髒的樣子。確實，她再也負擔不起任何新的疾病。只不過，她戴的不是五指分明的毛線手套，不是醫療專用的消毒手套，也不是手扒雞專用的「一次性」手套。她套的是塑膠袋。

「但是，醫生開給我四百多我付不起，這樣我沒辦法領藥……」

「妳可以先去辦殘障手冊，再回來領藥。」護士說。

「這樣要等幾天？」

「我不清楚喔，妳要去問社會局。」

「但是我今天就想吃藥，我很難過……」女人說。

因爲夢的緣故，我憶起許久不曾想起的秋香阿姨。因爲記憶的緣故，這女人令我聯想起秋香。但是後來呢？秋香阿姨後來去了哪裡？

當中央公園的湖面結冰，紐約的鴨子都去了哪裡？當世界冰寒冷硬，離心力將人甩過邊界，那些人去了哪裡？

那一個一個……失蹤的人。沒有工作，沒有聲音，沒有作爲（假如他曾經擁有一點成就或名氣），沒有人打電話或寫信過來，無人探視，生死不明，卻也還未宣告死亡，掩埋入土。

治療何時終結？矯正如何收止？

我想起秋香上一次強制送醫（每一個上一次都是最後一次）是因爲，她將工廠裡的每一扇窗戶塗黑。「太嚴苛了，那些光，可以不要那麼殘忍嗎？」起初她害怕的只是日光，漸漸地連月光也怕。有個好事之徒告訴她，月亮本無光，是向太陽借的光。

我記得《麥田捕手》，十六歲的逃家少年H，在耶誕前夕冷颼颼的紐約街頭徘徊，深怕自己會在下一個街口，下一個轉彎處，就地消失、陷落。他向死去的弟弟呼救，「求求你幫助我，不要讓我消失，求求你，讓我不要消失。」我不知道H的弟弟是怎麼死的，疾病？意外？還是自殺？我只知道小說最終，H住在療養院裡，以患者的身份說出整個故事。

問題是後來呢？當小說結束之後，當小說裡的時間像苦澀的藥汁被收乾以後，H去了哪裡？還有白蘭琪，白蘭琪後來去了哪裡？《慾望街車》劇終，白蘭琪盛裝打扮，幻想受邀參加遊輪旅行，被醫師假扮的紳士哄進了精神病院，後來她出院了嗎？

治療何時終結？矯正如何收止？

某個大年初一，媽媽陪爸爸返鄉探親，在鄉公所外遇見一個豆花攤子，乾乾淨淨，佇立在一棵四百歲的榕樹底下。「妳爸像叫狗一樣，哎哎哎的，扯袖子又抓脖子的，把附近的老人小孩全部弄來，一人送一碗豆花，動手動腳的有夠粗魯，丟下幾千塊給那個賣豆花的女人，說不必找了。」

媽媽問爸爸，「你嫌自己賺錢不夠辛苦嗎？」

爸爸說，「就當那女人是秋香吧。」

女人戴了全罩式的防曬帽，看不清臉面，我爸沒問她是不是秋香，只說，「不是就不必問，是了也不該問，」又說，「就算她不是我故鄉的那個秋香，也是別人的秋香。」

無人確知秋香在哪，靠什麼營生，總之她不再回工廠上班，不再替美國人趕製耶誕玩具了。

秋香失蹤那日，參加了醫院安排的小旅行，有人說她蓄意脫逃，有人反駁，「正相反，是醫院偷偷丟棄了她。」那個病友指證歷歷，說，遊覽車發動的時候，秋香正在女廁裡補擦防曬霜。

另有人說當日，正午的太陽斜了幾度，十二點整的人影不在十二點整，拖曳著拉長了些，雙腳踩不住自己的影子，惹得人心惶惶，「叫人不發病也難」。那人繪聲繪影，比手畫腳，說，「車子在山裡過了一個彎，太陽正要掉進海裡，落海前的夕陽好大喔，大得像耳裡的幻聽，直逼腦門……」接著，這個說話的人動用了他身爲盲人的特權與想像力，說，「我看見太陽慢慢慢慢轉成綠色，流出黑色的血……」

眞是鬼扯。眾人一邊罵著，一邊拼湊各自的「秋香失蹤記」。

盲人獨排眾議，繼續說：假如你像我們這些殘廢一樣，瞎了眼，坐輪椅，找不到工作，討不到老婆，還能守住心神不生病，老子我就服了你。……既然世間的好處不歸我，何不就讓我犯規，當幾次例外，請你至少同意我一次：太陽的血是黑的。

盲人正說著，太陽釋光了血色，天就黑了。

4

來來飯店

「小姐，我可以跟妳說話嗎？」

離家第三天，星期日，窩在速食店裡讀小說，鄰座的女人突然搭上來。

「我看妳是一個人，我也一個人，正好可以聊聊天。」女人說。

我們各自獨坐了至少一個小時，直到這一刻我才認眞看了她一眼。

「我想請問，假如我想嫁給有錢人，應該要拜哪個神？」

「什麼？」

「假如我想嫁給有錢人，應該要拜哪個神？」

我傻了幾秒鐘，勉強擠出一個答案，「我猜，要拜月下老人吧。」

「拜關公有用嗎？」
「我不知道。」
「註生娘娘呢？」
「註生娘娘是求小孩的。」
「那，月下老人在哪裡？」
我想一想，「月下老人……（我指著窗外），後面那個公園好像就有一個。」
「爲什麼沒有人供養我呢？」女人問完這一句，彷彿不需要答案似的，再補一句，「孫中山有人供養，爲什麼我就沒有呢？」
這是「麥當勞叔叔」的贈禮：在邪惡的帝國連鎖店，與歪斜的陌生人打交道。進步青年不上麥當勞，只泡咖啡館，然而咖啡館入口的電影海報，從第一個法文單字開始，便排除了像她這樣的，歪七扭八的人。
「既然我的前世是孫中山，爲什麼這一世沒有人供養我呢？」她說。
女人穿著粉藍色的套裝，束起光滑的長髮，假如要找出破綻的話，或許是她的腳吧：白色的涼鞋，肉色的絲襪，將她嵌入某種過時的「離群感」當中。
她問我結婚沒有，我說沒有，「我還在念書，研究所二年級。」
「研究所是什麼？」
「就是碩士班。」我說。

「比大學高嗎？」

「算是吧。比大學高，比博士低。」

「妳沒結婚是因爲沒有人愛妳嗎？」她問。

「應該不是吧……」我心想，正因爲有愛，才禁得起不結婚吧。

「那妳養得活自己嗎？」

「勉勉強強啦，」我說，「我有在當家教，也在電台打工，而且不用付房租。」

她說起自己的工作，是電信公司的線上客服員。不過這已是好幾年前的事了。這幾年吃藥、住院、吃藥，腦袋不清楚，已經不上班了，最新的人生目標就是嫁人。

「我爸媽都老了，快要養不起我了。」她說。

爲了嫁給有錢人，她最近改拜耶穌。

難怪，我心想，她穿的應該是「相親服」吧。這力不從心的假淑女。

「妳剛做完禮拜對不對？」麥當勞隔壁的地下室，新開了一間小小的禮拜堂。

「但是我對我的牧師不太滿意……」她說，牧師勸她改變心意，放棄有錢人。

「要多有錢，才算有錢人呢？」我問。

「月薪要有四、五萬吧……」她臉上浮出迷醉的表情，接著臉一皺，說，「可是牧師叫我改嫁窮人。」

「多窮的窮人呢？」我問。

「代課老師，夠窮了吧？」她說，「一個月賺不到兩萬。」嗯，跟我一樣。

據她說，那男人之所以答應乃是因爲，他自己也是個吃藥的人。

我很好管閒事地，與她討論起「神所不能幫忙的事」，以及「信徒不該要求的事」這一類，勸世的話題。

「妳知道社會局有津貼嗎？」我說，「也許妳可以去申請喔……」我抓起手邊的餐巾紙，一邊講解流程，一邊說，「殘障津貼一個月三千，搭火車坐捷運還有打折……」

女人看著我，開始扭動鼻子，彷彿鼻管裡養了一隻毛蟲、一罐胡椒粉、一袋暴跳的掌聲、一則出血的祕密。

症狀出現了，或者，藥物的副作用開始了。她快速眨動眼皮，扭動鼻子，頸子一跌，落入掌心，一秒歪斜過一秒，在我眼前撤下健康的假面，現（獻）出她的病……。

「妳聽過Eleanor Rigby嗎？」小海聽我講完女人的故事，想起「披頭四」的歌，「Paul McCartney寫的詞。」

「Ah……Look at all the lonely people……」小海把嗓子壓扁，低聲唱了一句，雙手架在脖子上，假裝拉小提琴。啊，所有寂寞的人吶。

Eleanor Rigby在別人的婚禮結束之後，獨留教堂之中，撿拾灑落的米粒。守在窗邊，活在夢裡，戴著她存放於玻璃罐中的那張臉：一張費心保存的臉，封存在罐子裡無人問津，醃漬著，發出朽敗的氣味。

這張臉與「麥當勞女士」那張失控的臉一樣，封在罐子裡，還沒有得到釋放。還沒得到釋放的，尚有飯店侍者的臉。她們穿梭在一桌桌的客人之間，擦拭桌面，遞送紙巾，添茶添咖啡，精準控制著臉部的肌肉，不讓它垮下來。

小海請我吃下午茶。五星級的喜來登飯店，「十二廚」，周一午後才剛開張就滿座。有錢的閒人還眞多啊，愈有錢的愈是有閒。

樓下B1的會議廳裡，男人穿著西裝，胸前別著名牌，以公費吃吃喝喝，在聰明的言談裡鬥智，人人都有個英文名字，都懂一點紅酒，最近紛紛改宗單一純麥威士忌。潔淨的手指不愛洗碗，至多洗洗酒杯，倒很愛敲鍵盤，玩手機，指尖一滑就觸動iphone、ipad，兩樣東西都由公司或政府買單。

小海他爸是這間飯店的會員，每月都得吃光一定的金額，雖然我始終搞不懂所謂「會員」是什麼意思，倒是很樂意幫忙吃喝。海爸海媽去了巴黎，探望留學的女兒（小海的姊姊、我房間的所有人），至少半個月後才要回來。

午後的茶室氤氳著烘焙的香氣，銀器與瓷器相碰，發出秀氣的聲響，沒完沒了的食物，沒完沒了的談話。我將湯盤的一角抬高，舀拾薄到見底的湯汁，小海提醒我這樣不太雅觀，「少吃一口又不會怎樣。」

不吃光多浪費呀。我說。

「布爾喬亞」的定義就是浪費。他說。

手機時間顯示下午三點，我享用著自己不需要的食物，一面想起我爸，此刻他或許正在享用自己辛苦賺來的、午睡的資格。對泊車員來說，午後三點是一日裡最清閒的時段，餐廳的客人已經散去，交通警察還沒出動。

當我握著銀製的刀叉，在餐盤上處理一塊帶血的牛排，恍惚中我聽見鐵鍊咬住清晨的聲音，於灰濛濛的曙色發出空蕩的回聲，磨過石板地。刀叉銀色的切割聲，扣住手銹鐵色的嗚咽……

鄰桌四個女人的舌頭很長，無需竊聽就能摸清她們的話題：她們四人畢業於同一所私立小學，直升同一所私立中學，其中兩人中斷了學業，出國去當小留學生。針對即將到來的同學會，A推薦了一處雅致的庭院餐廳，B反對，她不准自己曬黑，近日又對隔離霜過敏。C也反對，因為家裡的司機請假，公車捷運太麻煩，計程車司機太恐怖。D建議改訂大安路的某間法式餐廳，從C的住家步行只需一分鐘。

這四個同齡的女人看來最多二十出頭，集體的口頭禪是「好崩潰」。談論愛情，「收到那通簡訊，我忍不住大哭，當場崩潰！」談論時尚，「那家店我跑了四次，四次耶！前天打電話來說到貨了，昨天下午過去，店員說那個包包剛被買走！我，我（狠狠地搖頭嘆氣），我氣到說不出話，當場崩潰……」她們說起話來好像談話節目裡的明星或名媛，「為了這個鏡頭，我已經洗了三次澡，導演還要再來一次，我當場崩潰！」宣傳剛上檔的節目，「中午出外景，穿泳裝下海，錄到一半發現月經來了，當場崩潰！」

什麼都可以崩潰，意味著，什麼都不是崩潰。

「崩潰」已然淪爲「貪婪而輕率的字眼，無拘無束到令人惱怒的地步」。煽情、造作。浮華、幼稚。假如「崩潰」眞如她們所說，那阿莫怎麼說？秋香怎麼說？白蘭琪怎麼說？Holden怎麼說？病房裡那個看起來二十六歲其實十四歲的妹妹怎麼說？

詞語貶值了，意義被削薄了，像一枚不斷磨損的錢幣，失去了刻度（雕花、幣値、發行日），成爲一塊廢鐵，一片無意義的金屬。一個僞幣。一堆假話。

就像，119的電話那頭，求救的女人淒厲叫喊，伴隨著嬰孩的號啕大哭，巡邏車鳴笛出發，火速趕去救人，結果是因爲求救者的家裡出現蟑螂——「崩潰」果然崩潰了。在語言之情緒與情緒之語言無休無止的折磨底下，走向意義的崩塌。

「拜月下老人恐怕也沒有用喔……」我說。

「小姐妳睏了嗎？」小海拉拉我的頭髮，說，「妳是在發呆還是發夢啊？」

「我在想那個女的啦……」

「妳是說……麥當勞小姐嗎？」

「不錯喔你，有專心聽我講話。」

「麥當勞小姐怎麼了？」小海問。

「我剛剛突然想起，公園裡那尊月下老人的姻緣簿，其實是『蔣公遺訓』耶……」

「真的假的？」小海說，「這未免太爆笑了。」

「真的，那尊月下老人手上握的簿子，封面刻著『蔣公遺訓』四個字……」

「這未免太荒謬了。」

「何止荒謬，簡直讓人傷心……」我說，「麥當勞小姐要是聽了我的話，跑去拜月下老人，蔣公遺訓裡面哪來的好丈夫啊？」

Cj至死不曾與新婚的妻，有過肌膚之親。

一九四五年底，Cj在台北車站對面的郵務總局上班，她在車站那頭的電信局工作。太平洋戰爭剛剛結束，亞洲好似一片燒焦的皮膚，來自歐洲的船班一再拖遲，總算進港，卸下的郵件堆滿三座倉庫。

那些講國語的長官們，帶著很大的茶杯來上班，坐在很大的桌子後面，花很多的時間簽名，領著六到十倍的薪資，對新來的郵件束手無策。他們不認得信封上的德文法文，對島上的地名與街道一無所知，對常民慣用的日語心懷憎恨。

Cj在淹滿郵件的庫房裡忙了整天，抱著《簡易法和字典》睡著了。一個陌生女子接下他的工作，一邊翻譯邊將郵件分類。女人是電信局的，調來支援，貓一般敏捷而安靜。這是他們第一次碰面，Cj全程閉著眼睛。

時隔九個月，Cj在補習班認識了她。他們分別參加了郵電工會開辦的「國語補習班」，學習漢字、四角字（方塊字），讀ㄅㄆㄇ，講國語。他們不願意在新世界裡成為文盲。漢字認起來容易，讀起來辛苦。幾個月後總算有能力讀懂報紙，但還說不太通，也聽不太懂。在學做中國人的同時，疑惑著「中國」究竟是什麼。

那段時間，大陸來的船期很不一定，動輒取消，經常延誤。中央政府的官員們，已經習慣於閱讀過期的報紙與雜誌。郵件晚到三天很正常，遲到七天也不奇怪。Cj襲取了官員的特權，將他們訂閱的書報雜誌偷偷折開，與同事們默默傳閱著，幾日後再封裝、寄送，看似原封未動。為了掌握情報，做官的人得以拿公費訂閱任何東西，尤其被禁止的東西。Cj與同事們截斷了郵件，藉船班「合理的遲到」爭取時差，在貪婪的閱讀中發現，原來，戰爭在戰後的中國持續擴大，本島的米糖都被截去養內戰了。

Cj每日送她回家，由台北橋頭步行到三重，再獨自走回永和，彼此交換魯迅與老舍，討論賴和與吳濁流。兩人並肩走過愛情的古典時代，從不吝惜傾注時間，對戀愛充滿耐心，以及想像力——才得以愛得那麼簡單，「不玩遊戲，也不需要道具」。

Cj與她並肩走進一九四七，在血腥的三月，將所有的儲蓄交給堂嫂。Cj的堂哥已經在車站曝屍兩日，要想收屍，就要行賄。二二八後米價大漲，買了米就沒錢買菜，半塊豆腐乳解決一餐，Cj為贖屍掏光儲蓄，連米錢都沒了，在老同學的引薦下，跑去台大醫院當血牛。那個月，黃金一兩一百六，人血一百cc兩百五，非常好的價錢。Cj領了自己的血命錢，好奇探問患者身份，發現對方付出的是血汗錢，心一橫就把錢退還了。

那年春天，二二八後細雨連下四十天，下得太陽退了顏色，「連海面都被淋濕了」，Cj照舊撐著傘，步送她回家。一男一女走在一起，走得夠久了，就成為夫妻。兩人自四六年的秋天開始，走到四九年底，算算已經走了三年，雙方父母都急了，隔年一月就辦了婚禮。

「小海，你當過班長嗎？」

「小學的時候當過。」小海在咖啡杯裡加了三顆方糖。

「我沒當過班長，但是我當過副班長，還有風紀股長。」我說。

「嗯……」小海吐了吐舌，「最討人厭的那種……」在甜死人的咖啡裡加入牛奶。

「對，告密者，抓耙仔……」我說，「其實不只風紀股長，所有的班長、副班長、小老師……，都是被老師拿來當小嘍囉，管秩序用的。」

小海說，「我記得小學五年級的那個班長，姓趙，他媽媽本身就是學校的國文老師，這個趙班長非常愛國，非常尊師重道，非常敬業（小海一連用了三次重音，三個非常），午睡時間像哨兵一樣站在講台上，不停地抓人、記名字，抓亂動、抓搔癢、抓偷偷張開眼睛、抓胡亂上廁所……一趟午覺睡下來，黑板上記滿全班的名字，只差最乖的那個模範生。趙班長只差一個名字就能打破紀錄，將班上的每一個人全數告發，於是他走到那個漂亮的模範生旁邊，蹲下來，緊緊盯住她的臉，等她犯錯。他很有耐心，在鐘響之前總算逮到模範生的罪行：她作了夢，翻了白眼。」

「好變態喔，」我說，「這也算是一種完美主義嗎？」

「沒錯，完美的極權主義。」

「那個趙班長這樣搞，是因爲會得到獎勵嗎？」

「這就要問老師了，我哪知道，」小海說，「我只記得那個模範生哭得淅瀝嘩啦，一世清白慘遭玷汙似的……」小海說。

「爲了得到獎勵而趕盡殺絕，是一種恐怖；不爲了獎勵依舊趕盡殺絕，是另一種恐怖。」

我記得有一年，小三還是小四，學校爲每一班選出的「小菁英」舉辦了「幹部旅行」……

「你知道學校安排我們去哪裡玩嗎？」我問。

小菁英都去哪裡玩呢？小海想了一想，「……外交部？」

不對。立法院？不對。律師事務所？不對。

貿易發展局？

錯。

證券交易所？

錯。

是法務部調查局。我說。

爲了獎勵優良小學生，學校帶我們去參觀特務機構。

我還小，對整趟行程的印象都很模糊，只覺得無聊透頂，一無聊就想尿尿，躲進廁所打混，再出來已經跟不上隊伍了。蹲下來繫個鞋帶，喝口水，自然就脫了隊，迷了路，四處亂轉，被一股毒氣般的怪味迷住了，走進一個沒有人的房間。

房間裡無人看守，無人辦公，沒有照明。裡頭搭了層層疊疊的鐵櫃，鐵櫃上排滿了廣口的玻璃罐子，由地面疊上屋頂，由一面牆抵向另一面牆，一道一道像圖書館一樣。

這是一間標本室，由福馬林的氣味統治。玻璃罐中浸泡著各種人體器官，與截斷的肢體。卡片上寫著器官或斷肢的身世：「女，無名屍，台中大甲，30至40歲」、「男，無名屍，台北六張犁，20至30歲」。與我等高的一列透明罐裡，陳列著由小到大、難以辨識的陌生物，直到我見到這一系列的最後一罐，答案揭曉，這才弄懂剛剛所見的是，由人類子宮取出的胚胎：三個月、四個月，性別尚未分化，五個月、六個月、七個月……

這些死胎都是哪裡來的？他們的媽媽呢？也在這房間某處，另一個罐子裡嗎？

我很害怕卻沒有拔腿逃開，雙眼灼灼燃燒，像是被催眠一般。

最後一個罐裡，娃娃十個月大，屈膝躬著身體，看不出性別，不知它曾經誕生沒有，哭過了沒有。浮腫於混濁的藥水中，半顆頭抵住瓶身，壓扁了半張臉。也許一入罐就沒有擺正，也可能日久傾斜，歪掉了。

那張歪斜的臉，擠迫出某種受苦的表情，看起來不像標本，倒像是有了生命。它半張著眼睛，垂著眼皮，與我四目相望。那是我第一次直視死亡，直視死亡的眼睛。我們之間隔了漫長的時光，也許十年、二十年，也許三十年，也許更久……我貪婪地讀著字卡，想要摸清它的身世，但調查局什麼也不給我。在那張空白的字卡上，只有一組編號，與娃娃的性別。

「是男生還是女生？」小海問。

忘了。我說，「假如要強迫回憶的話，我會說是女生。」

「爲什麼？」

「因爲我在它的眼中看見自己的臉。」

「可能是難產的死胎。」

「也可能是流掉的女嬰，」我說，「有些私立診所接生的小孩，十個有九個是男生，許多醫院裡面出生的第三胎，也就是排行第三的男孩，是由沒有出生的姊姊換來的……」

「那些器官，可能是未破的刑案，或者醫院捐出的大體吧……」小海說，「妳想想，DNA鑑定技術發明之前，有多少死於非命的人，只能以『無名氏』的身份結案。」

「也可能是遊民，或者嚴重的車禍……」

「或是死在醫院，沒人出面認帳的病患……」

「還有死去的囚犯……」我說。

此刻是4:48 am，深秋中最深的夜，最淺的清晨。

Cj聽見看守打開第一道鐵門，再打開第二道，堅硬的鞋底，踏出令歷史作嘔的腳步聲。月光垂著頸子，淡去了輪廓。陽光即將暈開，最後一顆星星還亮著。

這是一日裡最透明的時刻，帶著夜與日的雙重性，但箝住Cj的只有黑暗。所有面向廣場的窗孔，連同二樓女監的窗口，已經一格一格矇住了（抓你的時候矇住你的眼睛，殺你的時候矇住別人的眼睛）。

Cj是在五月被捕的，才剛新婚。強迫失蹤兩百天，不曾見過家人一面。法庭就在監獄旁邊，非常方便。判決方便，殺也方便。

軍用卡車到了，準備來載人了。Cj聽見引擎低沉的運轉，彷彿顫抖的耳語：清晨判完死刑之後，馬上載去馬場町（那地方每次執刑後，在新添的血跡上覆土，層層疊蓋，壘成五、六公尺的小丘，直徑三百公尺）。

Cj刮了鬍子。刮鬍刀是自己做的，撿拾空罐取得鐵片，再以撿來的石頭磨製而成。下棋的棋子，由飯粒捏成的，打算送給同案的張小弟。張小弟才剛變聲，十六歲未滿。

蹲過馬桶，換上嶄新的白襯衫（是同難的劉先生，請家人替死囚準備的）。靜坐，等待。等待自己的名字被叫喊出來（我們清清白白的血，要流在乾乾淨淨的衣服上面）。

先前赴刑的羅先生，只穿了一件軍法處給的紅短褲，看守問他，「怎麼連鞋子也不穿？」他說，「既然要拉出去槍斃，還管好看不好看。」羅先生的東西要給誰，連同鞋子與西裝，都已想過一遍列了清單。

自新婚的床鋪直通刑場。祕密逮捕，祕密刑問，祕密審判，祕密槍決。等於謀殺。

Cj所在的軍法處，是由日本的陸軍倉庫改建而成，砌牆的磚頭由糯米與石灰黏合。Cj撫摸著牆縫的石灰，懷想糯米的味道，家庭與廚房的、生活的味道。她最愛吃糯米飯了，他的妻。Cj潛入記憶的海洋，撈出她可愛的嘴角，眉頭上那道頑皮的小傷疤。

新婚四個月，Cj以二十五歲男人難得的溫柔與忍耐，要她原封不動，重新開始。其實Cj並不守舊，他為摯愛的女人與她逃不開的舊社會守舊。加入工會以後，Cj知道自己隨時可能被捕，策動了畢生的溫柔，為新婚的妻保留下一個機會。

對Cj來說，溫柔的最高級就是節制。

隔壁關了一個姓呂的，桃園大溪人，將工寮借給陌生人寄宿，犯了包庇罪，一心一意堅信自己「今天就要交保了」，隨時等人來叫名，抱著被捕時攜帶的毯子，坐不住也睡不著，聽見任何一絲腳步聲，馬上揣著毯子跳起來，久了就病了，靈魂跑掉了，整日暴跳著。Cj擔心自己的同胞，終將染上呂先生的命運，歷經一次大規模的精神崩潰、人格破產，消頹成沒有骨頭的人（呂先生被判死之前，已經病死獄中，辦案的人不願撤案，為了在成案以後沒收呂的財產，領取三分之一的獎金）。

Cj同其他的犯人一樣，長期處於半飢餓狀態，營養失調，雙腳腫痛，稍一走路就氣喘。他們搗壞了他的腎臟、他的腺體、他的皮膚。他們尤其討厭他的指甲，將它們一一拔光。自從許醫師在赴刑途中，沿著走道呼口號，後繼者在送刑之前一律被人拿破布塞住嘴巴，或者用槍托敲壞下巴。

Cj將遺書塞入西裝的墊肩，指名送給同窗的K，倘若K有幸不死，就得以會見家人，請家人幫忙把信轉到妻子手中。「死了比活著更安全一點，死亡可以將我帶離這個地方……」國語寫不順手的時候，Cj就改用日語表達，「倘若有更多一點的水可以喝，我就可以流淚了……」深秋像破損的蟬翼失去顏色。歷史的味道潛伏著，在Cj佈滿瘀痕的大腿上，在即將炸開的疼痛裡，在監獄安插的密報者嘴裡。

血的味道潛伏著，在走道上漆黑的鼠洞裡，在改裝過後的飯店儲藏室，床單與浴缸、游泳池與三溫暖，在搖曳的燭光中，在潔白的桌巾底下。

其後幾十年，台北人在沉默中學會遺忘，遺忘大逮捕的恐怖。連監獄都洗去了血汙，化身樂園般的大飯店。來來香格里拉，「來來誰叫你來」，小時候曾經聽過我爸這樣，以台語玩弄國語，「來來香格里拉，來來誰叫你來」。國語「香格里拉」，發音近似台語「誰叫你來」。

「你知道這裡關過很多人嗎？」我問小海。

「聽說過。」小海停止攪動咖啡。

「喜來登飯店原本叫做來來飯店，」我說，「而來來飯店的前身，正是台北軍法處。所有的政治犯被送去槍斃之前，全都關在這裡。」

「妳怎麼知道的？」小海問。

「讀幾本書就知道啦……」我說，「其實軍法處的範圍不只這間來來飯店，還包括青島東路的國家電影圖書館。」

「是嗎？」小海問，「那，沒被槍斃的那些人呢？」

「也同樣關在這裡，時候到了再一起送往綠島，」我說，「總之，這裡是大本營。」

老K接收了日本人的陸軍倉庫，改做監獄，日後再賣給財團，改建飯店。

來來香格里拉，鏟除歷史，面向歡樂。

來來香格里拉，爲富裕與未來而生的、國際連鎖特許店。

來來香格里拉，來來誰叫你來。

「我外公被送去綠島之前，也關在這裡。」我說。

「關了多久？」

「將近一年，移監的時候身體已經壞了，誰也逃不動。」

就連月光也是驚恐的。死亡的威脅亂了潮汐，二樓的女監裡，沒有人來月經。

暴動，riot，亦可翻譯為「爆笑」，指向貴族奢靡的狂歡。從這個角度看來，暴動是一種特權，而最初的暴民則是，掌握了政權與金權的階層。

暴民：歡樂與力量的暴走族。

平民在衝撞封建體制的過程中，襲取了暴民的特質，在街頭飲酒跳舞，縱情高歌，時而縱火打架，大肆破壞。這個詞因而滋生了「干擾平靜」與「破壞和平」的意思。套句黑人小說家TM的話：定義的權力，屬於「下定義」的那個階級，不屬於「被定義」的那一群人。當暴民還是貴族，暴動顯得很高貴。平民一旦成了暴民，「暴動」這個詞，就被降格了。

唯有詩人能夠免於這一類，由特權造就的語言偏見。

對詩人來說，「暴動」是「慷慨」的同義詞。

字典裡的例句說，**Venus loveth riot and dispense**：維那斯熱愛暴動狂歡與佈施——這句話來自喬叟，坎特伯里故事集，一部野性而色情的小說。詩人Pope說：**No pulse that riots, and no blood that glows**：脈搏不暴動，血就不發光。

這天晚上小海來敲門，問我可不可以幫他，我說不可以，房門便靜靜閉上了。

（假如你要求我付房租，請容許我拖欠幾日，發明並創造新的貨幣。）

薄脆的夢在嫣涼的月光中張開眼睛，我半醒著側身轉向夢的另一邊，發現小海竟然躺在我的床上，睡著了，右手似夢似笑繞在我的腰間，像鬆開的擁抱。

我起身查看手機，午夜零點三十二分，有一通媽媽的留言，聲音濕濕的，向我報平安，說，「清明節那天，妳陪我上山去看阿嬤好嗎？」

5 樂蒂

小海的爺爺天天按摩。這不是小海告訴我的，是八卦雜誌寫的。

一九四九台灣頒布戒嚴令的時候，海爺爺在中央政府當官。他的官威有多大，警備總部就有多大。

海爺爺作息規律，吃得淡雅，每晚睡前固定請人來到家裡，在訂製的床上爲他按摩，一趟九十分鐘。海爺爺偏愛油壓，慣用芳療師特調的複方精油，身型清朗得像個神仙，還辦過書法展。高瘦的字體號稱「高壽養生體」，皮膚細白得像個吃軟飯的。九十歲了還能搭長途飛機坐郵輪，一路破冰向北，去極地看綠光。

同一期的雜誌另還訪問了一個化名樂蒂的按摩女，說起多年前接過的一個詭怪案例：男的，有錢人，很老（七老八十總有吧，她說），到府按摩兩小時，出價三千六。樂蒂在電話裡一口答應，顧不得冬雨綿綿、炙烤般酸疼的指關節，摩托車騎了就上。

「有錢人的客廳眞不是蓋的，」樂蒂說，「大得像溜冰場，都可以騎腳踏車了。」

樂蒂在一支七百（實則恆常打折降價只收五百五）的按摩店流浪打工，每接一個客人領一支牌，半個鐘點一支，一個鐘點兩支，收入與店家對拆，一支可得兩百七十五塊。她口中的「牌」說穿了，無非一張張壓了薄膜的紙板，類似公車上發給乘客的「兩段票」憑證，一再回收利用，皺得像菜乾，髒得像抹布。

樂蒂常跑的店家有四個，集中於中山區，電話叫了就上工。生意好的時候，一天可以做上十來支，做到筋膜發炎關節爆炸爲止。但是這種又痛又高興的日子實在不多，那大戶人家的肥缺，簡直是莫大的僥倖。「這種好事哪裡輪得到我？」樂蒂問，「我按過的香港腳比淑女的屁股還要多呀。」介紹人要她關起耳朵，閉上嘴巴，「總之我不會害妳，」又說，「人家是大戶，很重質感的，妳最好穿得禮貌一點。」

樂蒂由管家領進門，匆匆穿過廳堂，直入案主的房間。房裡沒看見人，樂蒂依囑咐站在門邊，於屏風隔出的玄關中靜靜地等，九點準時一到，老人自房裡的浴間步出來，身後白呼呼的一陣薰煙，仙氣飄飄說聲妳好啊，隨即鬆開浴袍，遞出一張紙條，說，「這是我的需求，請您遵照著這樣按啊。」

無聲的需求寫在紙上，簡要至極，僅僅一項，樂蒂不花力氣就能達成任務。老人要樂蒂沿著他的乳頭輕輕繞圈，由內向外再層層向內不斷巡迴圈繞，時而輕柔如幻，時而重如懲罰。只需要用到手指，偶爾動用掌腹，床邊擺了潤滑的油膏，隨樂蒂即興發揮，酌量取用。

記者問客人的反應如何，有發出聲音嗎？樂蒂說當然有啊，又不是死人。類似性愛的呻吟嗎？樂蒂說，「你的心裡怎麼想，聽到的就是怎麼樣啦呵哈哈……」記者寫道，「這年過半百、風韻猶存的按摩女郎，鬆闊的笑聲有點三八」。

對方有碰妳嗎？樂蒂說沒有，「人家是做官的，總有面子要顧。」

做官的？可以透露一下嗎？「已經退休很久了啦。」

多大的官？「以前電視裡常常看到的那麼大呀呵哈哈哈……」

沒說要加錢，請妳摸別的地方？「你是說往下摸嗎？呵哈哈哈……」樂蒂說，「感覺是有暗示一下，不過我聽不太懂人家又那麼高貴我怕會錯意說，就沒給他弄下去……」

怎樣的暗示？「唉呀，這種東西，很奇妙啦就聽他的聲音啊，我不會說啦呵哈哈哈。」

說說看嘛。「就身體一直搖啊，扭來扭去快要哭出來，像是在說拜託拜託一樣啊……」

總共去了幾次？「也沒有很多次啦。」

對方有硬起來嗎？「你去問你爸呀呵哈哈哈……」

樂蒂說自己十幾歲獨自上來台北，先在飯店當女中，後來在女子三溫暖幫人刷背，「股票上萬點的那幾年，八大行業油水淹滿林森北路，小姐下班以後一個個往三溫暖跑，人手不夠，連我都被抓去幫小姐做身體，做久了就會了……」三溫暖隨八大行業沒落之後，樂蒂像過期的菜乾被時代淘汰了，轉往廉價的街邊小店，改做腳底按摩。

樂蒂的自述裡充滿空白，省略了許多年歲：由飯店女中過渡至按摩女郎的那些年，以及，流落至腳底按摩之前的那幾年。

雜誌刊登了樂蒂的特寫照片，粗厚如刺青的紋眉，刀刮一般，瘀出慘澹的紫青色，那是一九八〇年代的手筆：有著下手過重、悔不當初的女王蜂氣息。紋過的上下眼線垂吊了，像鬆脫的眼眶，將蠟黃的眼袋拖墜而下，彷彿哭壞的一雙眼睛，不打濃妝很難出門見人的。

看來她也做過臉部整型：上一代的技法，失手的巫婆鼻，彷彿從來不曾消腫復原似的，隨手一摘就能將鼻頭取下。

由另一張照片可見，樂蒂的腳趾嚴重變形，拇趾外翻，趾頭橫向第二甚至第三根腳趾。這不是一對單憑勞力謀生的雙足，而是一雙販賣赤裸歡愉的腳，由高跟鞋經年累月推擠壓迫、變形疼痛，絕絕對對見過世面的一雙腳。

老小姐，老查某。年輕的時候販賣皮肉，肉垮了以後販賣力氣。

賣色的日子損壞了她的雙足，賣力氣的日子損壞了她的雙手。

由雜誌刊登的照片可見，樂蒂的右手拇指也外翻了，指根與掌腹連接的關節橫向歧出，彷彿為了增加力道因而增生了一塊骨頭似的，翻折為一個大三角形。三角形的頂端磨出厚繭，像一粒畸生的瘤。

記者拼湊著樂蒂並未說出的話，以隱晦的筆法暗示著，那個央人在胸尖畫圈圈的神祕老貴客，就是自官場退休的海爺爺。隨即又暗示這女人（指的當然是樂蒂）來歷不正，背景複雜，說出的話不可盡信，全然不計較「供出」海爺爺的是雜誌記者而非他筆下的「汙點證人」。

海爺爺的管家嚴正否認（這種事涉猥褻的小道消息，無需驚動家人出面），傳說中的介紹人也說，「我只負責打電話，不問客人姓什麼，我們是正正當當的按摩養生事業……」樂蒂是唯一的當事人，「完美」的見證者——對那疑似海爺爺的案主來說，像樂蒂這種汙染過的女人，是最好的證人：因為她們說出的話，沒有人相信。

黑手黨戒律第十條：必須尊重你孩子的母親。這條戒律的意思不是，不是必須忠於你的妻子而是，你要幾個情婦隨你高興，帶她（們）上街買皮草聽歌劇出席兄弟的晚宴都可以，前提是：不要讓情婦出現在太太面前，這對你孩子的母親是極大的不敬。

偏偏有人犯了戒律，在自家的屋簷底下外遇，泡上了管家。

這人是紐約黑幫三大家族之一，CCT家族的老大。FBI長期監聽，無法如願以謀殺罪起訴，只能以販毒罪將他逮捕。黑幫老大栽了，百分百的頭條新聞，FBI的監聽檔案頓時成爲大報小報競逐爭搶的獨家。

老大與管家的婚外情，就是這樣漏出來的。

重點是，老大並不在意情史曝光，他甚至不太擔憂自己的刑期，他最害怕的是，FBI於監聽中得知，他以七十歲的高齡，於陰莖中植入加大物。

上銬、入獄、在家裡當著妻子的面搞外遇，全都不足以威脅他老大的地位，唯有「陰莖加大術」得以摧毀他的雄性氣概，令家父長的威權一夕崩塌。

對那些被媒體追逐的名人來說，最足以摧毀自尊的，往往是最最切身的快樂。快樂與羞恥是分不開的，像一對連體嬰，像鏡子與其背面的水銀。愈是絕望的快樂，愈是令人感到羞恥。

但是，黑道大哥終究抵不上黨國大老，按摩女郎也不是FBI，不享有正道的威信。主要是，邏輯是這樣教育我們的：以特權致富，再以財富滾利的人，說話比家世不明的江湖女子可信；假如這女子滿口荶垢，指縫不潔，髮色低俗，又曾經改口更動某些不重要的細節，則她的說法就像汙染的證詞，不值得採信。

海爺爺在正式退休以前就開始退休了，安插在一個肥滋滋的單位裡，配車配司機。制度化的油水不是汙水，無所事事的生活養出一雙白嫩的手，辦公室有助理，家裡有傭人，領取高額的年金，在新社會裡繼續當貴族，吃定了別人的生活：老百姓的生活。海爺爺不習慣「大眾」與「人民」，「老百姓」才是他習慣的用語。

假如別太計較的話，海爺爺其實挺幽默的，就像樂蒂說的，「那老頭是個好客人。」日子過得寬裕，個性總不至於太差勁的。我記得大一那年，幾個同學去小海家看DVD，海爺爺正好來看孫子，笑咪咪地說要請客，指名要我替他跑腿（做官留下的習慣），出門買漢堡、熱狗、可樂與爆米花。

我不願意充當他的下女，正想著該怎麼拒絕，海爺爺已經掏出幾張千圓大鈔，我說太多了，指指餐桌上一個裝滿銅板的瓷盤，說，「在這裡抓兩把就夠了。」

海爺爺挑出幾枚銅幣，將它們一個一個按大小排開，指著最大的那個，問，「這是多少？」我說五十塊。「那這個呢？」二十塊，新版的，大家用不習慣已經停產了。「這個呢？」十塊。「那我知道了這是五塊，」海爺爺說完，再摸摸最小的黃幣，說，「這是一塊，對吧？」

海爺爺見我掀動大大的眼白、嘆為觀止的表情，忙說，「小朋友妳別這樣，我沒用過這些零錢嘛。」我把臉上僅剩的微笑都花光了，只好拿出假笑苦撐幾秒，說，「我看這樣吧，不如我幫你把這些銅板整理一下，你下去買東西給我們吃，體驗一下平民生活，好玩嘛。」

乞食的流浪漢可以役使我（小姐幫我買包菸吧），賣彩券的輪椅人可以役使我（妳幫我把地上的袋子撿起來），但是海爺爺不行。

我可以嗅到海爺爺背後，那段臭不可聞的歷史，大概因為這樣，我從不覺得自己比他們低下。對一個孩子來說，幸福是星期天早晨，父母床上的笑聲，廚房裡煎蛋的滋滋聲，草莓果醬清脆的開瓶聲，我還沒經歷過這些就長大了，成年了。遇見海爺爺的那個周日，以賓客的身份旁觀了「氣質老人」的晚餐：米飯不是必需品，好酒才是；慾望集中於前菜與甜點，主菜幾乎沒動。在一杓湯匙的界面上，品味七種香氣。飲食是為了高興而非飽足，順便取悅眼睛。

成熟、優雅、世故、腐爛。

海爺爺以為小海泡上了我，對我特別殷勤大方，只有我知道小海的底細，我是掩護小海「性」「情」的慾海女間諜，在餐桌上端出笑臉，聽「男朋友」的爺爺講故事：一百年前，有個老黑人發現自己的孫子怪怪的，出門的時間改了，走路的樣子也變了，猜想這十九歲的少年戀愛了，決定傳授一點人生經驗，對年輕人進行「感情教育」。這個老黑告訴孫子：女人很棒，很重要，一個好女人可以給你人生中最好的三件事：很棒的食物、很棒的性、很棒的談話。一般的男人只要得到其中一種，就算很走運了，若是能夠得到其中任何兩種，就要飛上天了。

當海爺爺說著「飛上天了」，目光斜斜投向小海，自以為正與孫子交換祕密似的。

我喜歡這個故事，後來還去買了那本書。

那個老黑是個活在美國小說裡的末代奴隸，嚴格說來是個假人，正因為他是個假人，不如真人那般擅於說假，所以我相信他。這個老黑還說：男人好起來是很不錯，不過這世上再也沒有比「好女人」更棒的一種人了。

唉，我不得不說海爺爺的品味真好，就像我不得不說，馬克白夫人實在令人迷醉，醉在她心狠手辣，比男人更渴望權力，有膽識伸手去拿，以滿手血腥爲代價。

前兩天，小海翻著課堂筆記問我：信仰、知識，與眞理之間，不是非有交集不可，這是什麼鬼道理呀？

我想了幾分鐘，覺得並不奇怪呀。

我信神，雖則客觀的知識並不證明有神。

我信神，但是我堅定懷疑神所從事的即是眞理。

我所信仰的眞理是善，然而我不相信神只行善。

小海大四那年，海爺爺於睡夢中安詳辭世，投入天主的懷抱，高壽一百。

海爺爺死得軟綿至極，像一綢上等的絲被。至醇至厚，像拍賣會後開封的頂極好酒，死去的麥子與葡萄在酒瓶裡依舊過得有聲有色。

報上說他的遺體軟得像奶油，輕盈如聖者一般。

6

名媛千金測驗題

自小海家的廢紙回收籃裡，撿回兩本垃圾：

Luxury Taker 世界頂級品情報。

Vintage Luxe 貴族人生。

版權頁上標誌了四個「大中華」分部：北京、香港、上海、台北。

雜誌鎖定「高端」消費者，不上架，不販售，「甚至連廣告都不拉的，」在自家發行的雜誌裡接受自家人專訪的主編說，「實話說我們太有錢了，根本不必拉廣告……」

其實整本雜誌都是廣告。直接送達「一線城市」的五星級客房，「一級風景區」的「頂級」villa，高球俱樂部，賭城貴賓室……。

會員獨享的「品味」雜誌。珠光全彩厚紙印刷，大開大闔的大面積讀本，只能捧讀，無法寢讀，重得可以砸暈竊賊（優良的飯店保全配備），折斷手腕（懲罰妳那連一本書都抱不動的、軟趴趴的趴踢生活）。一本可抵十個紙箱，拾荒者最愛的精選垃圾。

日本頂級訂製服暨珠寶展示會，鑑賞預約專線：0800-092-000，控巴控控—控揪Z—控控控，唉呀這是「健生中醫診所」的免費電話我弄錯了。人家給的是Bellavita的貴賓專屬號碼。

「尊榮皇家商務艙」，目的地：南非、杜拜、南極、埃及……燃耗最多的油料，飛到世上最遠的地方，入住「私人野生動物保護區」（野生動物保護區也有「私人」的喲）。三、五輛豪華房車是基本配備，就像「三個準時的鬧鐘」是上班族的基本配備一樣。一條Dior項鍊要價二十七萬，計價單位不是人民幣而是美金。

所有買得起的男人都很Man（Man漸漸成爲一個不得不使用大寫的形容詞）。經由貨幣購買力的中介，消費社會重寫了man的定義，改變了男子漢的氣血。

看看雜誌裡黃金單身漢的沙龍照片。

貨幣可以兌換男人味。通過實質的購買力，迷惑其欲擒欲性的對象，兌現由貨幣打造的承諾：不計代價的禮物——車、房、船、山林間的透明藏書館，亡命於末日般即刻出發的極地旅行，砸錢包場舉辦生日派對。

華麗的男子氣概，豪氣奢華好Man喔！（灑花轉圈圈。作夢的女孩這麼說。）

但是，美麗的妳能否一眼看出蜥蜴與鱷魚皮的差異？

派對跑趴，紅酒餐會玩相親，知己知彼以免弄錯對方的檔次，交錯了朋友。

「談笑之間，一眼認出。」雜誌標題這麼說。

通過了那些我一題也沒通過的，名媛千金測驗題，我知道：鴕鳥「腳」皮是入門款（牛小皮是不值得說的），往上一階是鴕鳥皮，再往上是蛇皮，上上是蜥蜴。蜥蜴皮的價位是鱷魚皮的一半，鱷魚的生皮以平方公分計價……以上資料（哇，多麼自以爲是的編輯呀）來自CITES：瀕臨絕種野生動植物貿易公約。

果眞白目到底，幼稚非常。

富人之「沒見過世面」，說穿了與窮人的並無不同嘛。

有錢的造作與缺錢的造作，說穿了還眞是差不多呀。

三星犇騰宴。由一個（我完全看不懂讀不出聲的）法文名字掌廚，擁有米其林三星榮銜二十年，晚宴限額四十人，服裝smart casual（嗯，要怎麼把「聰明隨性」穿在身上呢？）不給電話不標餐費，該來的人自會收到邀請函。——這就奇怪了，既是一場排他性極強、祕密結社一般的宴席，刊登消息爲什麼？爲了讓那些被排除的人知道，自己還不夠格嗎？

嫉妒者啞口無言，絕口不說心有妒恨，改說自己沒時間，沒興趣，恰巧出國，另有要務以致漏了郵件。嫉妒是最平庸的一種瘋狂，一旦洩露就貶低了自尊，有教養的人士絕對不會自曝此類令人蒙羞的情緒。難怪所有的品牌大廠總要有一個系列或至少一種品項，名爲「嫉妒」。

「這種垃圾妳也看喔？」小海自我頭後探出頭來。

「做研究嘛……」我很心虛地說，「『孽世代』下一集要做『嫉妒』，還有『僞娘』。」「孽世代」是我打工的電台節目名稱。

「妳不覺得『嫉妒』這兩個字很奇怪嗎？」小海問。

「不奇怪呀，」我說，「很多爛字都是女字邊啊。」

嫉，女性之疾。妒，女人之戶。

朋比爲「奸」。興「妖」作怪。賣俏行「姦」。

「社會的運作依賴成見，而成見都在語言裡面你懂不懂呀……」我嫌棄小海的單純。

「字語的意義是會改變的，『妖孽』就變得滿酷的，並不壞呀……」小海說，「妳那節目還自稱『孽世代』呢。」

「是啊這年頭，妖孽都不妖孽了……」我說，「喂，陳先生小海少爺，你有黑暗面嗎？」

他大笑兩聲，「愛看A片算不算？」

「像你這種一路順風，走著上坡，迎著春風的男孩子，唯一的黑暗面就是看A片嗎？」

「我知道我很好命，」小海說，「但這並不是我的錯。」

「你昨天跑進我房裡幹嘛？」

「這跟我的命有關係嗎？」

「沒有關係，但是跟我的命有關係。」我說。

「昨天？」他摸摸鼻子。

「昨天我半夜醒來，發現你躺在我床上。」

「這樣喔……」還裝蒜。

我問，「你剛剛醒來的時候人在哪裡？在你自己的房間裡嗎？」

小海低著頭沉默許久，說，「我大概喝掛了吧……」

7
裸體海灘

人生裡冒出一個錯誤，是歧岔，是意外。

倘若一錯再錯，就成了語言與風格。

我所犯下的第一個錯，就是，幫最好的朋友打手槍。

第二個錯是，在他家借宿第四夜，莫名其妙上了他的床。

一切都是出於任性，出於好奇，好奇友誼的邊界何在？當眞有所謂「性友誼」嗎？與朋友做愛是什麼感覺？愛情之缺席，可否讓身體變得自由？性對友誼的破壞力該怎麼估算？

結果還不壞。我爲自己與小海感到驕傲，「得到一夜的甜蜜痙攣」卻不損害彼此的關係。只除了一點苦惱：小海的需求似乎比常人高了一些。

小海嫖妓，他對女人沒有潔癖。

是一場誤會起的頭。

考上研究所的那個夏天，小海出了車禍，與一輛白色賓士擦撞，兩人都沒受傷，但小海的車頭毀了大半。事發於午夜一點半，對方違規左轉，開口盡是酒氣。小海放了對方一馬，沒報警，拿手機拍了現場照片，扣了證件，替他叫輛計程車，約定周末談判。

再見的時候，對方擺了一桌盛宴，鄭重向小海道謝，一袋鈔票鎮在桌上，說要「以現金全賠表達誠意」。日式包廂內，身穿和服的侍者全程伺候（名副其實的waitress，等候在旁的女子）：夾菜、斟酒、點菸、遞毛巾，分割鮑魚與排翅。龍蝦刺身上桌時，觸鬚還在動著。一道菜換一輪盤子，一瓶酒換一輪杯子。

菜太多，酒太好，兩人根本吃不完，對方邀了兩個朋友作陪，「大家隨意聊聊，就當交個朋友。」作陪的是兩個氣質出眾的大美人，溫溫靜靜管對方叫「銳大哥」。宴席散了以後，小海半醉著出了餐廳，打算吹吹夜風再回家，手機就響了。是Zoe來的電話，宴席間坐在小海右邊的那個女孩，她尾隨著跟上小海，聊著聊著就把他弄進飯店的客房裡了。直到下一次約會，小海這才弄懂：Zoe其實是便服店的小姐，出席「銳大哥」的晚宴是收了錢的，追上小海讓他做了也是收了錢的。

接下來幾個月，小海把錢全都拿去買小姐了。先是Zoe，再是April，然後Iris、Vivian、Anna、Christie，宴席當日左手邊的Mint也不錯，然而最習慣也最有話聊的，還是Zoe。

小海說，「一次要花一兩萬，付起來滿心疼的，老實說。」

「是因爲玩到沒錢了，才停下來的嗎？」我問。

「主要是覺得膩了，假如不覺得膩，花錢不見得是大問題。」小海說，「眞正麻煩的是，我發現Zoe開始跟蹤我，在現實裡跟，在網路裡跟，她甚至查出我上課的時間，守在教室門外等我下課。」

「你不喜歡她？」我問。

「喜歡，但還沒喜歡到願意讓她跟蹤的地步。」

「那你怎麼處理？」

「就老老實實對她發脾氣，說我不愛她。」小海說，「她並不是玉女，很好溝通的。」

「我也跟蹤過一個男生喔，」我說，「那是高一的寒假，參加科學研習營認識的。其實根本不算認識，我們不同組，沒機會說話，但是那個禮拜我每天都好興奮，早早就起床梳洗，精心打扮，眼睛不由自主跟著他，所以我很清楚，他的眼睛整日跟著另一個女孩，從來不曾看我一眼。」

「這樣不算跟蹤吧。」小海說。

「是後來，寒假過後開學了，我跑去重慶南路買參考書，發現他也在同一間書店找東西，只不過，他的靈性顯然比我高，我找的是考試用書，他找的是哲學與思潮文庫……我放下眼前的事，偷偷看他，癡癡傻傻跟在他身後，一邊告誡著自己：千萬別讓他發現。自始至終保持至少五公尺的距離。就這樣一路跟了好幾條街，直到他停下腳步……

「他停在一片騎樓底下，無所事事張望一圈，像是在查看什麼還沒現身的東西，我嚇死了，怕他發現有人正在跟蹤他。我閃進一根樑柱的暗面，繼續癡癡望著他。他不再繼續走動了，停在原地，把新買的書本翻開，倚牆靠著，當街讀了起來。我緊張得發抖，覺得他一定發現我了，故意停下來讀書、放線、釣魚，要把我這個鬼影子釣出來。我猜他一定很有經驗，任誰都看得出他是個萬人迷……

「我的理智勸告自己應該馬上離開，即刻消失，絕對不能讓他看見我的臉。但是我無法控制自己。我被迷住了，被他劫走了，寧願冒險留在現場，冒著被他厭惡的風險……

「過了幾分鐘，恐懼終結了。有人喊了他一聲，他闔上書本，抬起頭，開心地笑了。直到這一刻，我才發現自己身在電影街，他一直站在戲院的售票口，一邊看書一邊等待那個女孩。」我所恐慌的那齣戲碼（怎麼辦他發現我了！），僅僅是一場單單作用於我的內心獨白：對我來說，他無所不在，於是我錯覺自己與他同在，其實在他眼中，我根本就不存在。

「聽妳這麼說，我還滿感動的其實，」小海說，「甚至覺得有點羨慕。」

「爲什麼？」我問。一段泡沫般無聲無息的單戀，失敗的青春夢，哪裡值得羨慕？

「我羨慕妳的passion，」小海說，「妳是一個有passion的人。」

眞的嗎？我自問：我是一個擁有熱情的人嗎？

「熱情並非人人都有，」小海說，「passion與激情是一種天賦，是造物者送給少數人的禮物。熱戀也是。這世上並非人人都能得到神的眷顧，體驗熱戀的神蹟，體會熱愛的狂喜，但這些人也得到另一種補償：他們不必經歷失戀的痛苦，那種痛到幾乎活不下去的、近乎瘋狂的痛苦。」

「那你呢？」我問小海，「你有passion嗎？你是一個『被神點到的人』嗎？」

小海說，「我都說羨慕妳了，妳還要我回答？」

與小海這樣聊著，令我想起一個女人，一個奇異的陌生人。

我是在「誠品書店」遇見她的，每一回去誠品，都恰巧遇見她，可見她總在那裡。對那些買不起太多書的人來說，比如我，誠品書店是一座冬暖夏涼的圖書館，附贈免費的音樂、免費的演講、生動的人物景觀。空間很大，流動性高，觀光客來來去去，窩一整天也沒人趕你。我甚至見過一個穿著帽T的男孩，將一列刀具排開，席地而坐，埋頭雕刻，一派瀟灑，像個流浪藝術家。

我是在女廁裡遇見那個女人的。她自備午餐，在廁所外的長凳上把炒飯吃光，進女廁洗手，拿出小刀削水果，再將切丁的果肉塡回洗淨的午餐盒，回到她習慣的角落，繼續讀她的愛情小說。女人自備水果叉，渴了就打開水壺，喝一口自備的茶水，一毛錢也不花。那篤定的神色，反倒令旁觀的我心虛起來。

又一天，我在誠品覓得一個桌位，比較《變形記》的兩種譯本。坐在我對面的漂亮男生，正在讀一本《英語字彙三千種》，專注地背著單字。右手邊，一個白髮蒼蒼的老爺爺，交替讀著幾本理財工具書，在一張可憐兮兮的紙片上做筆記。左手邊，一個更勤快的女人，攤開厚厚的筆記本，抄寫書中的句子。這個女人正是在女廁用餐的那個怪咖。

這一回，她帶著自己的筆盒，盒子裡裝了十幾支色筆，似乎，她爲自己的抄寫工作進行了嚴肅的分類：A種觀點以桃紅色抄寫，B種觀點以天藍色抄寫，C種綠色，D種橘色……在那半透明的筆盒之中，陳列了比彩虹更豐富的色澤。

女人的字很小，很工整，對筆下的字句彷彿帶著敬意，一邊抄寫一邊揉著腦袋思索著，時而喃喃吐出聲音，像是在覆誦，又像在跟自己討論。那些在她手邊拖曳蔓延的書本，全都是教女人如何「談戀愛」的，我看見筆記本中密密麻麻的小字裡，出現類似「標題與重點」的大筆大劃：做感情的女王，不做感情的女僕。

瞬間我落入無限的感傷。我知道自己身邊弓著一個戒備的、戰鬥的、受傷的女人。並且不得不自問：戀愛是一門技術嗎？可以經由努力學習而進步而「得到／得道」嗎？

我告訴小海，「波特萊爾在《巴黎的憂鬱》裡面，好像問過這個問題：激情（passion）做爲一種『爲愛與信念受苦的意志』，究竟是人性還是特權？」

小海說，「一個人若坦誠自己不曾有過熱戀的經驗，旁人總愛說，那是因爲沒有碰到對的人。

這世上絕大多數的人找不到熱愛的工作，大家就說他應該繼續找，彷彿只要努力去找，就一定會碰見那個對的人，對的事，根本是胡扯。」

「激情」是某種內在於人性的普遍裝置，還是上帝特許給少數人的禮物？——針對這一點，小海似乎已有定見。他說：我們崇拜激情，追求轟轟烈烈的愛情，鼓勵最高最遠的夢想，並且將這些視做人人應得的幸福，得不到就強求，就感到苦，苦等一個對的人，一份可以拿來炫耀的才華或成就，憎恨身爲人的平庸。也許，只有那些眞正懂得愛的人，眞正在激情裡拚搏、拿自己的才華見證了自己的平庸的人，反而願意相信，這些東西是天賦的禮物，可遇而不可求，就像雨後的彩虹。

第二次上床以後，我問小海，「你有祕密嗎？」

「幹嘛問？」

「不知道，就是想問。」我是一個邊界模糊的討厭鬼，輕易就要觸犯人家的底。

沉默許久之後，小海說，「有。」

「是不可告人的那種祕密嗎？」我問。

「嗯，不可告人。我從來沒有告訴任何人。」

人與人之間，可以隨口拿來說說的事，大抵是不重要的。眞正重要的事，只能對兩三個人說。再有些事，只能對自己說——關於虛榮、嫉妒、絕望、羞恥……挨著人格破損的裂面反覆發炎，像久病不癒的皮膚。另有一種事物直指性命（假如命運衰上了你），連自己都不願承認，不太敢聽。

「爲什麼說不出口？」我問，「是因爲羞恥，還是恐懼？」

「不知道。不想說。」

「還是因爲孤獨？覺得沒有人會懂？」

「妳不要問了啦。」

「悶久了會出事喔……」我說。

「我自己可以處理。」

「看你這樣子，」我饒富興味地說，「那還眞是個祕密了。」

「對。就算鼓起勇氣說出口，別人也不想聽的。」小海說。

「眞的嗎？」我問，「連我都會摀住耳朵說我不想聽嗎？」

小海點點頭。兩手疊在頸後，仰躺著，向天花板點頭。

「這可是眞的祕密了。」我說。

「沒錯，比愛看A片嚴重多了。」小海說。

小海沒有說出那個祕密，倒是供出另一個祕密。

去年，二十四歲的小海懷疑自己得了憂鬱症。他在圖書館的研討室裡，以課堂助教的身份，領著幾個研究生進行小組討論：「藝術與救贖」，一個危險的、隨時要敗給「虛無」的題目。

小海說：藝術的「倫理意義」，正在於它從不「提供」，不提供救贖。藝術只記錄失敗。

「但是，在失敗與對失敗者的敬重之中，應該存在著救贖的可能吧。」坐在他對面的女同學說。

「也只是『可能性』而已。」小海補充。

「我們能做的，」女學生追上來，「不是以『可能性』這樣的用詞來貶抑可能性，而是為『可能性』創造條件。」——啊，多麼完美的一句話呀（小海暗自佩服對面這個漂亮女生），too vague to be wrong，曖昧到絕對不會出錯。

「該怎麼創造呢？」A同學問，「該怎麼為『可能性』創造條件呢？」

「首先，找到一間波希米亞的風格咖啡廳，或者一間頹廢的酒吧，在咖啡與菸的環繞之下，圍著餐桌打嘴砲……」B同學說完，眾人乾笑兩聲，繼續回到書本。

小海笑不出來。他滿腦子想的只是女同學的肉體，肉體而已。

他覺得頭痛。因為對身外的世界感到厭煩，他總是頭痛。現在的女孩們都怎麼了？何以如此演技高明到若無其事的地步？

上個禮拜六，他在研究室熬到午夜，趕寫期末論文，這女生鬼魅似的蕩進來，一身透明洋裝，顛著海浪般肉色的步伐，香水的味道裹著乳房一起凸出來，彈幾下，跌進書桌旁的沙發裡，一語不發，斜眼看他。等他被看得坐立不安，女孩這才輕輕說道，「學長，我的車子壞了，可以麻煩你送我回家嗎？」女孩一臉清純，滿肚子鬼，像某種花錢購買靈修課程的大美人，內裡比誰都虛浮。

上了車，女孩在短裙底下一個疊跨，露出整截大腿，獻出光滑白嫩的肉色，同樣一語不發，看著他。女孩的臉上彷彿沒有嘴巴，她的嘴巴長在大腿內側，靠近底褲一帶，閃爍著青春油脂的地方。小海中邪似的盯著那裡，耳鳴嗡嗡，勉強聽見她說，「今天我不想回家。」

小海艱難地忍住了。沒敢伸手去碰。他怕自己若是伸手要了她，這女孩的期末報告就要歸他寫了。他是助教，而她是剛上研一的新生，她可以告他。

這世界佈滿危險。尤其對他這種權貴子弟來說，這世界尤其陰險。誘惑排山倒海而來，對準他的優勢而來，小海每一樣都不敢拿，因爲他每一樣都想拿。

除了學者，小海覺得自己當不成另一種人，卻不知做學問是爲了什麼。那些資深教授們大概都鈍了，不再懷抱積極的困惑，末梢神經隨同皮膚一起發皺，像過期的菜葉，忘記了呼吸。萎萎老去，失了彈性。他懷疑他們個個都是性無能，就像他懷疑自己得了「性上癮」。

小海經常躲在臥房喝酒，邊喝邊覺得頭痛，祕密地痛著。他的系主任拖了七年多，總算寫成一本書，請他這得意門生給點意見（實則在要求讚美）。小海讀了幾頁就知道，這本系主任的得意之作，一問世就已經過時了。但小海能說實話嗎？他又有什麼資格相信自己是「實」的，說的是實話？

小海知道自己的「實」，充其量只是時尚的「時」、入時的「時」。就像他泡上的幾家酒吧，新潮的lounge包廂，從紐約傳染到亞洲，再擴延至台北、香港與上海的「殖民地懷舊奢華」，由骨董燈與老沙發鋪陳了暗紅的豔色，昏黃的燭光窩在裝飾用的煤氣燈罩裡，一個轉身，椅背上的毛皮便愛撫你一次，每一寸設計都是爲了渴望，爲了服務渴望：渴望辣妹赤裸的手臂、鎖骨的香水味、呼之欲出的乳房、腰胯的刺青。牆上貼著圓形或方形的現代幾何，木窗嵌著仿古的彩色玻璃，地上蹲著鐵製電扇，意興闌珊吹送懷舊的春風。走廊供著一隻大公仔，玩著後現代，公仔身旁擺置一張木造梳妝台，朦朧的鏡面夾著一張泛黃的照片：千篇一律盡是三〇年代的上海摩登女郎。

（東區那幾家尤其典型：桌椅是納博可夫最痛恨的「異種雜交」，卻有他鍾愛的「跨代亂倫」，六〇年代的彩色沙發，搭配九〇年代的透明塑膠椅——噢，墮落的杭伯特與他十二歲半的繼女羅麗塔、謎語般叛逆的小妖精。茶几上擺著幾本*Wallpaper*或*Egg*一類，設計師看的雜誌，「非常幼稚，無限浮華」，整間酒吧坐臥著無數羅麗塔的仿冒品，隨「輕爵士」、「軟嘻哈」或「假龐客」款款擺動腰枝。）

台北與香港上海的酒吧全都成了一個樣。像殖民地的一場疫病。那些追不上時代的酒吧，就只能削價：不當「懶吧」（lounge bar），就當「爛吧」。

「當典範轉移，那些留在舊典範當中的人，並不會跟著轉移……」小海知道系主任最悲哀的地方在於，他一直以進步者自居，並且誤以爲自己至今依舊是個領頭者。二十年前，台灣學界還在左右之間拉扯論戰，他已率先引進了後現代。於今他已然是個舊老頭了，守在自己的小王國裡，養了幾個崇拜者，幾個專拍馬屁的子弟兵。小海無法融入這幫人，卻也沒有勇氣說出眞話。小海與自己的師長與同學們同樣脆弱，緊緊依附著自己批評的東西，一面逃離一面追求它的肯定。

小海的頭痛神祕難癒，令他想起Kramer：他遊學英國期間，認識的一個老學生。Kramer動了一次腦部手術，醫生取下他的頭蓋骨，收進冰箱冷藏，但是那冰箱竟離譜地故障了，頭蓋骨因而壞死，只好以人造頭骨替代。Kramer抱怨手術後經常頭痛，只要天氣一變，腦袋就暈得無力思考，害他博士論文十年都寫不完。

本來就是嘛，眞頭骨有天然的凹痕與缺陷，自有韻律與呼吸。假頭骨太完美了，在保護人腦的同時也壓迫了人腦。

Kramer告上法院，向醫院索賠三萬英磅。但是他沒有贏。法官在請教醫療專家之後，判定Kramer的頭痛源自他既有的腦部疾病，與頭蓋骨的眞假沒有關係，卻也審酌了醫院的疏失，判賠三千英磅。Kramer不接受，繼續上訴。最近，他在寄給小海的信裡說道：官司還沒完，頭痛愈來愈厲害，連家人都怪我太過偏執，他們說，「就算頭痛眞是假頭骨引起的，你那非證明不可的偏執，也誘發了頭骨無法負責的疼痛。」

小海瞭解這種疼痛。

他覺得自己的腦中插滿各種宴會專用的、醜陋昂貴的花束，花瓣塗滿增豔的藥水，與防腐的毒劑，緩緩侵入他的神經系統，直抵腦膜與舌根。他怕自己滿嘴口臭。

最近，樓下的傳播學院堆滿鮮花，半個月過去了，那些裹在塑膠布裡的花束沒有換水，竟然都沒枯萎。新任的院長與業界關係密切，好處撈了一堆，上任那一天，致賀的花籃佔滿走道，每一組花籃就是一組人際關係、一份政商利益。小海忘不了那些花籃上的署名，但大家只在私下議論，從不公開批評，因爲人人都需要一份工作（學術不是志業，只是一份工作），人人都要爲自己預留空間（存放未來的失誤與貪婪）。

小海瞭解這種疼痛。道德疼痛。但是他分不清自己那份欲將一切揭發的衝動，究竟是基於道德的呼喚，還是毀人作惡的破壞慾。

小海瞭解這種疼痛。美感的疼痛。

就像，他實在無法相信，樓上那地位崇高的講座教授，那知名的詩人，怎麼會在痔瘡血崩之後，把學生召進廁所，要他們趴跪馬桶邊，替他清理血汙？

如此醜陋難堪。

一個人要放棄美感到何種程度，才敢提出這種要求？這樣使用權力？

並且毫無愧色。

那位教授血崩前，顯然是在解便。爲了「察顏觀色」，掌握自己的病況，他命令一個女學生爲他採集血便，同時咆哮著斥罵一個笨手笨腳的男生，再差遣另一個，要他去福利社買內褲，接著大聲問道便當呢？已經十二點了，我的午飯在哪裡？

爲了維繫健康，這位講座教授吃飯非常準時，準時到暴躁的地步，一分鐘也不准耽誤，並且指定大量的蔬果。那些輪値替他備飯的學生，個個戰戰兢兢，因爲他手上握了好幾個研究案，每個案子都意味著一筆預算，一份學術機會。

小海不是不曾聽說，有個老人患了多年痔瘡，經常出血導致嚴重貧血，解便時鮮血噴射而出，竟然死在馬桶上面。但講座教授面臨的並非生死交關。除非命在旦夕，小海心想，人至少應該保有最低程度的，美的尊嚴。他相信這一點對美感的堅持，與人的品性息息相關。

講座教授噴出的血，熱騰騰溢出便所的門，那麼紅，那麼鮮豔。

原來腐敗的人流出的腐敗的血，看起來也是乾淨的一團熱血。卻截然不同於六十年前、流淌於馬場町的、理想主義的血。

小海感到鬆懈，墮落。持續地感到一種與「放鬆」截然不同的、緩緩垮掉的、倦怠的、自棄的鬆。他把車子停在路邊，往海邊走去。全然是臨時起意，身上還穿著皮鞋與長褲，在沙地上舉步維艱，乍看倒像個想不開的人。

海邊有矮樹，矮樹裡有人，樹裡小憩的人並未看見，沙灘上來了一個穿著襯衫的男子。

小海吸著捲菸，艱難地行進著。乾燥的海砂像跋扈輕佻的世道，侵吞他剛買的皮鞋，吸光了腳下的力氣。

小海脫掉鞋襪，捲起褲管。抬頭看見一個男人自遠方走來，赤裸著上身。

時值一月，卻是個異常炎熱的冬日，小海下車前瞥見溫度計，攝氏三十四度。眼前的男人皮膚黝黑，胸腹精實，是來這裡做日光浴的嗎？

多麼詭異的天氣呀，像腦傷者詭異的熱情。人腦長期發著高燒，就會壞掉。地球與人腦一樣，最精華的都在表層：高山、河流、海洋，所有的動物植物，包括礦物，對地球來說，全都只在表淺處。小海想起上個月，看了一段電視上的專家對談，幾個瘦子在凍得發抖的冷氣房裡穿著西裝，憂心忡忡討論全球暖化，他們說：當「碳」來不及透過植物與海水回歸生態、納入循環，森林大火就成為最有效的紓解之道。就像急性的病症、短暫的瘋狂。

「頭前有路無？」小海以蹩腳的台語向眼前的陌生人發問。他直覺這男人是說台語的。

男子說有。果然是講台語的。

「好行無？」小海問。

「看是啥物（siánn-mih）人行。」男子說：路之難易，由行人決定。

小海見男子赤身露體，學著他脫掉上衣，赤足往前。在不尋常的高溫底下，不尋常地赤裸著。上課時間早就過了，他翹了課，在正午的烈日底下，步行於荒僻的海邊。他想上每一個女人：大學部的小學妹，博士班的大姊姊，碩士班的同齡者，任何一位女老師……隨便哪個都可以。

他感覺自己的生命正緩緩失控，冒出火星。

陽光敲打他的眼睛，他略感暈眩低下頭，看著自己一步一步，踩進自己的陰影裡面。他喃喃自語，解著一則還沒解開的命題，發現那屬於自己的一口氣還在，還在，冒出空洞的熱氣，像研討會場的「語言泡沫」。

那些附著於麥克風的口沫，像水龍頭滲出的鏽水，像老教授褲底的血滴，像枕頭上殘餘的熱氣。

他記起上一回跟女人上床，軟軟的進去，軟軟的出來。這已是一年前的事了。

「怎麼了？」當時的女友問他。

「妳呢？妳不也怪怪的嗎？」

「我有來呀。」她說。

「那我也有。」假如她那也叫高潮的話，再苦澀的荒溪也會氾濫成災。

「是嗎？」女友追了一句，「你根本沒射。」

「我這是dry orgasm。」他說。他知道自己在鬼扯。

小海說自己得到的是「乾性高潮」，dry orgasm，又說男人的高潮跟女人一樣，也是有很多種的。這句話就算是眞的，嵌進這床上卻是假的，女友累壞了也看穿了，便假裝信了。兩人幾個月後分手，沒流一滴眼淚。

小海的未來鋪在眼前：一片不斷延長的海灘，直到盡頭都看不見人，找不到同類。沒有人跟他遊戲、爭吵，沒有人對他說眞話。沒有尖銳的岩礁、危險的大浪，沒有醜怪的景致，甚至也沒有大風。在這一月的熱天午後，唯有嚴酷的白日，分分秒秒折騰著。卻突然冒出一個轉折。

小海停下腳步，不太敢相信自己的眼睛：沙灘上橫著一塊巨石，石頭上覆著一個全裸的男子，臉面朝下，像一隻蜥蜴，懷抱著這塊熱呼呼的石頭。彷彿在午熱中睡著了，或者暈厥了。巨石旁另有一個男人，同樣全裸。

這讓人想起同性戀，是吧？小海發汗的皮膚，升起一陣輕輕的顫慄。就像穩固的木桌上、水杯裡一陣細不可察的搖撼，那搖撼來自木造的結構之中、一道細不可察的裂縫。

見到兩個全裸的男子，就想到同性戀，就感到緊張，怕被雞姦——這是怎樣的邏輯呀？他覺得眞是對不起自己喜愛的哲人與小說家。

巨石上的男子持續趴睡著。站立的裸男誰也不屑。他的陰莖是垂軟的，收起來的。警戒的眼神斂斂地，以一種不在乎的斜眼，睥睨小海。

他與他們之間，隔著十幾步的距離。

站立的裸男剃著剛強的平頭，周身的空氣穩穩靜靜，不帶一絲性的緊張。連呼吸都是緩慢的，甚至是潔淨的。他很黑，全身的皮膚黝黝亮著油黑。小海注意到就連他的屁股，也同樣均勻地亮著一種等色的黑，不似一般男子常見的「泳褲白」，可見他經常這樣曬。

小海告訴自己，也許他們只是在曬太陽。

趴睡的男人對「闖入者」無動於衷，一動不動，兀自閉著眼睛，懷抱熱石裡即將烤熟的夢。

小海赤著上身，站在幾步之外，於遙望中升出某種欽羨之情。

那頹靡的，連享樂都顯得消極的肉體。

小海自認是個半殘的人。眼高手低，寫不出像樣的東西。學期末剛寫的這篇，充其量，只是一份高級的讀書報告。他精讀大師的作品，揣摩大師的語法，在系上混成一個明日之星。只有他心底知道，自己每寫出一個句子，都要耗盡所有的自我懷疑。「我寫的東西沒有一句，沒有一句是成立的，」他罵著自己，「沒有，沒有，沒有一句夠高、夠美，沒有一句配得上philosophy這個字。」他懷疑自己的頭痛不是頭痛，是自我懷疑導致的身心症。

小海抹去額角的汗水，打算向站立的裸男「借過」。大自然再怎麼遼闊，總還設計了細窄的小徑，讓陌生人狹路相逢，讓常人與異己「正面遭遇」。

前方已經沒有路了。唯一的去路就在裸男身邊，在他們占領的大石旁邊。

小海縮緊小腹，與平頭男子錯身而過。緊張而蒼白的肉色，掠過對方悠閒而發亮的黑皮膚。

「頭前有路無？」小海問他。

「有。」

「好行麼？」

「看人行。」這人也是說台語的。

恍惚間，小海覺得自己走在別人的夢裡。側著身體，穿過巨石，進入一段芒草荒荒的亂石路，小海往前再走幾步，轉一個彎，下巴就掉了下來。

豔陽清空了一切雜物，地平線拉得筆直，幾十個男體陳列在沙灘上，或躺或臥，或站立，或者席地而坐，全都一絲不掛。他們之中沒有任何一具身體，與其他身體產生任何交疊。沒有。沒有保險套、衛生紙。沙地上不見任何一絲繾綣摩擦的痕跡。沒有。沒有性交的線索，沒有潮濕或沾黏，沒有挺起的陰莖。

眼前曝曬著一片沉靜，一片沉靜的肉體。

一處透明而深邃的避難地。

在冬日的暑氣中，投身溫暖的異常，避開正常人瘋狂的注視。

那些鬆軟的陰莖，頹廢的、連享樂都顯得消極的肉體，與小海日漸鬆垮的人生並不相似。他，陳海旭，二十四歲的哲學所研究生，已經八個月射不出來了，近似陽痿。但是系主任不一樣，他手腳乾淨地吞下好幾個女學生。且似乎，那些女學生彼此並不知情。也許她們心照不宣，好讓彼此的競爭顯得優雅一點。誰都別說破誰，才能各憑本事，拿青春與權力交媾（噢，權力，權力是個貪婪的老頭）。小海拒絕的那個女同學，那雙閃爍著青春油脂的大腿，最近剛被系主任整片夾去，當了下酒菜。

系上那幾個「好人」，那幾個騎著漏油機車的窮酸男孩，跟小海一樣，落入無盡的陽痿之患。穿著過季的夜市牌牛仔褲，頂著壓扁的後腦勺，拖著粗垮的涼鞋，日復一日踏進女同學的房間，今天搬傢俱，明天修電腦，後天灌軟體。女同學說謝謝你呀你眞是個大好人，並且留他一同吃火鍋，請他幫忙鑑定哪一件小可愛比較可愛。好人一旦鼓起勇氣，決定終止那沒完沒了的閹割時光，表達年輕而澎湃的、漲滿情慾的愛，女孩便驚訝罵道你怎麼可以這樣？我們是好朋友啊！女孩沒說出口的心底話是：憑你，也不回家照照鏡子，「寧願坐在Lexus哭泣，不在Toyota放空。」更別說你騎的是二手Yamaha，連四輪的都開不起。

好人痛罵美女現實，其實好人跟美女同樣現實：他們只看得上漂亮的正妹。

好人最不值得同情的一點，就是，將自己的同類——與他們同樣平庸的女孩——丟進垃圾桶，只為「正妹」做牛做馬。所以也算活該吧。正妹只肯在他們收起小弟弟的時候，差遣打屁玩自拍，一旦他掏出自己的性慾，說，小姐，我的屌也是很大的，女孩馬上別過臉去。但是小海不一樣，他不是「好人」，從沒被誰發過「好人卡」，他是流著藍色血液的特權階級大帥哥，不缺美麗的女人。他可以要任何一種女人，甚至醜陋的女人，「我的陽痿有多強，性慾就有多強。」小海很想出門打架，但是他知道自己的拳頭不夠硬。流行文化無所不用其極歌頌陽剛的勇氣，每一部偶像劇都在耍狠，每一首芭樂歌都在MV裡流血、鬥毆、拚生死，然而現實中並沒有誰，保有一點肉體的勇氣。

「我看我來寫一篇『幹架之必要』好了……」小海一邊開玩笑，一邊思索碩士論文的主題：暴民、幫派，與革命黨的起源。

「妳還記得我去年的樣子嗎？」小海問我，「妳看我那時是不是有病啊？」

「去年我正在失戀，你忘了嗎？」我說，「我自己都沒去上課，也很少在系辦看到你。」

「對喔，」小海說，「妳也失蹤了大半年。」

「你的毛病大概就是孤單吧。找不到同行者，找不到信念，每一個年輕人多少都經歷過這些……」我說，「我跟小肆分手以後，一整年的時間，每個傍晚都覺得好孤單喔。尤其台北的秋天，晴朗乾淨的黃昏，那種不知是紫色還是粉紅色的彩霞美成那樣，美得那麼無情，每一秒都在變化，幾分鐘就潰散了，留下漆黑的夜色，我總要非常非常忍耐，才能不哭不打電話。那段時間啊，所有的朋友都被我煩死了，講完一圈從頭開始再輪一圈……

「後來我上網，上交友網站，想認識新的男生，雅虎奇摩裡面有個『德布西』，大我五、六歲，我很喜歡他提供的照片，就一間書房，亂亂的，可以在裡面讀書喝酒看電影的樣子。我想，人除了精神上的寂寞，也有肉體上的寂寞吧，那是一種由身體擴散到精神的冷，所謂性的渴望，有時只是抱在一起入睡的渴望吧……

「那陣子，我很喜歡一個劇場演員，藝名叫Fa，他每一部作品我都去看，節目散場後等在演員休息室外，想跟他說幾句話。爲了讓他注意到我，我每次都打扮得豔麗優雅，你知道，既豔麗又優雅有多不容易吧？」

「確實不容易，」小海笑說，「還是露點乳溝比較有效吧。」

「我從來沒有跟Fa說到話，一句也沒有，我總在粉絲圍住他的時候，一個人走開了。我不想當他的粉絲，粉絲是一種徹底缺乏獨特性的角色，我想我是發神經，妄想做他女朋友，假如不能獨占他，倒還不如不要他。」我說。

「妳倒是讓我想起一件事耶，」小海說，「去年我狀況很差的那一陣子，經常跑去圖書館睡覺，有一個女同學站在我身旁等我醒來，說她有一封信要給我，問我要email……」

「你給了嗎？」

「沒有。」

「爲什麼？」

「不爲什麼，人總有缺乏善意的時候。」

「嗯，尤其當人討厭自己的時候。」我說。

Fa的故事還沒有完。我說。後來，發生一件很奇妙的事。

「有一次，我去西門町看電影，十點多回家，搭捷運板南線，『忠孝復興』一到站，逛街人潮湧進車廂，我閃呀閃的換到下一截車廂，竟然看到了Fa，他側面向我，靠在車門邊，盯著手機打簡訊。我轉身面向漆黑的車窗，藉著窗上的倒影偷偷看他，忽然他一個抬頭，心電感應似的，在車窗裡與我對望了一眼。我們都很有禮貌，馬上垂下眼睛，收起目光，就這樣過了幾站，Fa準備下車了，拎起擱在地上的茶色書包……我掙扎了幾秒，趕在他下車前跑上前去，說：『請問，你是Fa嗎？』廢話我當然知道他就是Fa。他很驚訝，劇場演員或小說家跟無名小卒畢竟沒有兩樣，有一次我在餐廳碰見黃小楨，就那很酷很有才華的歌手，也跑上前去向她致意，她也同樣一臉驚訝……好，回到Fa……，我跟他說，『早在你出名之前，我就很喜歡你了。』其實他根本不是什麼名流，從來沒出過大名，我這樣說眞是愚蠢至極，好像在諷刺人家……」

「然後呢？」小海問。

「什麼然後？」

「他呀，那個Fa，他怎麼回答妳？」

「他說謝謝，就下車了。」

「就這樣，結束了？」

「對呀。」

「妳沒趁機誘拐他？」小海問。

「沒有，而且我一點也不想。」

「爲什麼？」

「因爲我變了，」我說，「不再感到絕望孤單了。」

「妳怎麼知道自己變了？」

「就在那一刻，就在我發現自己可以輕易放走而不必抓緊的那一刻。」讓浮木隨自己的節奏漂開，讓Fa回到那「與我無關」的生活。

「關鍵是什麼？」小海問，「復原的關鍵是什麼？」

「老實說我不知道，我只知道自己好了。」我說，「時間是很奇妙的，所有搞不懂或看不清的事，都可以推給時間。」

「我眞嫉妒妳，」小海說，「妳有一條搗不碎的爛命。」

「是啊，最好的命就是爛命。」我說。

「那，雅虎奇摩的那個德布西呢？」小海問。

「烏龍一場。我們約了見面，喝咖啡，我說就約在武昌街城隍廟對面的『明星咖啡館』吧，我從來沒去過，很好奇，他這才驚訝萬分回覆我，他以爲我跟他一樣住在美國，芝加哥。」

「那到底，我的問題到底出在哪裡？」小海問。

「誰知道呢?」我說,「也許要等到問題消失了,才知道問題之所在。只是到了那時候,問題已經不重要了。」就像耳鳴、眩暈、腸躁症,神祕地襲擊,神祕地消失。「眞的,」我說,「我們總在痛苦消失以後,才願意看清問題的性質。因爲到了那時候,眞相已經不再那麼傷人了。」

小海繼續追憶著一年前,那段自恨自棄的時光。

夜裡躲開父母,關進房裡,喝光了一瓶紅酒,依然覺得疼痛。小海的屌很痛。他不懂自己生命的痛,何以收綁於這陽性的、淤積的脹痛,爲什麼他不能像別人一樣,患上胃痛肩痛眼窩痛,那些可以啓齒的疼痛。他寧願來一段心悸,顫慄於愛與美:那通向無限歡愉的憂傷。

出門發動車子,朝濃郁的黑夜駛去,劃破彩色的霓虹,來到午夜兩點的東區。挑了一間酒吧,喝到清晨四點,直到bar tender再也溫柔不起來,啪一聲打亮慘白的日光燈。他像夜行動物飽受強光的驚嚇,掩面遮住自己的雙眼,丟下幾百塊的小費,歪歪斜斜撞出門,找進便利商店,追加一瓶劣酒,沿著景物褪盡的騎樓走入最深的黑夜,最淺的晨曦。

小海步履沉重,黏在地上,像一疊濕掉的傳單。一隻貓在善心人打開的餐盒裡嗅著,後肢拖著明顯的傷痕。晦暗的角落邊,一個流浪漢呑著漢堡,他面向牆壁快速啃嚼,像是對自己的食慾感到羞恥,又像是對自己竟然「買了」而不是「撿到」一個漢堡深感不安。在麥當勞「營業24小時」的微光中,小海瞥見流浪漢身穿Calvin Klein,惶然不解這人究竟是從高處淪落至此,還是這種地段，就連垃圾都能撿到名牌。

小海覺得自己病了，年輕的屌持續感到脹痛。這苦無出路的勃起狀態。他猜想自己或許得了攝護腺癌。路過「錢櫃KTV」，看見正要收攤的烤香腸，徐徐想起自己的第一次，第一個女人。

那年他高三，十八歲。那女的怕有四十幾吧。

那段時日，他彷彿開了竅，聽說了一些事，也懂了一點當代史：民國遷台史。同學在他抽屜裡放了紙條，寫下令他慚愧羞恥進而含恨遷怒的字句。有人自背後喊他，「喂，你是不是×××××的孫子？」前三個×××是「他媽的」，後三個是海爺爺的名字。一九八七解嚴那年，小海剛滿一歲。一九八八，台北街頭第一場五二〇事件，幾千個農民北上抗議，反對政府開放進口農產品，抗爭前夕傳說情治單位決定嚴厲鎮壓，耳語層次的暴力互動，像一則自我實現的預言，催化了抗爭現場的暴力衝突。「未暴先鎮，鎮而後暴」，抗暴者被打成暴民，鮮血不明不白地流。一九八九小海三歲，鄭南榕自焚，詹益樺於送葬途中追隨烈士的腳步，在總統府前自焚身亡，同行者在施救無效的水柱裡跪地痛哭。小海挖出幾份五〇至六〇年代的公文與判決書，在上面找到海爺爺的官印。一九六〇年，小海負二十七歲，雷震發起連署，反對蔣介石連任第三屆總統，鼓吹籌組反對黨，判刑十年。一九八一，小海負五歲，歸國學者陳文成被警備總部找去約談，隨後陳屍台大校園。一九八〇，小海負六歲，政治犯林義雄的雙胞胎女兒與他的母親，在住家中慘遭謀殺，七歲的小女兒陳屍樓梯間，口中還含著糖果。林宅滅門血案發生的日子，恰巧（必然）是二月二十八日……這份故事清單可以一直寫上一千條，一萬條；不斷延長，直到地老天荒，比加害者的遺憾更長。

小海不懂得明哲保身，投向憤世嫉俗的犬儒主義，或後現代的無重力逃逸路線。他自不量力，選擇了記憶，追索著自己從不在場然而父祖默許甚且積極參與的暴行。「接收者與劫收者的繼承人……」小海如此追憶自己的身世，無異於一場整肅。

學做台灣人，不是一件容易的事。

在漲滿義憤的某種急性的瘋狂底下，十八歲的小海砸爛書桌上的電腦，當下決定要出門買肉，「台灣的農民太慘了，我要吃肉吃到撐死爲止……」異常無理幼稚的行動邏輯。

晚餐時間已過，小海能去哪裡買肉？

他找到一處即將熄燈的黃昏市場，遇見一個名叫阿東的菜販，菜販阿東指示他：去跟「紅衫姑娘」買。

阿東告訴小海：紅衫姑娘不收攤，任何時間都做買賣。又說，「男人見了她，一定會跟她買東西的。」

紅衫姑娘果然穿著紅衫，住在菜市場內、肉攤子上方，1.5樓的「半樓仔厝」，天花板矮矮的壓下來，折彎了小海的腰。

「少年咧，你去跟她買，每個男人都可以在她那裡找到想要的東西。」小海至今依然記得，菜販阿東是這麼告訴他的。

「紅姑」果眞如阿東所言，非常非常的肉港（「肉港」請以台語發音）。那豐腴肥滿的身體，是一座活生生的，肉的港灣，挺立著一對肉的尖塔。眉眼一挑，就能把人撈上那張破兮兮的紅色眠床。

小海將自己困惑的青春，朦朧的自恨，泊入這軟綿綿的避風港。女人胸懷的溫柔如此龐大，鎖骨以下彷彿裝置了一對肉製的餐桌，供人在其上吸食乳汁、飲酒吃肉、放肆談笑、趴著入睡，睡到流出口水，發出夢的呻吟。

紅姑的房間凌亂骯髒，像一九四七的基隆港，浮著三月的血腥，紅色的棉被不曾好好折疊起來，準備迎接一個乾淨有禮的男人。紅姑的枕邊不需要空位，她的丈夫早已失蹤多年，與她同床共枕的，只有偶爾返家的高職女兒。

那是六年前的事了。二十四歲的小海，在夜風凜冽、晨光乍起的台北街頭，面向記憶的呼喚、眞相的重創，遙想「十八歲的小海如何遙想二十四歲的自己」。那一夜，他拎著一塊慘白的豬肉回家，以白水滾熟，蘸著醬油，狼吞虎嚥把它吃光。

紅衫姑娘不是細粉慢雕的城市女人，有點暴牙，這暴牙給了她某種豪氣凌凌、屬地因而屬靈的、充滿地力的美。那實實在在的粗礪感，像一顆飽經風霜的大石頭。她喜歡講色情笑話，也說粗話，舉手投足昂揚著動物性的愉快。面對身體這件事，她拿得直接，也給得爽快，絕非那種耽溺於等待之中，被動著，需要追求與讚美的女人。小海與紅姑的關係持續了一年，她的獨立自足令小海感到滿足，也感到心虛。心虛於「性」之恐怖、之強大，那殘忍的眞實性。

天亮了，小海臉上泌出雄性的油脂，膩著熬夜飲酒的疲倦。漫無目的搭上首班公車，在公車上睡了一覺。他是被司機搖醒的。睡到底站，踉踉蹌蹌下了車，感覺自己正在發燒，爬上另一輛正要出發的客運車，翻起上衣裹住頭，埋起眼睛繼續睡。再醒來已近中午，小海探出窗外，發現車子正行駛於「中正路」上，反而無從判定自己身在何處。也許在永和、中和，也許三重、新莊，也可能離開台北，到了桃園。全台灣的中正路，三一九個鄉鎮縣市，據說有一百七十條。

客運車上沒幾個人，除了拖著菜籃、坐在司機身後的婦人，看病的老人，還有一個年輕女人。女人長得很精緻，白衣黑裙，戴著黑色的膠框眼鏡。烏黑的長髮又直又亮，臉上塗了過重的粉底，鋪張著一種神經質的，屬於黑夜的，鬼的慘白。厲厲的，像個哲學家。她的衣著不夠時尚，不夠潮（市井裡哪來那種慵懶側臥於*Vogue*跨頁，全身僅靠腳趾著地的假人？），卻是費心打扮過的，跟五分埔的店面一樣好看。

小海尾隨女人下車，輕易就跟她搭上了話。在發燒的宿醉底下頂著正午的日照，什麼事都幹得出來。

兩人進了咖啡廳，剛點完東西，小海就聞到一股怪味。人的體味。潮濕而腥重，出自某種大企業的資深專員、戴著壓垮鼻樑的厚片眼鏡、年過五十再也升不上去、老婆外遇逃家沒人幫他洗衣服、他輪換著還沒髒到底的那幾件、就算洗了衣服也不懂得脫乾、晾在暗無天日的廚房裡、陰陰發著霉、老是懷疑自己會得癌症、在辦公室的茶水間就燉起漢藥來了⋯⋯那樣一種腐敗的氣味。

這麼好看的女人，不該發出這種味道。

爲了確認怪味的起源，小海起身上廁所，返回時湊近女人身邊，嗅一嗅，好像是啊，是她的味道沒錯。也許宿醉太嚴重，鼻子發了瘋？

女人見小海回座，起身說，「我也去一下洗手間。」

「廁所裡沒有衛生紙了。」小海提醒她。

「沒關係，反正我沒穿內褲。」她說。

難道是她胯下的氣味？小海想像那味道，出自女人層層疊疊的分泌物，在濕潤的皺折裡迴旋。處女的氣味。

小海憑經驗斷定，這女人是個處女。人世間確實存有這種處女，也許由單親爸爸帶大，也許由爺爺奶奶撫養，不懂得怎麼照顧自己的私處，讓它像「假處女」般飄出「處女」的幽香，因爲她無從想像有誰會把鼻尖或舌尖靠近那裡。

小海捧著發燙的額頭，直覺這女人跟Zoe（以及圖書館裡看他睡覺的女同學）沒有兩樣：就算沒有精神病，至少也患了某種豔色的憂鬱，落在「常態」之外。這種女人是最好的床伴，大膽無忌，小海提議到附近開個房間，女人未經考慮就接受了，全然不像一個正常的處女。——這令小海堅信，自己的判斷絕對正確。

他們攔下計程車，抵達火車站後面的老街，走進一家奇爛無比的飯店：以「大旅社」為名、房號僅僅三碼、鑰匙鏈著塑膠牌、櫃台點紅燈、供奉關公或土地公；專做「退休老人旅行團」或「婆婆媽媽進香團」，周末掛出泰文與印尼文的特價廣告，「休息三小時四百元起」，化身外勞情侶幽會所。

在那爛到脫皮的臥房之中，女人卸下衣物，露出光潔的裸體，美得超乎預期，像八月的花香，撲倒一切醜陋的傢俱。

小海為女人放水洗浴，像個心甘情願的小男傭，挺著彷彿閹掉的沉默陰莖，一吋一吋膜拜她的皮膚。他吸吮著女孩的青春，聞不到咖啡廳裡嗅得的異味，轉而懷疑自己：難道我聞到的是我自己，我自身的臭味？

即使跟她在一起，跟如此美麗的處女在一起，小海依舊變不出什麼把戲（那反覆操演於Zoe、於April、於Iris、Anna、Christie、Mint，再回到Zoe的，同一套標準作業程序）。反倒是那女人，那經驗匱乏的處女，她之移動與不移動，全都是原創的、自發的，無可預期。唯小海一再重覆著，重覆著那經歷了無數「別人」的自己。

這充滿天分的女人，善用處女的創意，啓動她沒有履歷的、活潑的身體。一切顯得那樣新、那樣奇，陌生而野性。那異常深邃的女體，令小海在高燒的痙攣中，再也清楚不過地體認了，自己是個正在腐爛的東西。在「菁英養成」的律則底下緩緩流失，流失了感受力，流失了感受之所以成爲感受的「氣力」，像一部三流片裡的演員，無形中演出了時代的病：在囂張的名利場被掏得淨空。

小海射了，軟了，睏極了。緩緩降下體溫，閉上眼睛。

像一盤冷掉的灰燼。

女人在他朦朧睡去以後，安靜地離開了。

恍惚中，小海重返那片裸體海灘，那無限透明深邃的避難地。

幾十個男人，裸身躺在沙灘上，不交談也不交媾，爲的是什麼？

幾百隻海蟲，整齊面對同一方向，朝天翹起尾巴，不覓食也不交配，究竟是爲了什麼？——小海在夢中撿起多年前，在一本小說裡讀到的這個畫面：一群同類聚在一起，從事毫無「生產意義」的集體行爲，究竟有沒有意義？

當然有意義。小說裡的角色說，「這當中最有意義的，不是海蟲集體面對同一方向、翹起尾巴這回事，而是身爲人類的我們，發現了這個現象，迷上了它的奇特感，並且思索起它的意義。」

「假如聚集的是一群人，」小說裡的角色繼續說，「一群人做著一件令人感到陌生而難解的事，我們可能會說，他們正在祈禱；所以，這群海蟲或許也在祈禱吧。」

也許不只祈禱。小海在夢裡自說自話：也許他們在思考、在傾聽，也許他們在示威，在抵抗。

也許他們只是在避難。像岩壁上動也不動的海蟲，蘭嶼海邊靜止的羊群。像海灘上垂軟的男體，像全世界靜坐的人群。

小海沉睡了幾個小時，滿頭是汗，一身的體熱已然退去。

他步出旅社，眼看白日將盡，夕陽發出螢光，美得像假的一樣。旅館旁的畸零地裡，搭著幾戶違章建築，種著一畦新綠的菜苗。天色暗下，飄落幾滴細雨，雨水淋上小海清醒的臉，這城市變得好新。細雨驟然消失，小海的頭頂乍然放晴，卻見遠處一團烏雲凶猛而來，豔陽的下一瞬就是暴雨。這晴雨交替的瘋狂彷彿有話要說，有冤要訴，有人要恨，有人要愛。

全球暖化。地球發瘋。人也發瘋。這後工業的瘋狂，據說一切都是人爲的結果，然而就連這「據說」，也是人說的。地球的免疫系統要把人類幹掉了，即便在東非、赤道橫貫的肯亞，平地竟也下起雪來。學生們蹦蹦跳跳，捧起雪來用力啃，跑去借機車，把雪球載回家。清邁低溫一度C，女孩們盛裝打扮，帶著相機，爭相與霜雪合照，「百年難得一遇呀，」女孩說，「身在此時此地眞是太幸運了。」

發瘋的天氣將街景變成一張耶誕卡片，灑滿歡樂的白色粉末，將平日變成假日。小海與一個不合常理的女人上床直到失去理智，換來一份無法言傳的祕密：彷彿求得了一種斷裂，令既存的生命解掉慣有的形式，快樂地瘋狂至崩潰邊緣。

暴雨砸下來了，小海伸舌去舔，看見一個渾身濕透的男子，將機車騎進檳榔攤，舉起爬滿刺青的手臂，對空比劃著，像個興奮的少年，爲半老的檳榔西施解釋烏雲急速轉彎的路徑。那野生的、粗礪的激情，令小海心生羨慕，想起了他的紅衫姑娘。

至於那透明深邃的避難地……靜坐或思考的人們想通了沒有？

也許想通了，也許不。

有時候，人們起身，離開現場，因爲實在累了，想回家休息一陣，又或者出於時間的壓迫，無力再糾纏下去。也可能心裡舒服了，覺得不必再爲難自己。

總有那麼一刻，小海像那些人們一樣，起身換個方向，帶著困惑離開，把新的困惑暫時稱爲「答案」，重新回到生活。

一段時間過後，有些人會重返避難地，繼續思考、靜坐、抵抗、休息。

然而另有一些人，決定尋往另一處，因爲發現之前的答案不是答案。

8 西門町・獅子林・慾望街車2.0

我記得TW筆下，白蘭琪出場的樣子。

她穿得很講究，與周遭環境——她所欲投靠的、妹妹家附近的頹廢藍領——格格不入。全套的白色裙裝，上衣有蓬鬆的羽絨，珍珠項鍊，珍珠耳環，白帽，白手套，鄭重其事，像是要出席一場夏日茶會，或者花園特區的雞尾酒派對。白蘭琪耽美而自卑，愛釣愛勾引。她捨不得放過任何一個男人。

就一個單身女子來說，她算是很有一點年紀了（在一九四七那殘酷的年代，所謂老小姐，不過才三十歲），一臉精雕細琢的妝容，美麗得異常脆弱，必須避開強光的照射，以免坍塌、卸落。簡而言之，白蘭琪是個見光死。一個盛裝打扮的，過氣的女人，穿著（對我這樣的讀者來說）

不合時宜的淑女裝。隨時準備要相親似的。

而TW是這樣說的：白蘭琪舉止中流洩的某種遲疑、不安，搭配那一身的白，令人聯想到蛾。

我養過蠶寶寶，孵過蠶蛹，見過由爬蟲羽化的蛾。雖說世間的蛾不只蠶蛾一種（光在台灣就有將近四千種，分屬六十幾科，Google〔股溝〕大神這麼說），在我主觀的認知裡，蛾並不是白色的，至少，白得有點陳舊，有點灰。不斷落下的翅鱗予人甩脫不掉的沾黏感。有點麻煩，讓人一碰就想要洗手。

確實，白蘭琪是個麻煩的姑娘。與許多鄉下來的窮親戚一樣。

上網搜尋蛾的照片，果眞一身絨毛，驚人的濃密茂盛，可以拿剪刀梳整或修理似的。我想像白蘭琪穿著假皮草，以貴婦的氣勢傲然現身，滿口逝去的繁華，口袋裡沒幾分錢。

蛾類的白並非純淨無染的雪白，帶點土與灰的色調，看起來髒髒的。就像白蘭琪的裝束，拖曳著某種老去的、滄桑的白，帶有庫存的舊味。彷彿褪色似的褪了青春，由純白褪成了髒。

白蘭琪在戲裡一登場就是個老小姐了，雖然她抵死不認，謊稱是妹妹的妹妹，自稱單身而鮮有戀愛經驗（其實結過一次婚），嗜酒以致酗酒的地步（卻一再推辭說自己實在不太能喝）。

白蘭琪（Blanche）這來自法語的名字，本意即是「白」。愈是純潔無瑕，愈是禁不起髒汙，脆弱而易染，輕易就墮落了。那一身的「蛾白」遂成為一種耗弱的白：精神耗弱。迷醉於酒、藥、香水與回憶，苦於妄想與幻聽，無時無刻不在撲粉補妝，長時間佔用浴室進行水療。流言說她曾經長住「佛朗明哥」，一個專門接待賭徒、酒鬼、浪子與娼婦的廉價旅店。她說自己不住那裡但是沒有人信。一個患了病態撒謊症，連年齡與嗜好都要欺瞞的女人，實在很難取信於人。

關於蛾，至少還有一件值得說的。蛾雖然是夜行動物，卻帶有強烈的趨光性格：一種矛盾的存有，正所謂「飛蛾撲火」。

自毀是蛾的本性。白蘭琪的本性。

身為一個「四處亂睡」飽受非議的女人，本該竊行於黑暗之中，迴避強光的照射，在夜色的保護底下，安靜渡過妖孽的祕密生活。偏偏白蘭琪另有渴望，渴望得到正大光明的幸福，接受常人的祝福——這是白蘭琪的孤獨：一個不名譽的怪胎，離開夜的籠罩與陰影的保護，飛身撲向火光，期盼為光明的世界接納、吸收。她想要嫁人，隨便嫁個不算太差的男人就好。

也可能她只是累了。當妹妹問她當眞想要米契嗎，想要那老實但無趣的追求者嗎？白蘭琪說這個問題已經不重要了，「我想要的是休息。我想要寧靜的呼吸。」假如與米契的婚事眞的成了，或許她就能安定下來，不再成為自己與別人的負擔——米契是個好人，也是個標準的「媽寶」，開口閉口都是「我媽」，但是他的母親病了，恐怕活不過半年，他恐懼自己終將孑然一身，孤獨以終，對白蘭琪格外殷勤。

逛進周末的西門町，我遇見了白蘭琪2.0。二十一世紀台客版。

那個下午，我與小海領著向醫院請假的阿莫，去西門町玩樂。我們逛到誠品武昌店近旁，老牌的六福大樓，駐足於一間假髮店的門外，望著玻璃櫃中展示的人頭，評論那些爆笑可愛的髮式：有豪邁澎湃的「嬸婆大卷式」，筆直軟塌的「許純美式」，葡萄紫的超細卷「卡拉ＯＫ老查某式」，「喜宴親家母式」，「紅包場小調歌后式」、「恁祖媽隨在你式」……

忽而假髮店裡走出一個人，純白高跟鞋，純白公主裝，身高超過一八〇。低胸，束腰，及膝短裙。濃妝浮在一臉油光的表面，表情浮在突出的喉結之上。一身壯碩的男體裹在全套的女裝裡面，像一個龐大的祕密，公然步出騎樓，走進光天化日之下。

「看到了嗎？」我壓著喉嚨低聲問道。

「看到了。」小海說，「他乳溝練得滿深的。」

健身房裡有些男子天天鍛鍊，練得雄壯異常，直到胸肌起伏，一呼一吸都是驚險，他們之中絕大多數是爲了追求陽剛，另有一些是爲了獲得乳房，變成雌體。

我與小海、阿莫一齊轉頭，望著「小白」的背影（我們立即爲她取了名字）：小禮服般合身的剪裁，逼顯了粗大的身型。苦澀的假髮沒有擺正，無生物般死氣沉沉，成片地悶住頭顱，裡頭沒有風、沒有花香、沒有愛情，倒可能纏了一隻斷氣的蒼蠅。

「那頂假髮好像出租店裡回收的特價品喔。」阿莫說。

「我猜她的治裝費應該很低吧……」我說。

「妳覺得他會成功嗎？」小海問。

「你是說，一路妖氣四射招搖過街，而不被認出是個男的？」

「唉，想得美，」我說，「一看就知道是第一次出門，連走路都不會……」顯然是個初學者，不懂得打扮，粉底白了兩號，腮紅打得太高，眉筆下手過重，眼影暈得像是剛剛被誰揍過。

「當女人是要學的……」阿莫說，「像我，就沒有當女人的天分。」

「他需要同伴，」我說，「他需要『秋葉原系』的男娘。」日本秋葉原的女裝男子，開了一間「男娘咖啡酒吧」，開辦「男娘髮妝講習」，還提供時尚女裝的郵購服務呢。

我們繼續偷看小白：她其實有點緊張，甚至害怕，於是傲慢地抬起下巴。而他那身公主裝還眞是、眞是、醜得好均勻哪。厚重的荷葉領，冗贅的蕾絲邊，胖大的蝴蝶結。可愛過頭以致老氣橫秋，飄忽著一股舊時代的怪味，像是從哪個倒閉的女裝店後門撿來的。

一身髒髒的白，像一隻蛾。本該竊行於夜幕之中，偏偏要走進陽光裡去。

「眞是太屌了。」小海說。

就這樣斃了自己的屌，不管世人肯不肯放過他的屌，也不管路人是否只懂得通過他的屌來界定他，或者否定他。

一個看起來已經三十好幾的男人，穿上心愛的公主裝，滿足自童年壓抑至今的渴望。從小女孩開始做起，帶著處女的扭捏，將自身暴露於街頭的惡意之中。

「應該找人教他使用遮瑕膏，把臉上的坑坑疤疤補一補，」我說，「還有鬍渣……」

「他不像網路上那些漂亮的男生，皮膚細緻，骨架又小；他長得實在太粗壯了……」阿莫憂心忡忡地說。

「就像一份公開發表的聲明，說：沒錯，我是變態……」

「太勇了，簡直就是討打。」

正說著，小海驟然傾身前向，以起跑的姿勢丟下一句，「我去『喬』一下他的頭髮。」——這就是了，這就是白蘭琪（爲自己與同類）說的：不論你是誰，我向來要倚靠陌生人的好心。

我們走進「獅子林」大樓，在地下室的「瘋馬MTV」租了包廂，重看《慾望街車》。這部電影連同這回我已經看了三遍。

燈光暗下，窩進沙發，以最舒適的、專屬於自己的怪異臥姿，進入別人的生命，再回到自己的。彷彿接受了一場精神治療。想哭的時候不必忍耐，抽菸喝酒也沒人干預。美好的電影深邃而慷慨，一趟兩小時只花一兩百塊，哪像私人診所提供的談話治療，五十分鐘三千起跳，一節五千七千很平常，遲到了照樣計時付費。

即使看了三遍，我依舊搞不清楚，白蘭琪過去究竟發生了什麼事，她是怎麼壞掉的？那股自片頭貫穿至片尾的罪惡感，所爲何來？——看得出來，她把家產敗光了（但是她對此毫無悔意：

妳把我丟在那裡，逍遙去了，妳沒有資格指責我。而妹妹確實不怪她，她知道姊姊這幾年過得不太好）。白蘭琪是個購物狂，近於強迫症的躁鬱行爲（她說，女性的魅力是由假象堆砌而成，把金錢投資於珠寶、衣飾、高檔的渡假旅遊，是爲了結識富豪，晉身上流社會）。她是最早的call girl或援交妹，很好約，口哨一吹就上勾了，她的許多皮草與金飾，據她說，都是仰慕者送的（她的仰慕者可多了。一整營的阿兵哥都上過她。據說。）我們不知道她爲何丟了工作，離開任教的中學，我們只知道後來，她在外頭「跟美國總統一樣出名」，差別在於她沒有支持者，「得不到任何一黨一派（任何一場派對）的歡迎或尊重」。

白蘭琪是一隻彩色的果蠅，在開腸剖肚的橙果之中放浪形骸，發出香噴噴的惡臭。她那不堪聞問的過去，被妹婿史丹利一一揭發——啊，那粗野得令人發狂，自由得令人發狂（一再以剝奪別人的自由取樂），性感得令人發狂的，馬龍白蘭度。他演出這部電影的時候，僅僅二十三歲，白色汗衫濕得透明，吸吮著壯碩的肌肉，熱了就脫，脫得不順手就乾脆撕掉它。從不調情，不玩甜言蜜語，一個眼神就能將妳刺穿，讓妳知道「別裝了，我知道妳想要我」。

身爲一個愛慕男色的男同志，TW創造了一個任誰也無法抗拒的、性的暴君。我猜，TW曾經狠狠愛過也狠狠被這樣的男子傷害過吧，就像史丹利傷害白蘭琪那樣。

白蘭琪說，「我無法忍受赤裸的燈泡。」她拿出紙燈籠罩住光源，將光線搓軟，變柔。刺目的光線太暴力了，像男人粗魯的言行，像史丹利無情的評論。她無法自史丹利口中釣出任何一句讚美之詞，最好的僅是「還可以，妳長得還可以啦。」她想再多要一點，小史不甩她，叫她省省吧別再問了，「沒有哪個女人不知道自己長得好或不好。」

小史實在殘忍，與「眞實」同樣殘忍。白蘭琪知道這個男人終將在她的身上「行刑」。「他會毀了我。」白蘭琪這麼說。

小史確實毀了她。毀了她再婚的希望，也毀了她與妹妹的關係。

他上了她。

小史討厭這個小姨子，討厭她整日在她的妹妹他的寶貝面前說他平庸、粗俗、沒質感。「妳所受的那些教養都到哪裡去了？」白蘭琪對妹妹說，「跟這種男人過日子，唯一能做的事別無其他，只有上床。」（唉喲，這句罵人的話好性感，好camp，露淫敢曝，好同性戀喔）。她的妹妹回得也超級性感，她說，「男女之間，在關燈以後發生的某些事情，會讓妳看不慣的一切相形失色，變得一點也不重要了……」

史丹利知道自己粗俗得像一把汙泥，他把自己的女人（受過至少中等教育的史黛拉）拉了下來而她愛死了這墮落無文的快樂，然而，這個自五月初冒出來借宿，一直賴到九月的小姨子，將他們夫妻之間一整個夏季的激情作廢了（以布簾隔間共享一間臥房），並且一再挑明他們之間的差異，他恨她，恨她揭露了這段婚姻的眞相。這個愛裝高級的婊子。他覺得自己有資格要了她（因爲他知道她也想要他），他尤其認爲自己有資格懲罰她（這人盡可夫的破東西，勸離不勸合的破壞者）。

電影裡，看不出這究竟是一場強暴，還是一個女人屈從的結果：屈從於情慾與情慾的暴力性質。但我們確實聽聞了，小史以語言鞭打她，試圖以性來教訓她。就算這不是一件可以成案的「刑事犯罪」，至少也算是霸凌吧。霸凌，bully，由公牛（bull）演繹而來的一個字。史丹利醉得過頭，悶得快爆炸了，像一頭發情而憤怒的公牛，憎恨著白蘭琪同時強烈地渴望佔有她。渴望嘗一口眾人皆嘗過的，陌生的腥味。妖孽的新奇滋味。

事後，沒人相信白蘭琪的說辭，像她這種汙損的髒東西，是施暴者最理想的目標（妓女也會被強暴嗎？好吧，是有可能，那又怎樣？）何況她還是一個苦於幻聽，滿腦子妄想的病態撒謊狂。像一隻蛾，不斷落下棘手的翅鱗，誰碰了都覺得倒楣，深怕引起中毒、過敏。就連白蘭琪的妹妹也知道，「假如我相信了姊姊，該怎麼跟自己的丈夫繼續生活下去呢？」她才剛生下孩子，禁不起變動，她沒有選擇。

（蛾的翅鱗確實是有功能的，可用來防水，調節溫度，還有逃命：誤入蛛網的時候，用力拍打翅膀，讓蛛絲隨翅鱗的脫落而甩盪開來。翅鱗含有足以引發過敏的化學物質，造成紅腫、疼痛等發炎反應，具有保護的作用，但這樣的保護是有限額的。一隻蛾假如耗去了太多的翅鱗——獵捕與攻擊的密度突破了上限——翅膀會失去飛行的能力，變成殘障。）

鱗粉嚴重脫落之後，蛾就再也無法飛行了。白蘭琪歷經滄桑，本是一條打不死的爛命，經過史丹利這重重一擊，崩潰了，被送入精神病院。

這是白蘭琪的孤獨，罪人的孤獨。深切的罪人意識癱瘓了她，她無力反擊史丹利的殘酷，揭不破他冷靜的辯辭。

白蘭琪的孤獨不只於此，還可以更深。瘋子的孤獨比罪人的孤獨更深。瘋子在最重要的一件事上說了眞話，但是她並不享有說眞話的權利，因爲她失去了「正常」此一人性的基本配備。她的翅膀被搗壞了，飛不起來了。

也許有人會說，她的身心原本就不太健康，太敏感，太脆弱。她的失常、她的怪異與殘障，原本就內生於她的體質當中。就像蠶蛾：由蠶蛹破繭而出的蠶蛾，雖然長有翅膀，但是發育不全，天生就無法飛行。

「但我偏偏不死心，我一定要弄清楚，白蘭琪是怎麼壞掉的。」我說。

她的幻聽，那不斷累積成爲症狀的罪惡感，電影裡全都沒有交待。

「有些地方確實怪怪的，」阿莫說，「白蘭琪說自己眞心愛過，卻親手失去所愛，沒頭沒尾的不知道什麼意思。」

「她幾歲結的婚啊？」小海問。

「不清楚，但是她的初戀發生在十六歲那年。」我說。這電影我畢竟看了三遍。

「所以，她愛過又死掉的那個男孩，就是她的丈夫嗎？」小海問。

「應該是吧，他們倆結婚的時候都還很年輕吧，」我猜，「這部電影一定暗槓了某些情節，有些東西硬是說不通也連不起來。」

出了「瘋馬」MTV，直奔隔壁的誠品書店，找不到《慾望街車》。可惡，這本書根本沒有中譯。只好找原文書了。找到了還是覺得可惡，一本書竟然要那麼多百！

小海把書搶去付了帳，以舞台劇特有的語調宣布：「本人正式就任『白蘭琪病理調查小組』主任調查員，這筆資料由本組埋單。」接著，小海把書交給我，說，「李文心同學，請於三日內閱讀完畢，向本組海主任與莫同學進行簡報。」

「三天？」我擠出鬼臉，「光查字典就不只三天好嗎？」其實我想說的是：小海你眞是大人大量好大方啊。但是我沒有說。不是因爲小海在Facebook（非死不可）寫下的，「像我這麼好命的人，如果還多疑、吝嗇、愛抱怨，那眞是浪費了我這一身好命啊。」而是我實在害羞，羞於出口向他道謝與致歉。我已經決定搬離他家，改宿阿莫住處。

果然，原著裡最關鍵的段落，電影裡全被刪了。

白蘭琪口中的「那個男孩」，確實是她的初戀。十六歲的初戀。白蘭琪在他身上發現了愛，找到了愛，也得到了愛，就像在半明半暗的時空裡，於晦暗之處打上令人目盲的光。

「但是我被誤導了……」白蘭琪說，她的愛人與別人不太一樣，比較纖細、不安，時而焦慮、惶惑，有點神經質。他寫詩、寫情書，溫柔而心軟，他擁有一般男孩缺乏的特質。「他找上了我，向我求助，但是我沒搞懂……」三十歲的白蘭琪如此回溯自己的少女時代。

（盲人導盲。最浪漫，最富創意，也最危險。）

白蘭琪與男友辦了婚禮，私奔，離家（讀起來好像是這樣），但是她始終不得要領，幫不到他，因爲他沒說出口，沒說清自己究竟需要什麼。

（是他找不到語言？還是她沒有聽懂？）

男孩陷入流沙，眼看就要被吸入地心，他伸手抓她，她無力將他拉出，反倒一同陷落——這一切她絲毫不察（人要如何對抗連自己都不認識的東西呢？），只知道自己愛他，「我愛他」，無可自拔簡直發痛受苦似的愛著他，直到她意外闖入一個房間，一間本該空著的房間，房裡躺著（或擁著、親吻著）兩個人：一是她所摯愛的小丈夫Allan，另一個是Allan多年的好友，一個比他年長一截的大男人。

「唉，眞是不意外呀，」阿莫說，「田納西．威廉斯不就是個gay嗎？」

「是啊，他抽菸的樣子好好看。」我說。

「他抽的是雪茄吧？」小海攔下我手中的《慾望街車》，將它翻向背面，注視作者的照片。

三日後的這一天，阿莫照例向醫院請假（簽下切結書，贖身四小時），我們三人沿著蕭索的「獅子林大樓」繞了兩圈，轉到隔壁的「六福大樓」，在假髮店旁找到一間咖啡店。小店裡只有六個座位，一疊被翻爛的《壹週刊》，櫃台裡，染了半頭綠髮的破少年埋頭打電動，完全不鳥我們。眞是個好地方。

「白蘭琪喜歡敏感細緻的男孩，開口閉口就是輕一點，輕一點，溫柔一點，不要這麼粗……」我說，「她無法忍受典型的大男人，無法忍受男性的專斷。」

她喜歡「不像男人的男人」，渴慕陰柔的男孩。這是白蘭琪的孤獨。

（飛蛾撲火一：愛上同性戀。）

白蘭琪假裝沒看見，假裝什麼也沒「被發現」，三人一同去賭城渡假，一路買醉，一路笑。

「那不就是3P嗎？」小海說。

（飛蛾撲火二：發現自己愛上的是同性戀，卻無法停止繼續愛。）

「白蘭琪的妹妹說，白蘭琪愛他愛得簡直不把他當人，就連他踏過的路面都崇拜不已。」

婚禮都辦了，分明是個「正室」，卻成爲愛情中的第三者。

（飛蛾撲火三：讓丈夫的男朋友一起來，勉強適應三人世界。）

後來她再也受不了了，在舞池中，無法克制受騙欺瞞的痛苦，悚然刻薄起來，對Allan說：「我看見了，我知道了，你令我作嘔……」一支舞還沒結束，男孩奔離舞池衝向湖邊，自殺，死了：他朝自己的口中開槍，轟掉整個後腦。此後，那照亮生命同時令人目盲的強光就熄滅了。世界黯然失色，再也亮不過一盞燭光。

「她在電影裡只說了，我戀愛過，可是他死了……」阿莫說。

五〇年代的電檢制度，將Allan這「不合倫常」的人物消除了。消音。禁除。不准你看。強迫遺忘。

「也許，Allan並不適合一般的二分法：不是異性戀、就是同性戀……」小海攤開左手，再攤開右手，「說他是雙性戀也可能太過簡化了。」

「也許Allan兩個都愛，」我同意小海的看法，「但是白蘭琪動用了非此即彼的二分法，不相信Allan也愛著她。她才十六、七歲，又是初戀，禁不起這麼複雜的心理運算。」綠髮少年抬起頭，良心發現似的，戴著耳機朝我們吼道，「你們要點飲料嗎？」

「要。」小海與我同聲說道，「三杯熱咖啡。」

「是嗎？」阿莫問，「Allan有嗎？Allan有愛過白蘭琪嗎？」

「他若不愛白蘭琪，怎麼會被她激得活不下去呢？」我說。

「可能是罪惡感啊，」阿莫說，「他對自己的身份感到痛苦，對騙婚的行為感到羞恥，他跟白蘭琪一樣年輕，一樣禁不起太複雜的事。他連槍都準備好了，想死已經很久了吧。」關於自殺，關於自殺的念頭與行動，我們之中沒有誰可以反駁阿莫。她腕上的刀痕才剛結疤而已。

三人沉默著，等待一杯三十五元的熱咖啡。東西還沒來，先來了一個中年男子，亂著頭髮花著臉，指間夾著菸，匆匆闖進門裡丟下一句「老樣子」，隨即站回門邊，讓電動門就這麼開著，繼續抽完他的半支菸。

破少年問今天贏了沒，老花臉抓著自己的一頭亂髮，說，「四點不到，熱身而已，贏了三場平一場。」

「那你幫我下五百。」少年說。

老花臉抽完菸，自破少年手中取走一杯特製的不知什麼飲料，說，「這杯算你的，輸了我賠你一半。」

老花臉才剛離開，破少年就告訴我們，「他是撞球之神喔。」八樓擺的是「司諾克」，賭的是職業級的輸贏，五百塊沒人受理，是老花臉給的特權。九樓的白雪戲院專播色情電影，營業三十五年即將收攤，「這禮拜演3D艾曼紐，要看要快喔。」

「結論是，白蘭琪與她的妹婿史丹利一樣，說了殘忍的話，殘忍地揭發了當事人承受不起的眞相，導致了Allan的死亡。」我說。

這是白蘭琪的孤獨，罪人的孤獨。

「她與史丹利最大的不同在於，她認了自己的罪，史丹利卻認爲別人罪有應得。」我說。白蘭琪是一個「脆弱」的罪人，是脆弱導致了她的孤獨——蠶蛾雖有翅膀，但是發育不全，天生就無法飛行——假如白蘭琪可以像別人一樣，以指控來回敬指控，大玩反控與互控的遊戲，藉由譴責、誹謗與告狀，拆卸別人加諸的暴力，也許就不必付出這麼高的代價。假如她可以責怪Allan，將他的自殺視爲騙婚者自尋的懲罰，也許她就不必付出這麼高的代價：導致精神崩潰的人格代價。她可以正正當當指著別人咒罵，換人，改嫁。但是她做不到。

這是白蘭琪的孤獨。善良的孤獨。

（飛蛾撲火四：扛起罪名，不假他人。）

白蘭琪就是這樣壞掉的。我說。被自己的「善良無欺」弄壞的。

「我的小白袍告訴過我，憂鬱的人大部分都比較善良，也比較在乎別人的看法。」阿莫說。小白袍是阿莫的主治醫師。

「白蘭琪到處亂睡。除了Allan，這世上任何一個男人對她來說全都沒有差別。誰都可以，因爲誰都不是Allan。」

愈是純潔愈像剛剛落成的新雪。濕軟，白淨，輕易就陷落，一碰就髒了。

「那，被學校開除又是怎麼回事呢？」小海問。

「因爲她碰了自己的學生。」我說，「跟史丹利調查的差不多吧，她之所以離開學校，不是因爲請病假，而是因爲搞上了一個十七歲的高中生，被對方的父親發現，告上督學那裡去了……」

「原來是師生戀啊。」小海說，「我有一個高中同學追過我，我讀的是男校，所以……對，我最要好的高中同學是個男同志，他師大畢業以後跑去當國中老師，教國文，也輪職當導師，他是個少年癖，我老怕他會出事，叮嚀過好多次，我跟他說，覺得自己把持不住快要出事的時候，一定要先打電話找我……」

「找你幹嘛？」我問，「找你幫他打手槍嗎？」

「妳最近對我很凶喔。」小海說。

「難怪會有那場戲……」阿莫把話題拉回來。

「哪一場？」

「就『收報費』的那場戲呀，沒頭沒腦的根本看不懂，」阿莫說，「搞得這麼隱晦不如全都剪掉算了，免得讓人頭昏。」

電影裡，白蘭琪在獨處的午後，接待了一個來收報費的年輕人，先是調情、獻媚，借火、吸菸，東拉西扯找話題，一再把人家留住，將自己的嘴唇強加在男孩的臉上，又叫對方趕快離開。白蘭琪自言自語說著，「眞希望可以把你留下，但是我必須乖一點，離小孩遠一點。」

「白蘭琪投靠妹妹的時候大約三十歲，離職已經兩年了。算起來，與學生談戀愛的時候可能二十七歲吧。」我說。是一場相差十歲的師生戀。

阿莫說，「用現在的話說，也可以算是姊弟戀吧。」

然而，身處在一個容許四十歲男性追求十七歲女性，卻不容許二十七歲的女性追求十七歲男性的時代，「姊弟戀」成了「姑姪戀」，或「姨甥戀」，成爲一種不可原諒的變態。

（飛蛾撲火五：愛上自己的學生。）

師生戀，姊弟戀，姑姪戀，姨甥戀……墜入不該墜入的情網。愛上了，墮落了。在眾人的審判底下，淪爲一隻耗光了翅鱗，再也無法飛翔的蛾。

流言充滿可塑性，八卦新聞縱有可信之處，總要被誇大的。每個男人都說自己與白蘭琪有過一腿，鎮上的男人輪過一圈，她就玩完了。久了竟變成鎮上最有名的一個角色，不單是蕩婦或怪咖而已，據史丹利說，她根本被當作一個瘋子，十足的瘋子。像有害的毒物一樣被人趕來趕去，洗刷，掃蕩，清除。就連「佛朗明哥」這種下流旅店也受不了她，要求她交出鑰匙，拒絕她繼續留宿。

「就像《變形記》的男主角一樣。」我說。

即便那唯一的追求者米契（沒有人要的米契），也不要白蘭琪了。他押著她的臉，忿忿地說，「我從來沒有好好的，眞正的，看過妳。」白蘭琪總在傍晚六點以後出門約會，以浪漫之名關掉大燈，點上燭光。米契不顧白蘭琪的閃躲抗議，強行打開大燈，把紙燈籠拆掉，說，「我不在乎妳比我想像的要老，我生氣的是，妳竟然讓我以爲妳是個正派的人！」

「他用的那個字是straight喔！」我得意洋洋，自以爲是個大發現，「我老老實實查了字典，straight這個字意味著誠實無欺，正統，正直，當然也包括『異性戀』的意思。所以，米契的話也可以翻譯成：我不在乎妳比我想像的要老，我生氣的是，妳竟然讓我以爲妳是個異性戀！」我說。

「那不就是白蘭琪想對Allan說的話嗎？」阿莫說。

「是啊，」我說，「這些經典老劇本還眞是環環相扣啊。」

「充滿推理小說的樂趣。」小海說。

白蘭琪不夠正，不夠直，帶著自己的衣櫃四處流浪——她的一生她的所有包括她的祕密與Allan給她的情書，全都收在這只衣櫃般的皮箱裡。

從異性戀的男性觀點看去，她還眞是不夠正統不夠格，夠不上婚戀的標準，不夠異性戀：初戀的丈夫是個gay，以中學老師的身份要了一個十七歲的學生，與陌生男子到處睡。

於今她累了，只想找到一個與她同樣孤獨的人，在這冷硬的、石化的世界裡，找個裂縫躲進去，休息一下。但是米契——沒有人要的米契——認爲她沒有資格，沒有資格進入他媽的家門：對他與他媽的房子來說，她不夠乾淨。只不過，既然她是個任誰都可以的蕩婦，膽小溫和的米契壯了膽子，挺身試圖掠取之前沒敢索取的東西：她的肉體。

米契與史丹利同樣渴望，渴望婊子的身體。

白蘭琪逾期寄宿至不受歡迎的地步（從初夏的五月捱到九月中旬），一旦她離開，史丹利與妻子就能回到過去，在暗夜裡製造歡愉的噪音，無須顧慮拉簾另一頭，那個麻煩的小姨子。就連白蘭琪的妹妹也同意了丈夫，請精神病院派人來將她接走。

白蘭琪臨走又轉身回返，說，「我忘了東西，我忘了東西……」她不認識來人，那一男一女不是她所預期的人。她以爲自己要去渡假，搭遊艇沿加勒比海旅行。

「我不認識你們，我不認識你們……」白蘭琪跑回屋裡，再度起了幻聽。

「妳想拿走妳的燈籠，對吧。」史丹利一個舉手，將紙燈籠撕下。赤裸的燈泡射出審判的強光，探照燈一般，令人目盲。白蘭琪大叫大哭，彷彿自己就是那扇紙做的燈籠，而史丹利弄破了她。

一九四七的初夏，白蘭琪搭著「慾望街車」來到紐奧良，一處名為Elysian的地方（Elysian讀起來很像illusion：錯覺、幻象）。同年夏天，《慾望街車》的作者，四十歲的TW遇見了十八歲的少年FM，兩人隔年相戀，同居。四十一比一十九，相差二十二歲的兄弟戀、叔姪戀、父子戀。他們在一起十四年，直到FM死於肺癌。好悲傷。好幸福。

電影裡看不懂的，唯有老老實實讀過原著，才能一一尋線追查，救回電檢制度禁止的回憶。一九四七恰巧也是納博可夫筆下，杭伯特遇見羅麗塔的那一年。在那「命定的夏天」，三十七歲的老杭愛上十二歲的小羅，我二十歲的外婆嫁給二十七歲的外公，成為他的女人，他「腰胯的火燄」。

一九四七也正是，二二八發生的那一年。

在種種令學者（喔，偉大的知識權力壟斷者）嗤之以鼻的巧合當中，我還發現：《慾望街車》發行電影版的那一年，時值一九五一，政治犯大舉移送綠島。那年春天，外公別了外婆與我三歲的母親，在島上服刑直到十五年後，重回那再也回不去的家庭生活。

往前推一年，一九五〇，老K清鄉大逮捕的時候，四十歲的杭伯特被十五歲的羅麗塔拋棄了（或者從小羅的角度看來，她總算長硬了翅膀，找到自由的出路：機會主義者專屬的逃逸路線）。老杭於自殺邊緣結識了麗塔，一個溫暖而不帶偏見的女人，他們是在「燈蛾」酒吧搭上的（蛾，蛾，又是蛾），時間恰恰是一九五〇年五月，與我的外公被捕同年同月。據杭伯特說，假如沒遇見這個女人，與她在路邊小旅社每周共渡兩天，他估計自己終將再度崩潰，住進精神病院。

我總相信那個令老杭免於崩潰的解救者，就是《慾望街車》劇終，被人送進療養院的白蘭琪。因爲納博可夫形容那個麗塔：可以憑著純粹的同情心，與一棵折斷的老樹（或死去的豪豬）談戀愛。

假如劇本裡的時間與現實中的時間同步，白蘭琪被送入精神病院那一年，該是一九四七，她三十歲的時候。

白蘭琪後來出院了嗎？在「劇終」的簾幕落下之後，角色的命運如何繼續？

也許她辦了出院手續，離開《慾望街車》，溜進納博可夫的《羅麗塔》裡面，化名麗塔，繼續當一個天生的情婦、善良的玩物。她與老杭初遇時，剛與第三任丈夫離婚、剛被離婚後的第七個「護花使者」甩掉。噢，這聲名狼藉的、溫暖憔悴的娼婦。

是的，我相信《羅麗塔》裡的麗塔，就是《慾望街車》的白蘭琪，證據是，白蘭琪一九五〇年的時候該是三十三歲，而麗塔的年紀恰巧兩倍於小羅逃跑的年紀，大約三十，按照白蘭琪短報年齡的習慣，她會說自己「快滿三十歲了吧」，我猜。白蘭琪習慣說謊、改寫自己的身世，就像禁書懂得換封面一樣。

獅子林大樓，連同來來百貨公司，加上六福大樓這片地，戰前本是一座寺廟，「淨土真宗東本願寺」，戰後被老K改作刑場，更名「保安司令部保安處」，特務管它叫大廟，民間暱稱閻羅殿。監獄一間三坪大，二十個犯人站著睡。祕密偵訊，祕密處決。臥龍街一帶另有分部，彷彿連鎖加盟店，把人逮進六張犁的山洞裡，刑求過當弄死了，就地掩埋荒草間。

「那『來來飯店』那個呢？」小海問我，「妳不是說，青島東路跟忠孝東路那一帶，從『電影圖書館』到『來來飯店』……」

「那是軍法處，由日本的陸軍倉庫改建的，」我說，「西門町這裡是保安處，東本願寺改建的。」保安處是第一站，軍法處是第二站。第一站刑訊取供，第二站關押審判。

軍法處的監獄一間六坪三十人，擠爆苦熱的夏天，「毛孔流出的不是汗，而是油。」臭蟲如雨，地板發霉，人犯與馬桶屎尿共處一室。

他們撕開衣服編繩子，掛起軍毯輪流「拉風」，讓空氣流通。

睡覺分三班，只容側睡無法仰躺，鼻子抵著前人的後腦，背脊貼著後人的胸臂。一班睡完換另一班，醒著的兩班貼著牆緣或坐或跪，揮動紙張驅趕蚊蟲。半夜除非忍不住，絕不起床小解，否則，再回來就無法擠進那僅容側身的夾縫了。

黎明前，鐵門鏗鏘一聲，時候到了。幾百顆心抽一下，跳上來，頂住喉嚨。點到名字的，送馬場町槍決。

軍法處的高牆，抵著上海路與中正路（彼時的台北城，正由日本改籍中華民國，化身中國城），那截上海路，後來改名林森南路。中正路則是現今的忠孝東路。

「這些你都不記得吧？」我問小海。

「不是不記得，而是不知道。」小海說。

沒聽說就等於沒發生過，一如遠方的戰爭。

「我也不記得，」我說，「但是我知道。」

「你爺爺從來沒有提起過？」我問小海。

「他已經死了。」

「我指的是生前。」

「沒有。」

「那你爸呢？」我問。

「也沒提過。」小海說。

六福大樓的特產，除了色情電影、撞球賭場，還有假髮專賣店。

禿子與變裝者共享的祕密，不動聲色的各式假髮。

我們離開咖啡店，駐足於假髮店外。小海、阿莫、我。望著玻璃櫃中展示的人頭。

「來來飯店……軍法處，來來百貨……保安處，」阿莫說，「都是『來來』耶，爲什麼？難不成來來跟軍方有染？」

誰知道呢？除了那些掌握了內線的特權階級。

「老K接收了日產，變成國產或黨產，再轉賣給財團……」我說，「眼前這一整片，當初是由省政府出售的……」包括獅子林商業大樓、六福西門大樓、來來百貨公司、新近的誠品116。

「刑場化身名利場，也算適得其所。」小海說。

我們轉到另一間假髮店，觀看展示櫃裡陳舊的貨色。

那些頭顱彷彿斬首。戴著生硬的短髮。僵死的五官鎖住表情，給出某種不痛不癢的，非人的恐怖。

「有人形容六十年前的台北，是一個『政治犯批發中心』，」我說，「全島的反抗者一律送到這裡，鍛鍊加工，蓋上叛亂圖章，再分發各地服刑。」

「妳不覺得這些故事好像，好像，」阿莫擰著鼻子，忍住蛛絲沾黏的過敏反應，「這些故事好像才剛要開講，就已經過時了嗎？」正說著，斬首上一頂死寂的假髮動起來，爬出細小的幼蟲，看似剛破殼的蟑螂。

阿莫說得沒錯。因爲我們活在政治當中。

那空氣汙染一般無所不在的政治，最主要的目的正是製造遺忘，要我們忘記自己活在政治裡面，活在汙染之中。

今年初，就在這裡，獅子林大樓有個內衣專櫃遭了小偷。小偷是個男的，偷了一套女用內衣褲（另一個、另一個失手的小白，白蘭琪2.0），被捕之後不發一語，在看守所留置了七天六夜，全程不吐一句話、一個字，就連一聲咳嗽也不出。他身上沒有證件，查不出姓名、年齡、戶籍、地址，什麼都沒有。彷彿不曾出生不曾報過戶口、簡直不存在的一條鬼。

查無身份，警方沒輒，直接把人交給法院。審理期間，這人依舊給不出任何一字一語。沒有身份的人彷彿不曾誕生於世，就連犯了偷竊，罪名亦無可依附。

最終，檢方能做的只是幫他照張相，起訴書「被告欄」不塡姓名，改塡「如照片所示之人」，判他拘役五十天。然而，早在起訴之前，光是爲了等他說話，給個身份，竟已額外羈押了一百一十七天，遠遠超過法判的刑期。男子判刑之後立即獲釋，返回西門町，繼續他沒有名目的流浪生涯。這一刻，他或許正在獅子林二樓的公廁裡洗浴、潛入某個試衣間偷照鏡子、在下條街的停車場內午睡，醒了就晃到「星巴克」旁的便利商店，在門口守候兩小時，向消費者討發票：幸運中獎的話，每兩月就有幾百塊的現金可花。

一九七九年三月底，獅子林商業大樓盛大開幕，地上十層，地下三層，耗資二十億新台幣興建而成。樓頂敞著兒童樂園，時髦極了，四樓推出三間戲院：金獅、銀獅、寶獅，轟動一時，銳氣千條。電梯小姐開門，將來賓送上十樓的港式飲茶，九樓的白雪冰宮、零下八度的滑冰場。啊，一個一個漲滿狂歡的祕室。

含冤的歷史被商品的歡鬧層層覆寫，掩埋，那些死不了的記憶依舊不死，魘住了這地方。獅子林還沒嘗盡風光就開始衰了，隨著西區的沒落自八〇年代一路萎謝，花一開就老了，剛要生根就開始爛了，像那些五〇年代的學生政治犯。

而今，二樓三樓棲著各地淘汰的遊戲機台，暗盤著密而不宣的賭博遊戲，在這「室內禁菸」的新時代裡，守著固執的舊習慣，於煙霧繚繞之中繼續收納賭徒、酒棍、藥渣、攢著零錢碎鈔的半遊民（他們還記得家在哪裡，無路可走之餘還能走回家裡，再離家出走）。機台外的走廊上，杵著一具按摩椅，十分鐘索價一個拾圓硬幣，綠色的塑膠椅套脫皮破損，像是患了嚴重的肝毒，一身的皮膚病變。9047整日在這裡鬼混瞎晃，酗酒亂賭。

六十年前9047僅僅二十二歲，自保密局離開的時候已經嚇破了膽，送往軍法處，九個月後轉往火燒島，刑滿的時候已經沒有家了。找不到人做保，9047在火燒島額外滯留了六年，連本刑總共二十八年，再出社會的時候，恰巧接上獅子林熱鬧開幕。循著記憶來到舊地，自此不再離開。當初他之所以回返，是為了揮別過往、拒斥恐懼。重訪是為了否定，為了離開。他以為自己可以離開。怎料9047被魘住了，豈止無法離開，反倒無可抗拒留在原處，就地當起遊民。

「大家都說這裡鬧鬼，我不怕，反正都是自己人嘛……」9047已經八十多歲，在遊戲機台之間握著乞得的零錢跟它拚，跟它搏，久久搏到幾百一千，就買個便宜的老娼溫存一晚，昂貴的年輕女子他不要，這種女孩不會陪他過夜。與他命運相仿的女遊民也不錯，八百塊開個廉價旅店的小房間，細細緩緩洗一趟熱水澡，就成了一對全新的、香噴噴的一夜戀人。

昔日的金獅、銀獅、寶獅，規模縮減成爲今日的「新光影城」，座椅老得像一把受損的骨頭，撐不住觀眾的腰脊，場租便宜，成爲各類影展的首選。愈是前衛愈是缺乏經費的，愈是專情於此地。

每年十月，女性影展，城裡最漂亮也最怪誕的妖精們都出門看電影了，鬼兒酷兒與阿妖，醜兒病兒殘障兒，女身男裝的帥踢，男身女裝的娘娘，各色各樣不男不女既男又女的白蘭琪2.0，想變性的、正在變的、已經動過手術的、還想再動一次的……最新最奇（其實自古就有）的陌異之徒，爲著自己的妖孽之身而受苦、受痛，而歡愉、驕傲。她們到這裡來看「我們」的電影：看擁有兩個爸爸或兩個媽媽的小孩，如何度過不一樣的青春期；看身處變性中途的FTM（female to male，女變男）爲何只想做切除手術，棄別乳房與子宮，婉拒安裝男性生殖器。

那些紀錄片裡的女人，比她們的厄運還要強悍。

首先是一個名牌的故事：假如妳到了紐約，逛進DKNY，可能會撞見一個看似隨性的專櫃（鋪排著某種不將時尚放在眼裡的、世故的時尚語言），櫃上陳列著細膩而扎實的手工配件：比例奇特（因而別有一種「態度」）的人偶、將慶典揹在身上的象、載滿幾何之謎的馬或驢或鹿……小件的可以充當手機吊飾，大件的拿來搭配包包，更大的用以搭配傢俱。妳會看見兩個黑皮女子，怯生生走進店內，引發這樣的對話：

店員：有什麼需要嗎？（這兩個黑皮怎麼看也不像DKNY的消費者）

她們：來看Monkeybiz……（就是上述那些「偶像」的品牌）

店員：喔Monkeybiz……兩位想要幾個呢？

當今的城市生活，是由商品搭砌而成的物質生活。但是這兩個黑皮女人不是來買東西的。她們負擔不起DKNY的標價，因爲她們是這些商品的製造者。兩人興味盎然繞著那些人偶與怪獸指指點點，說，「這隻是Madiba做的」，「那隻是Noluyolo做的」。另一隻，Mankosi做的，她是一個喜歡唱歌跳舞的愛滋病患。

那一顆一顆串起這些漂亮娃娃的彩色珠珠，與北非小米couscous同樣細小。

這個由女人組成的珠珠社群，位於南非開普敦的某個郊鄉、典型的「後種族隔離」時空：貧窮，髒亂，到處是疾病，兒童在滾燙的沙地裡赤腳跳舞，重病的人在蒼蠅的陪伴中潦草死去。白皮膚的慈善家與黑人社區領袖攜手，創立了這個名爲Monkeybiz的品牌，她們的願望是：讓貧窮的女人自立，蓋一間愛滋互助診所，甚至，在市場上贏過芭比娃娃（說到這一點，她們靦腆地笑開來，嘲笑自己野心太大）。

身染愛滋的Mankosi在自己的「家裡」工作，一個糊滿過期海報、沒水沒電的地方。她打水洗衣服，以掌心當洗衣板，就著陽光穿珠珠，以牙齒當剪刀，照養姊姊與弟弟遺下的兩個孤兒。

Mankosi沒完沒了穿著珠珠，亮地裡穿，暗地裡也穿，那些珠珠細得像砂糖，眞怕她早晚會瞎。但她倒是很知足，因爲吃得飽了，付得起教育費，還買了新衣新鞋。她挺愛漂亮的。她的姪女買了一套西裝，打了領帶，踢頭踢腦地說，「我知道怎麼照顧Mankosi姑姑，我爸我媽都是死於HIV……」大家都沒說破的是，小踢姪女所謂的「照顧」包括：為姑姑鋪設一條安詳的死路。

Mankosi對一切瞭然於心，瀟灑地閉上眼睛，唱她的歌，跳她的舞。她的時間不多，不能拿來等死。就像Luharia與他的家人（各位觀眾請注意，我們已擺渡到另一部電影，來到了印度）。

Luharia是農夫也是醫生，他割下一片紅色的樹皮說，「這可以治頭痛」，在山林間悠然繞巡，跨過一隻美麗的蜥蜴，刮下草莖上一個蜂巢般的團塊，「這是治胃病的」。觀眾跟著攝影機，端著城市人多疑的目光，好奇地觀察著，他則自信地保證，「真的，很有效」。Luharia的身體知道那些理性所不及的事。他與族人的故事正是「現代化」對部落生活的，一趟毀滅性的吞噬。

台灣人與西方人一樣，熱愛去印度旅行，「尋找本真」，強調對印度的愛絕非觀光客的愛，卻不一定知道，那些在城市車陣中兜售爛貨、跛行乞討的人們，許多來自運河沿線，或水壩下游。大水淹沒了家園，他們流入城市，堆聚成貧民窟，成為打工族。扛磚、挖路、搬水泥，有的踩三輪車，一天賺不到一塊美金。印度自五〇年代啓動的現代化事業，大壩工程，造就了一千六百萬的生態難民，超越荷蘭總人口。

Luharia與族人們攜手抵抗的，正是這場「現代性大夢」之中，最近且最大的一頭水怪。這個世界第二大壩，將改變Narmada這條大河的流向，將她從慈愛的母親變成狂暴的惡鬼，吞掉二十五萬人。官員驕傲地說：我們用掉的水泥，可以環著赤道造一條路。

政府要求他們接受安置，離開即將滅頂的部落，「遷入上流社會的圈子」。Luharia不放心，搭了半天的車，跑去看政府許諾的地。結果那些地呀，旱到都可以殺生了。草根蔓得比人還長，草葉粗得連牛都嚼不動，引來的灌溉水是鹹的，「這種地能種出什麼？我們要吃什麼？」另一些已經接受安置的原住民說：我們的生計，本是由河流、土地與叢林構成，然而現在，水從塑膠管來（而不從河流裡來），藥品壓成一片一片（不再是樹皮與草莖），光照來自電線（不是火把與日月）。這就是新世界的運作方式：種地要買肥料，養牛要買飼料，飲水灌溉要繳費，照明也要繳費：一份靠金錢推動的，買來的赤貧生活。

有個名叫Medha Patkar的女教授，自孟買移居部落，推行不合作運動，抗爭了十五年。她與Luharia以及另外三名行動者，跑到世界銀行的總部絕食，要求調查大壩計畫的人文代價，絕食了二十二天，中斷了大壩的續建。然而成功只是暫時的。其後他們聚眾遊行，被抓被打，有人死去，有人坐牢……在不斷漲高的河水裡不眠不休站了二十六小時……上訴最高法院，要求環境影響評估，創造了印度史上僅次於甘地的全國性社會運動，贏了官司，再輸掉官司……。這場運動中，有一個明星，Arundhati Roy。是的，就是寫下《微物之神》的那個Roy。她說，「如果政策決定，要把這條河自某些人手中拿走，交給另一群人，則我們必須追問：這麼做是為了誰？由誰償付代價？」貧窮是一門有利可圖的事業，大壩以乾旱為宣傳，將窮人的河流奪走，交給富有的人，受益的是建築業，工程業，大地主與蔗糖廠。

水終究要淹上來了，恍若城市人的憂鬱，一夜高過一夜，緩緩溺死睡眠。就連Luharia那不識字的妻子也說，「水都淹進我的夢裡來了……」但是她與她的族人以及那個女教授，還在奮鬥。就像德州的Diane Wilson（接著，我們來到美國）。

Diane是一個漁夫，也是五個小孩的媽。爲了趕走重工業，跑去撈汙水裝瓶販賣，名爲Texas Gold，「德州金湯」，標榜「企業家獨享，稀罕而微妙的配方，由以下廠商慷慨加料：Dow Chemical，Exxon Alcoa，EP，以及Formosa Plastics」。Formosa Plastics？福爾摩沙塑膠公司？原來就是王永慶的「台塑」呀。

Diane不是那種搞搞創意的軟調子，她也來硬的。多數人覺得捐一點錢，上網聯署，在「非死不可」貼貼文章，就算盡了責任，她卻闖進業主的地產大鬧，換來五個月的刑期，並且宣布自入獄開始，無限期絕食。

Diane的處境很難，Malalai Joya的處境更難（歡迎光臨阿富汗）。Malalai公開批判軍頭與政客，要求民主與婦女人權，繼而站上前線，在最窮的省份參選國會議員。她的反對者說，「這女人在族群會議裡摘下頭巾，當選就一定會脫掉褲子。」有四組人馬要她的命，發出暗殺令。她一邊競選一邊爲上門求助的女人辦理離婚，替某個十一歲的女孩出面談判，要求解除婚約。女孩談定的對象是個毒梟，孫子的年紀比女孩更大。

Malalai究竟贏了沒有？離開戲院我就忘了。我倒是記得影片最終，Malalai累壞了，想討一點寵，而她討寵的方式僅止於說，「放點音樂吧，我想聽音樂。」隨即又嘲笑自己根本不懂音樂，因爲日子太忙碌了，沒有時間娛樂，「我從八年級開始工作，午前去上學，午後去教書，」她說，「我只懂政治而已……」這是怎樣的一種時空、怎樣的人生啊。是怎樣一種在困厄中渴望自由的生命，得以給出這樣一句話：我懂的，唯僅政治而已。而這隨時可能遇刺的女子，唯僅二十八歲，而已。

妖男孽女出門泡影展，自「新光影城」的一樓入場，穿過整列的手機通訊行，與肩膀刺青的店員錯身而過，搭手扶梯上樓，看見刑具般的綠色按摩椅，聽見遊戲機賭博的噪音，繼續上往三樓：眼前空空蕩蕩，大半的店鋪拉下鐵門，亮著燈的那幾間，賣的是秀場禮服，大紅大紫大藍大黃，金光閃閃俗豔誇張，套在硬邦邦的人型身上。那些人型模特都是金髮碧眼的北歐假人，漆著冷豔的紅唇。

曾經，紅包場的歌女是主顧，秀場全盛時期，「有人早上剛來買一件，中午又來，晚上再來補一件。」九〇年代，工地秀、餐廳秀與牛肉場一一垮掉，秀場傳奇豬哥亮也「出國進修」躲債去了，那些打不死的店家賴活至今，翻身一變，改接動漫青年的訂單，特製華麗誇張的cosplay角色扮演大秀服。「最近才剛交出一件獻給瑤池金母的神明裝，是信徒爲了還願而訂製的，還大手筆鑲上施華洛世奇（Swarovski）水晶，」老闆在《壹週刊》的專訪中說，「交件前幾天，店裡出現特殊的香氣，以前沒聞過，我猜想大概是神明來過。」

這地方愈是老朽愈是前衛新穎。特別是，低廉的租金吸引了需要大片空間的健身房，鮮紅色的看板立起來，上面挺著一隻招牌大猩猩，拉低了獅子林的年紀。只不過，剛剛加入會員的男孩抱怨，這裡的動線規劃過於流暢，缺乏凹陷私密的過渡空間，在此一邊雕塑魔鬼身材、一邊釣人的男同志們，要想與看對眼的葛葛迪迪躲進淋浴間偷歡，恐怕是沒有機會的。

獅子林愈是老朽愈是前衛新穎，埋著天差地遠的幾個時間層：

舞女歌女的老查某時間層。

男身女裝cross dresser的時間層（白蘭琪2.0的公主裝）。

酷兒帥T的時間層。在影展正熱的季節。

政治犯的時間層。保密局的恐怖時光。

賭徒酒鬼流浪漢的時間層，與成片遭到淘汰、退休再重組的遊戲機台。

嗜玩cosplay的青少年與老少女。動漫迷如夢似醉的太虛幻境。

六十年，一甲子，風水輪流轉，昔日的刑場成爲「小怪獸」的淘寶區。一幫追隨Lady Gaga的小怪獸們，在這裡找到角色扮演、變形化身的素材。Gaga的本意即是狂熱、癡傻、糊塗、天眞。將gaga一字的重音向後挪，變爲gagá，就成爲原住民古老的泰雅語，意味著巫的義理，善的律則，對同類的愛——身爲少數與異類的「我們」，對同類的愛。

在這破碎的世界，求一點愛的陪伴。

無奈的是，愛像流轉的風暫停一瞬，就連接受一個絕望的擁抱都來不及。比如浩子，浩子的故事。

浩子才三歲，就跟爸媽進了監獄，關在保安處。阿兵哥叫他唱國歌，他跟著爸媽唱道，「三民主義，『你』黨所宗，」天生的叛亂份子、「小共產黨」。阿兵哥扯開他的褲襠，拿衣夾弄傷他的小雞雞。

槍決前，父母寫了遺書，縫進浩子的冬衣，遺書裡囑咐日後若遇困難，可以去找一位方叔叔。保安處裡一個司機可憐浩子成了孤兒，將他收容在軍車保養廠裡。

他是被殺了父母的特務機構養大的。

浩子在十八歲那年找到方叔叔，他渴望有個家人，找份工作，也許繼續讀書，接受大學教育。爸媽在遺書裡說得斬釘截鐵，方叔叔是唯一值得信靠的人。怎料方叔叔不願受到牽連，當面將遺書撕毀。浩子捧著碎成裂片的、對人心最後的一絲信念，回到西門町，重返父母死亡的地點，投宿附近的一間旅舍，上吊身亡，遺書給當時頗有名望的專欄作家，柏楊。

收到遺書的柏楊彼時並不預知自己，再過兩年也會入獄。一九六八年一月，《中華日報》刊登了一幅「大力水手」連環漫畫，由本名郭衣洞的柏楊譯成中文，漫畫的故事是：卜派父子合資買下一座島嶼，在島上建立國家，競選總統。柏楊將英文的fellows（夥伴們）譯爲「全國軍民同胞們……」，模仿蔣介石的語法，被調查局認定「侮辱元首」，「打擊國家領導中心」，坐牢九年多。

當年那個被浩子父母錯信的摯友，那個方叔叔，後來當上（或者原本就是）軍統特務，再轉調地方擔任縣長，而且多才多藝（尤其擅長玩政治，跟「權力」相處得異常融洽），由地方首長轉型財經專家，改任官派的銀行董事長。而浩子自殺的旅社，就在獅子林近旁。

（沒人說的故事彷彿不曾發生，死於無人聞問。只能透過流言與傳說，以可疑的樣貌傳遞下來。所以，請不要跟我計較故事的眞僞，也請不要，向那些主張遺忘的人有樣學樣，挑揀故事裡的大小瑕疵，以偏概全，推翻故事的眞實性。所有遭受嚴格禁止的言說，自死裡復活的時候，總是很痛的，很痛的。死裡復活是很痛的。難免痛到胡言亂語，於眞實中攙入鬼扯與臆想。）

「對當時的台灣人來說，學當中國人，不是一件容易的事。」2046的老同學3596這麼說。3596小時候是日本人，卻被稱作「清國奴」、「支那人」。太平洋戰爭結束搖身一變，由戰敗國的軍人，化身戰勝國的國民。新來的政權口口聲聲同胞同胞，開槍殺人，製造了一千五百座墳墓（另有一說兩、三千），將八千人抓去坐牢（另有一說一萬兩千多）。清國奴與日本人的子孫，當了一輩子的「中華民國」國民，無法衷心唱出「吾黨所宗」這種歌詞，卻又創不出新的國歌。而今，「同胞」這個字眼捲土重來，「台灣同胞」、「大陸同胞」、「兩岸同胞」……十年二十年或五十年後，下一代將成爲哪一國人，誰也說不準。

9

處子

每個女人都曾經，當過三歲的女孩，三歲的我曾經，獨自在路邊遊蕩，舔著一支五毛錢的橘子水，在甜蜜的色素裡傻笑。一輛轎車在我身邊停下，火速打開右後車門，有個男人探出肩膀，伸手要將我抓進車內。

幼時遇劫的那條路，叫做大道路，光明大道的大道。路的左翼蓋了公營的「博愛院」，收容獨身的外省老兵、吸毒賣淫的逃家少女。右翼塌著一片貧民住宅，灰暗的水泥屋，收納了台北的人渣與廢物：一票精選的貧民，擠在首都的一截直腸裡面，倚靠精選的垃圾爲生。

抓我的男人一身黑，從頭到尾不說話，就連用力時該有的喘息，也靜止般不發聲氣，簡直比啞巴更啞。我卻是一路尖叫踢打，像一隻發瘋的小雞，鬧得他無法閉上車門。

車子在我的瞎踢鬼叫之中慢速拖行，眼看就要通過貧民住宅，遇見第一個目擊者。

男人放棄了，手一鬆，將我扔在路邊。

我坐在地上，目送人生中闖入的第一輛黑色大轎車，在一陣不知疲倦的恍惚中，頹然記起了什麼，回頭走幾步，撿起那支五毛錢的橘子水，繼續吸食那流轉於螢螢光彩的、甜蜜化學物。

本想甜甜嘴巴讓自己安心一點，吸著吸著竟開始嗚嗚啜泣，舌根抽搐著淚的苦味，繼而發抖，哇哇大哭。

那一段路……被陌生而陽剛的力量俘虜、掙脫不掉就必定完蛋的那一段路，事後算來只有短短幾公尺，時間也是短短的，幾秒鐘而已，卻是我生命中第一個「決定性」的瞬間，具有事件的性質：一個意外，近似某種藝術體驗，將我拋進一種陌生的異態，一段奇異的時間。

「介於創傷經驗及其象徵衝擊的，獨特的時間。」就像作夢一樣。

於今回想起來，「會不會眞是妳的夢呢？」阿莫問我，「也許妳錯把夢境當作現實，爲自己編造了一份記憶。」

「但是這個記憶好鮮明喔，」我說，「我還記得後來，至少一兩個月的時間，我天天噩夢，半夜嚎得像一隻送宰的小豬，哭得喘不過氣，我媽還帶我去恩主宮拜拜收驚呢。」那是一段切膚的回憶，廟裡盛大的香煙燻得我流淚不止，有一回（媽媽帶我收驚不只一回），我鬧著脾氣把手甩開，撞上一束燃燒的香，手背燙傷，起了兩顆水泡。

「痛了好幾天呢，洗澡尤其麻煩，疤痕隔了幾個禮拜才退光……」我記得水泡吸吮皮膚的觸感，蛋膜般霧色的、又強又嫩的表皮張力，將疼痛綳得緊緊的。

「這只說明了妳曾經噩夢連連，無法證明妳差點被人綁架呀……」阿莫說，「那時妳才三歲，只比嬰兒大兩歲而已，那是噩夢與幻想的年紀。」

自爸媽家（已然停灶的麵攤）出門，右轉。步行百來公尺，左轉。在大道路的某個巷口停步，轉身，背對貧民住宅，面向失血的黃昏，舉頭就能見到台北一〇一：舉世次高的大樓，身高五〇八公尺。怪物降臨似的，刨除了舊日的天眞，改寫天際線，刮傷雲霓與春風。

一列送葬的隊伍正要出發，送走貧民窟裡一個死於肺炎的老太太。她沒有撐過這個冬天。送葬的全是老人，比老太太更老的人。這地方不再製造新的生命，除了臭蟲老鼠與蟑螂。幾隻飽足的蟲蠅，在成堆的垃圾裡飛進飛出。

尖銳的嗩吶刺破黃昏，朝一〇一的方向行進。一〇一被濃霧攔腰斬斷了，鬼城般浮在半空，像一座廢墟——假如你還記得台中的卡多里樂園、士林的明德樂園、三芝的飛碟渡假村，或許就能同意：樂園終究，等於廢墟的同義詞。

紐約的世貿雙塔崩解成灰，台北一〇一接替了芝加哥的西爾斯與吉隆坡的雙峰，自二〇〇四開始登上世界第一，年年倒數，等著被杜拜取代。台北一〇一當了幾年的世界第一，就惶惶不可終日地焦慮了幾年。杜拜的哈里發塔標高八二八公尺，一舉將所有的「半里高樓」掃進歷史，躍過六百公尺、七百公尺，將金錢的暴力慾望展演到極致。但慾望是餵不飽的，只會愈養愈大。一〇一降爲世界第二不到兩年，哈里發空屋率還有五成，沙烏地阿拉伯就宣佈了，要興建一千公尺的「超級」摩天大樓，取名「王國」，這隻天霸王的身高將兩倍於一〇一，把台北壓成侏儒，造價三百五十億，預計二〇一四完工。

「其實還有，綁票案還有續集……」一輛黑色轎車駛過，甩開了送葬的隊伍，撞進我的腦海，打破了經年的遺忘。像駭客入侵，像疫病突擊，像一個突然彈開的抽屜。「隔天或再隔一兩天，總之是我遇襲之後沒幾天，我媽的麵攤突然變得好熱鬧，左鄰右舍全都聚在一起，說，有個小孩失蹤了。」

失蹤的是貧民住宅的女孩，我認識她，她的學生頭剪歪了，爲了將歪掉的平衡過來，老是歪著脖子走路。偶爾，她會牽著弟弟到我家來吃一碗麵。她的弟弟很頑皮，充滿破壞力，可以在一碗麵的時間裡摔落一盒筷子，打翻一疊盤子，推倒兩張椅子，我媽很怕他，管他叫「潑猴」，我都叫他孫悟空。這對姊弟很少來光顧，他們的主食是泡麵，尤其維力炸醬麵：可以乾拌，還附贈湯包。姊姊總在領到津貼的日子，一次將整月的食物買齊，以免弟弟把錢摸去打電動。他們沒有爸爸、沒有媽媽，與外婆同住，在貧宅之中分得一格六坪的居所。

小姊姊失蹤以後，我媽非常嚴肅地警告我，絕對絕對不可以，不可再往貧民住宅那裡去，尤其別再貪戀「博愛院」外，那片種了蓮霧的草地。我媽說，那些人口販子專挑貧民住宅的女孩，沒錢沒勢沒父母，不會有人鍥而不捨闖進妓女戶裡去救人。

「他們最愛抓三歲以下，還沒長記性的小孩子。」我記得我媽這麼說。三歲的小孩口齒不清，還沒上學，是天生的文盲，天生的「失語患者」。

「那，爲什麼他們會放了妳呢？」阿莫問我。

「我哪知道？」我說，「也許他們動手才發現這個小孩太會叫也太會扭了，不好控制，怕麻煩，決定換個安靜的。」

「也可能，他們看出我並不是貧民窟的小孩。」我說，「我媽愛漂亮，肯花錢，從小我就穿得很不錯。」

阿莫皺著眉頭，「妳是說，那個小姊姊取代了妳，替補了妳，成爲妓女戶新增的小雛妓？」

「很有可能，」我說，「直到我上了大學，搬離家裡，都沒有再看見過她。大四搬回家跟我爸媽住，偶爾經過這裡，只看見坐在門口曬太陽的老人家，一個年輕人都沒有。」就像現在，送葬的隊伍已經走得老遠，老太太的孩子——通常是孫子，尤其是外孫：被人拋棄或者拋棄別人的女兒扔下的棄子——依舊缺席，沒能回家送她最後一程。

「假如當年被抓走的是我，他們會把我當母豬或西瓜快速養大，在肥料裡添加各種激素，注射荷爾蒙，讓我提早長出高高的奶子，快快去接客。」

「聽起來成本滿高的。」阿莫說。

「所以我一定會被他們操到死。」我說。

「那個被抓走的女生呢？她幾歲。」

「應該有七、八歲吧。」我記得她已經上學了，整天穿著制服。她愛死她的制服了。那是她存在的證明。

「七、八歲應該不太好抓吧……」阿莫說。

「但是她很瘦小，營養不良。」我說，「而且她是半個啞巴。」

「這是什麼意思？」

「她耳聾，上的是特教班，而且延遲入學，才剛上一年級，講話很含糊。」小姊姊與三歲的我同樣，是天生的文盲與「失語患者」，理想的獵物。

一〇一實在太太太太，太高大了。舉頭就能望見。貧民窟周邊的住戶簡直要錯覺自己住在信義計畫豪宅區，跟郭台銘當鄰居。張太太騎著腳踏車，在菜場門口遇見周媽媽，興沖沖問道，「有沒有好消息？」周媽媽在一〇一上班，美食街的洗碗工，時薪一百。張太太託她找工作，去美食街收盤子洗碗，或者去廁所當清潔工，「什麼都好，一小時九十塊我就很滿意了……」

一〇一無所不在，以至於，抬頭就能看見它的人們都以為，自己就住在它的腳邊。人人都在等待好消息。務實的人渴盼一份工作機會，愛作夢的則妄想著要發了，要發了，炒手要來了，舊房子要拆了，整地建商圈，都市更新蓋豪宅，快了，快了，快了。「真的，信義路跟忠孝東路已經開發到沒有地了，馬上就要越過忠孝東路，輪到這裡來了……」至少，趙小姐是這麼相信的。她頂下我媽的麵攤，開了一間迷你咖啡廳，一天賣不出五杯咖啡，卻絲毫不氣餒，逢人便形容一〇一的外觀，一盒一盒往上疊，「像Chinese takeout，眞可愛。」

「Chinese takeout？什麼東東啊？」

「就是美國影集裡常見的那種、外帶中國菜的紙盒啊！慾望城市、CSI都見過的嘛……唉，妳要是住過紐約，就一定瞭解的……」趙小姐根本不曾住過紐約，她連日本都沒去過。

阿莫學我跳上一輛三輪車，朝一〇一的方向瞭望。這是一輛專收廢紙的三輪車，老邁而強壯的一部鐵器。「從這裡就可以看到跨年燄火了，根本就不必擠到市政府或誠品去嘛。」阿莫說。

「但這裡是逆風處，只看得到煙，看不到火。」我說。

「我爸說他想要報名今年的登高比賽。」阿莫說。

「什麼比賽？」

「台北一〇一的登高比賽，今年好像訂在六月吧，從一樓爬到九十一樓，總共二〇四六階。」2046，王家衛的第八部電影。張曼玉（蘇麗珍）與梁朝偉（周慕雲）於《花樣年華》寫作相戀、不接吻亦不上床的旅館房間。綠島牌老先生、我外公的老同學，編號2046。

「不知道那個小姊姊現在在哪，會不會加入龍山寺的『瘖啞幫』啊？」阿莫說。

「我總覺得是她代替我去當了雛妓。就像早期，大量的山地少女代替了漢人的女兒，去華西街當了雛妓。」

身為女性是危險的，家門破損的女孩尤其危險——一個女孩一旦得到這類模糊的感悟，就算只有四歲五歲，也將在認識形成的當下，成為一個「處女」，體驗了「處女」一詞的形上意義，即使對「形上學」一無所知。

「搞不好被抓去賣給不孕的夫妻，過好日子去了。」阿莫說。

「最好是這樣，」我說，「我媽告訴我，小姊姊失蹤了三天、五天、一個禮拜，沒消沒息，大家都知道她不會回來了，就改口安慰她阿嬤，說她一定是讓有錢人收去養了，每天吃好穿好買玩具、當公主，忘記要回家了。」

「那個小姊姊代替了我，就像妳替我得了憂鬱症一樣……」說完，我轉頭向阿莫一望，看見她臉上浮出斜斜的笑意，那微笑介於「不以為意」與「不以為然」之間。阿莫即將出院，醫院准她每日請假四小時，前提是有人陪著。那人經常是我。阿莫的室友路路嚇壞了（身為自殺現場的目擊者），暫回高雄避難去了。

「乾脆說，是我阿莫頂替妳爲妳發了小瘋，Chris的妹妹頂替我爲我發了大瘋。」阿莫說，「妳的邏輯很簡單：最慘的那幾個，爲第二慘的那幾個吸收了厄運；比較幸運的那個，把她的厄運轉嫁給了別人……」阿莫說，「妳這一套根本就是歪理。」

「但是歪得很有道理啊，」我說，「我這一套的重點是，比較幸運的那些人，要把別人的不幸當成自己的不幸……」

「說起來容易。」

「做起來很難，我知道，我自己也做不到，」我說，「只能退而求其次，當一個好心的陌生人。就像白蘭琪說的：不論你是誰，我向來要倚靠陌生人的好心。」

「不論妳是誰，」阿莫嘲擬著我對白蘭琪的盲目寵愛，「妳向來耽溺於莫需有的罪惡感。」

「罪惡感？」

阿莫點點頭，「對，身爲正常人，妳充滿罪惡感。」

「我很正常嗎？」

「所謂正常，不過就是沒看醫生不必吃藥而已吧。」阿莫說。

未曾接受診斷，沒有得到確診，免除了疾病命名的暴力。在沒有名字的憂傷之中持續重寫自己的命運。

「我有罪惡感？」

「是啊，」阿莫說，「彷彿『正常』是一種錯，彷彿『健康』是一種虧欠。」

阿莫指著我膝蓋上，那塊暗紅色的、突起的舊疤，繼續說，「傷口在癒合的過程中，或者因爲用藥不當，或者因爲體質的特性，會長出多餘的皮肉……」一種嵌入身體又外在於身體的，增生的異物。人的記憶也是這樣：爲了將逸失的抓回來，借用夢與戲劇與想像力，把空白塡滿。卻也在塡空的時候，溢出了本來的空白。「就像妳腿上那塊增生的疤。」阿莫把手伸進書包，撈出皺巴巴的筆記本，翻出一段課堂筆記，覆誦著：要想「充分地再現」主體、記憶，與瘋狂，是絕絕對對的不可能，就連這份「不可能」，也無法得到充分的表達。

「妳不必爲了要當我的朋友，刻意把自己變成我。」阿莫說。

「我沒有，」我說，「妳只不過提供了一個介面，讓我重新回想自己，將重要與不重要的事情重新排列一遍，交換位置。就像我每隔幾年總要重新整理書架，丟掉一些書，把某些後排的書本往前推……」

阿莫堅定地懷疑我的回憶（那些由語言苦苦追獵的眞相：以話語不斷堆砌、弄垮、再重建的，脆弱的眞相）。她不喜歡回憶中作假的成份（或者說，作假的必然性），因爲她更恐懼回憶裡裹挾的眞實。

「憑什麼說妳差點被人綁架？」阿莫說，「小姊姊失蹤是眞的，妳媽警告妳也是眞的，妳被嚇壞了噩夢連連也是眞的；但是，綁架不一定是眞的。」

「但是我記得呀。」我說。（我唯一能說的就是：因爲我記得。）

憑什麼妳說記得，就算數？

因爲它確實影響了我。我說。

「記得」這件事，正緩慢而明確地，改變著我。

10

公寓酒吧

小說裡的假人專說眞話，TM筆下的末代黑奴就說：美好的食物、談話、美好的性，構成幸福的愛情。我拷貝老黑的權威，向Chris推銷我的「三水論」：人體有三種水，汗水、淚水、性的水，這三種東西不論稱作「體液」或「液體」，總要如常（但不必規律地）交叉分泌、排解、流放，才不會生病。

Chris在酒吧當了五年的tender，是個名副其實的，溫柔的酒保。八月中旬出生的獅子座。我是在醫院裡認識他的，他的妹妹與阿莫同房，我們都叫她十三。

INK PUBLISHING 讀者服務卡

您買的書是：______________________________

生日：　　年　　月　　日

學歷：□國中　□高中　□大專　□研究所（含以上）

職業：□學生　□軍警公教　□服務業

□工　□商　□大衆傳播

□SOHO族　□學生　□其他 ____________

購書方式：□門市 _____ 書店　□網路書店　□親友贈送　□其他 _____

購書原因：□題材吸引　□價格實在　□力挺作者　□設計新穎

□就愛印刻　□其他 ______________（可複選）

購買日期：________年________月________日

你從哪裡得知本書：□書店　□報紙　□雜誌　□網路　□親友介紹

□DM傳單　□廣播　□電視　□其他

你對本書的評價：（請填代號　1.非常滿意　2.滿意　3.普通　4.不滿意）

書名_____　內容_____　封面設計_____　版面設計_____

讀完本書後您覺得：

1.□非常喜歡　2.□喜歡　3.□普通　4.□不喜歡　5.□非常不喜歡

您對於本書建議：

感謝您的惠顧，為了提供更好的服務，請填妥各欄資料，將讀者服務卡直接寄回或傳真本社，我們將隨時提供最新的出版、活動等相關訊息。

讀者服務專線：（02）2228-1626　讀者傳真專線：（02）2228-1598

廣	告	回	信
板橋郵局登記證			
板橋廣字第83號			
免	貼	郵	票

舒讀網「碼」上看

235-53
新北市中和區建一路249號8樓
印刻文學生活雜誌出版有限公司　收
讀者服務部

姓名：＿＿＿＿＿＿＿＿＿＿ 性別：□男　□女

郵遞區號：＿＿＿＿＿＿＿＿＿＿

地址：＿＿＿＿＿＿＿＿＿＿

電話：（日）＿＿＿＿＿＿＿＿＿＿（夜）＿＿＿＿＿＿＿＿＿＿

傳真：＿＿＿＿＿＿＿＿＿＿

e-mail：＿＿＿＿＿＿＿＿＿＿

INK

「性的水？講起來眞礙口。大家不都說是『愛液』嗎？」Chris問。

「愛太複雜了，水很簡單，水只需要性就夠了……」我說，「這三種液體經常兩兩共生……」性與汗。性與淚。汗與淚。

「汗與性是一對，沒錯；汗與淚也可以理解；性與淚是怎麼回事？」我說，「性與淚就是愛吧，至福的那種令人動容的愛情。」

「也可能是暴力吧。」Chris說。

「不過，暴力發生的時候，分泌的不能算是性的水吧，至多是防禦的水。」我說，「很可能根本泌不出水，只擦出血……」

那汗與淚呢？Chris問，「流汗與流淚的人生，怎麼也說不上幸福吧。」

「還能流汗，至少不算大不幸，也許還有事做，有所寄託。」我說，「你妹若是像我這麼愛哭，大概就不會崩潰了。」

Chris遞上爲我特調的酒，狐疑瞪著我，久久地，彷彿要從我的虹膜找出胎記似的。

「我承認這一點也不科學，」我說，「但我眞的相信，流汗可以讓人免於崩潰，流淚可以減輕疼痛、緩解瘋狂……」

Chris說：喝酒。

我照做。

「天哪好好喝喔，這什麼啊？」我撫摸冰涼的酒杯，像撫摸一份未知的禮物。

「妳猜。」

「有巧克力。」我說。

「沒錯。」

我努力聞嗅著，閉上眼睛，再喝一口，舔著自己的嘴唇，「有柑橘嗎？」

「嗯。」

「其他的我就不知道了。」

「還有薄荷啊，」Chris說，「再加一點點檸檬、一點點奇異果。」

基底呢？我問，「是琴酒還是伏特加？」

「都不是。」

「龍舌蘭？威士忌？」

「妳根本就在瞎猜嘛。」

「我只認識這幾種啊。」

「是金門高粱。」Chris說，「五十八度的。」

「你自己發明的嗎？」我問。

「好喝嗎？」

「非—常—好—喝。」

Chris值班的這家酒吧，躲在延吉街的舊公寓底樓，隱身於小吃店與水果行的巷弄之間，名叫「別院」。沈復《浮生六記》筆下，「抓蝦蟆，鞭數十，驅之別院」的別院。招牌的燈管壞了不修，久了也就沒了名字。我們這些「別院」中人，還眞有點像是某些不太討喜的癩蝦蟆、流浪貓，等著捕犬大隊來抓。午夜十一點開張，清晨六點收班。附近可愛的標準家庭才剛要入睡，一個個張牙舞爪的鬼東西陸續進場。

這裡的whiskey on rock，給的是方方正正、晶石般的大冰塊，不是由碎冰臥底的whiskey on pebbles。收的卻不是大安路或信義區的那種價錢。最常來的客人，包括幾個在餐廳表演的樂手，收了工就殺過來，在這裡繼續撥吉他，唱自己寫的歌：餐廳不准他們唱的歌。樂手們鍾愛廁所旁的那兩桌，穩穩守住一方邊陲之地，搖晃身體敲打桌沿找節奏，爲了創作中的某一段旋律、某一句歌詞，醉語連篇爭吵不休。

其中有個叫「苗木」的傢伙，聲音亮得像新鑄的錢幣，帶著剛出爐的高熱。膚色黝黑，媽媽是排灣族，爸爸是湖南人。苗木自稱「湖南排灣族」，熱愛爵士與藍調，說是原住民的血液慫恿的。但是他無法以母語寫詞，也不太能唱了。他擅長父的語言，父的文法。他漢文寫得很出色。

苗木打開他的電腦，讓我看他寫的歌詞。非常視覺化的語法，彷彿電影劇本，寫聲音、寫移動、寫光影，「雨將女人從街頭剩了出來／男人沮喪如溶化的雪糕／一根菸打起精神，沿街張望找尋那輛，75年的藍色雪佛蘭／三條街了，又兩條，太陽死灰復燃了夏天……」雖是漢文寫的，卻很像英文或法文。

「沒辦法呀，」苗木說，「我們都是讀翻譯小說長大的嘛。」

苗木的電腦桌面上，有一張美麗而純淨的臉。別人若說「你馬子好正」，他會嚴肅地澄清，「不是馬子，是女朋友，女—朋—友—」一字一個重音。

苗木拒絕「馬子」這種字眼，說自己是個老骨董。

女孩戴著黑色的膠框眼鏡，一派瀟灑的個性美，素顏無妝，應允了對這份感情的絕對信任。乾淨透明的皮膚，在異國的酒吧裡淺淺笑著。「她今年畢業，在當背包客，一個人，獨自去澳洲打工旅行兩個月。」當苗木吐出「背包客」這個字眼，那驕傲的神情，像是以女朋友為榮。

「眞的，流汗太重要了……」我離開苗木那一桌，回到吧台繼續宣傳「三水論」，Chris臉上浮出「小姐妳還沒完哪」的表情。

「就連《慾望街車》的白蘭琪也說，汗流多了才健康，一個人若停止流汗，五分鐘內就會死亡。」白蘭琪這話是對米契說的，他為自己的多汗感到羞慚，襯衫黏在身上，不好意思脫掉西裝。

我說，「帶你妹去運動，汗流得夠多，人就睡得著，腦袋裡的化學平衡才能夠恢復……再不然就把她弄哭，眞的，哭是好事……」波士尼亞戰爭中，遭遇種族淨化的女人——被殺了丈夫與小孩，被一票軍人強行進入、再進入，事後被強制「收容」直到生出敵人的後代——情況最壞的幾個最安靜，一滴淚也不流，口口聲聲沒什麼，沒有什麼値得說的，要不就說忘記了，陷入回憶的時候一路笑，笑得肺都要裂了。

兩年前，Chris的妹妹半夜起床洗頭洗澡，頭髮還沒吹乾，感覺自己的身體變冷、變硬……仰頭撞倒在地。說是昏倒也不算，因爲她是醒著的，像一尾被甩上岸邊的魚，張著驚恐的眼睛。她沒有哭。身體這樣重重拋在地上，竟然不感覺到痛，可見另有別的地方比身體更痛。

吹風機還通著電，烘烘烘烤著地毯。Chris的妹妹無動於衷，死得像一塊石頭……就這樣躺在地上好久好久，開始感覺背好痛、頭好痛，痛楚自背後貫穿胸口，試著動動肩膀才意識到，是有那麼一段時間過去了，連吹風機也冒出火花……。

妹妹從硬邦邦的石化狀態移轉開來，回到自己，第一個念頭是：原來，這就叫做「精神崩潰」啊。

半夜深更，吹風機持續發出噪音，妹妹張著眼睛知道自己「崩潰了」，卻無法移動身體。地毯起了焦味，鄰門的室友報了警，事情這才裂開了。

妹妹自始至終不移動，不出聲，像一塊忘記疼痛的水泥，用盡所有感受直到無感的地步，怎麼也說不出自己到底怎麼了，究竟發生什麼事，於是她住進精神病房，成爲一則新增的病例。

Chris送上第二杯酒，順手把一份剪報遞給我，說，「這新的，上禮拜讀到的。」這是他與我溝通的方式。自從妹妹生病以後，Chris就變成一個積極的「社會版達人」——

一個兩歲的女孩，自幼兒園回到家，摸著下體一直喊痛。檢查結果：處女膜裂傷，陰道出血，恥骨也裂傷了。女孩咿咿呀呀，說不出完整的句子，但是她會說痛，也會說「阿伯怕怕」。

檢察官問話，帶來一個道具娃娃，女孩指著娃娃的下體說，青蛙，並且張口作勢，親吻青蛙，再指指自己的下體說痛。檢察官拿出一列照片，要女孩指認「阿伯」。女孩指認了幼兒園的園長。

但是法官並不接受女孩的證詞。他調閱警訊的影帶，發現女孩從頭到尾不曾主動陳述阿伯對她如何如何，反倒是在場的父母、社工與女警，一再替女孩發言，糾正女孩的問答，並且拿出園長的照片，供女孩一再指認，練習，加強印象。

法官認為，這種誘導式的訊問，已經降低了證據的可信度，女孩被灌輸的那些情節，已經深入腦海。即便下體與恥骨的裂傷，足以證明女孩確實遭受性侵害，但是那些受到汙染的證辭，已然失去指證的能力，園長因此獲判無罪。

案子宣判時，女孩已經五歲。不過五歲而已。

為了讓一個無法說話的小孩，開口為自己發言，大人們一字一句，把證據餵進她的嘴巴。只是，那些被語言尋回的，已不再是原來的東西了。正如我們無法重回同一個夢，同一條河。

「你妹妹呢？」讀完了報紙我問，「她的『青蛙阿伯』找到了嗎？」

「找到了。」Chris說，「我妹治療了一年多，喔……不只……」Chris頓了頓，「到今年五月也就是下個月初，就滿兩年了……」

吧台另一頭，一個時髦的美女朝Chris笑了笑，豎起喝空的酒杯。

「同樣的再來一杯？」Chris問她，「還是要換一種？」

女孩說，「換你上次介紹的，帶有蜂蜜香味的那種……」

Chris轉身，搜尋女孩指定的那款威士忌。回身，倒酒，冷不防丟出一句，「是我外公。」

「你妹的外公？」

「對，也就是我的外公。」

「親生的外公？」

「嗯，我媽的親爸爸。」

「你們住在一起嗎？……我是說，你們與外公住在一起？」

「應該說，我媽離婚以後回家吃她老爸，是外公收留了我們。」

「你媽什麼時候離婚的？」

「十幾年了……」Chris折起手指，「十四年吧……那年我十二歲，我妹六歲。」

「那你外婆呢？」

「我媽一嫁人，她就離開我外公了，好像也沒辦什麼離婚，就是跑了。」

「從那時候就開始了嗎？」我問。

「什麼？」

「你外公對你妹，從一開始就開始了嗎？」

「哪一件事不是『從一開始就開始』的？」Chris酸我。

「哎喲你知道我的意思……」

「妳是問，事情是從我們搬去以後就開始的嗎？」

我點點頭。

Chris說，「我不知道。」

「你媽呢？」我問。

「我媽？」

「你媽的反應怎樣？」我說，「你妹既然告訴了你，應該也跟你媽說了吧。」

「沒有喔，」Chris說，「我妹從頭到尾都沒告訴我，是醫生告訴我的。」

「這樣的話，醫生一定也跟你媽說了吧。」

「是啊，醫生約了我跟我媽，當面邀請我們一起接受家族治療。我媽聽到眞相，當場就垮了……」Chris點了一根菸，以極其緩慢的速度深深抽了一口，止不住微微的顫抖，接著說，

「我媽小時候，外公也對她做過同樣的事。」

「我的媽呀……」我無法完成接下的句子。

「對，兩代，女兒與孫女……」Chris說，「我妹還來不及向他問罪，要他道歉，他就中風了，住進加護病房等死，無法說話……」我看著Chris的臉，無話可說，只好向他要一支菸，跟著抽。

Chris說他起初並不相信母親，直覺她受不了身爲母親的罪惡感，轉而捏造了一份童年記憶，將自己化做另一名受害者。事物的樣貌如此駭人，像一具意外挖出的骨骸（驗屍後判定案發於五十年前），發出寫實的惡臭，像一部反覆演爛的肥皀劇，一臉假的淚痕、假的傷疤、假的血。

「往好處想，我媽扯謊也可能是爲了保護我妹。」Chris說，一個人反覆受害於同一件事，人們會說被害人也有責任。假如同一件爛事發生在兩個不同的人身上，人們會改口說「事情本身」有問題。

「我們記得的眞相，往往是我們可以承受的那個版本。」我說。

「妳抬頭看過星星吧？」Chris問我，「在夏日的夜空底下數著星星，要怎麼辨別遠方閃爍的是眞實的星體，還是人造的衛星？」

「我不知道，」我說，「天空太難了，我根本看不懂，城市的光害這麼嚴重，連星星都看不清了，最顯眼的搞不好都是人造衛星呢。」

「因爲它們離地球最近。」

但是爲什麼，我問，「爲什麼你後來又決定要相信你媽了呢？」

「因為我也住在那裡。」Chris說，「這麼多年來，我跟她們同樣住在我外公的屋簷底下，假如我媽有責任，難道我就沒有嗎？」

Chris的妹妹變成石頭那一天，正是，外公病逝的日子。接到通知的時候，時值半夜兩點多，她起床，洗澡，啞得像魚，仰頭摔到地上痛不出聲，彷彿不知道痛，躺在陌生的身體裡（一次一次被症狀擊倒因而一再更新、愈來愈陌生的身體），反覆經歷著身體承受不住的那個祕密：一個連恥毛都沒長全的孩子，封存於恥骨的祕密。

她自不量力，選擇了記憶，然後被記憶打垮，掃進精神病院裡面。

兩個月前，自殺未遂的阿莫離開加護病房，轉送精神病房的隔天，我去看她。巡了一圈找床位，走遍整間六人房，掀起每一張床簾的邊邊角角，沒見到阿莫，發現自己弄錯房號，換一間，同樣巡了一圈，依舊沒找到阿莫（這傢伙跑去K歌房看報紙了），倒是遇見了她鄰床的室友，Chris的妹妹，十三。她縮成一團，抖個不停，捲在薄被裡面，成為止不住顫慄的一團病。

十三一直抖，抖抖抖抖抖了超過半小時，分崩離析的過程中，於離心力的中心旋出某種類似核心的東西。那直入生命（同時趨向潰散）的核心，或許是恐懼，或許是孤獨、憤怒或其他。我沒有能力區辨。我不夠強，也還不認識她。

一團冷到穿風、纏了死結的毛線球。癲癇般發作顫抖的祕密。

我問十三妳還好嗎？要不要喝水？要不要幫妳叫醫生？

十三不回答。盡是抖。我看得出她想回答但是無法說話。她努力呼吸，吐著氣，發出一些不成話語的聲音。像一尾躺在冰上的活魚，張著嘴，癱瘓了語言。我拍拍她，像摟住阿莫一樣摟住她，摟了很久很久，久到我都不覺得尷尬了，久到我感覺天都黑了，她才開始說話，試圖表達。

十三勉強說出一句話，但是我聽不懂。下顎抖抖抖抖出的字句，像撕碎的紙屑，喉嚨彷彿破了洞，洩光了力氣。

總之，沒有氣。不光是有氣無力，是連氣都沒有。

我把耳朵湊上她的嘴邊，像傳道人聆聽垂死的告白，說，「我聽不懂，妳可以大聲一點嗎？」於是她再重覆一次。問題是，那些飄忽不定的字語實在太輕了，渙散於無形，我根本掌握不住。

「對不起，我聽不清楚，妳再說一次好嗎？」我說。

她抖得連牙齒都在顫。

我拿出紙筆，說，「要不要用寫的？妳寫給我好嗎？」

十三乖馴得像個全心服從的小學生，接下我遞出的筆。但是她握不住，筆尖在紙面上不斷滑移、漂顫，起乩似的，一道像樣的筆畫也出不來。

啞然，失語。持續那雖則漸緩漸弱、實則無休無止的顫抖。這名爲十三的十九歲軍校女生，整個人，所有爲人該有的雜質全都抖落了，僅存的核心，旋出表面的，彷彿就是恐懼。像傳統市場裡，被扔進沸水離心機的一隻小土雞，卻不像雞那樣會叫。

又過了一小時，十三穩定了些，像熱身過後的選手，像打了止痛藥的病人，她掀開手提電腦，抖著定不住的雙手，試圖打字。她打了一連串的ㄊㄊㄊㄊㄚㄚㄚ，指尖在鍵盤上拍拍打打，胡切亂按，總算打出了一個「他」。接著又ㄇㄇㄇㄇenter鍵enter鍵再ㄣㄣㄣ地，打出一個「們」。

這樣搞了不知多久，我總算得到她給出的第一句話：他們都想傷害我。

直到下一次探病，十三恢復了說話的能力，告訴我，是腳步聲嚇到了她。我的腳步聲（在病床間瞎找小莫的影子），任何人的腳步聲，探病家屬的腳步聲，病友串門子的腳步聲，樣樣都會嚇壞她。因爲每一步都有可能是醫生或護士。因爲每一步都有可能是「那個人」。十三的舌頭回溫了，徐徐加熱，成爲一支發燙的湯匙，陌生的詞語在上面嘪嘪跳動，既不是說話，也不是唱歌，比較接近某一種、對是非善惡全然麻木的、語言的幼兒狀態。

我靜靜聽著，不懂她在說什麼。十三閉上眼睛，讓過去的一一回返。在時間的混沌當中，出前入後。當她知道妳是誰並且決定相信妳的時候，故事復活了，或者，誕生了——在身體感到疼痛並且裂開的時候，十三歷經了妊娠、分娩，把故事生了出來。

我把自己與十三的「遭遇」告訴了Chris，問他，「你自己呢？你還好嗎？」他低頭抽菸，只答了一句，「這是她兩年來第四次住院了。」

「我的『三水論』對你也很適用喔，」我說，「你最近一次流眼淚是什麼時候？」

Chris把菸熄了，說，「想不起來。」又說，「第一次有人問我這種問題。」

「就連你妹你媽發生這種事，你也沒哭？」

Chris垂下眼皮，似乎不想繼續這個話題。

我說，「悲傷是會傳染的。憤怒也會。」

好比愛，愛可以繼承，恨也可以，恨比愛更容易也更強烈地被繼承了下來。每個孩子都是他父母的病。媽媽是外公外婆的病，妹妹是媽媽與外公的病，哥哥也可能是妹妹與媽媽的病。

「Chris，你有運動嗎？」我換個問法，「跑步？游泳？」

「我每天都告訴自己『要去運動』，一個月大概只做到一兩次吧。」Chris說，「這裡半夜開張，我十點到班；清晨六點關門，經常拖到七點，回到家洗澡上床看電視，九點開始入睡，別人正要出門開始新的一天。每天醒來的時候天都黑了，尤其下雨的冬天，吃一頓晚餐當早餐，就去夜間部上先修班……」

「聽起來，你根本就沒有時間讀書嘛，」我說，「重考大學的話，還是上補習班比較有效吧。」

「再看看吧，我想多存點錢。」接著，他難得耍著調皮笑起來，說，「我當過兵，可以加分。哈哈。」

Chris將明日的備料整理完畢，移動三步，回到水槽洗杯子，繼續與我聊天。他說，「有一天，就上禮拜四吧，我覺得肩膀好痠，頭好痛，眼窩深處變硬了，像石頭那麼硬，可以敲出石灰似的，脖子也緊得轉不動，好想去按摩，想讓女人摸一摸。上網查了幾個電話，打去問價錢，結果都好貴。愈是標榜New Age的，愈是他媽的貴。瞬間我覺得『身心靈』眞是超級虛偽，這套東西是最現實，最崇拜金錢的。」

關於「身心靈」，Chris是這麼說的：我們所身處的商品現實是，窮人只能搞「靈」異，去廟裡拜拜，向鬼神投訴。賺不了幾個錢又窮不到底的人，只能看書打坐，聽聽演講，上山內觀，追求「心」靈成長。有錢才有「身」體，才能加入東區的瑜伽中心，享受精油按摩，購買心靈Spa。大安路最貴的那些俱樂部就不必說啦，他們的會員，個個都可以出國修行，去戶外做天地瑜伽。

免費的是靈，便宜的是心，最貴的是身體。Chris說，這是「他媽的」他媽這種求神問卜的中年女工才能體會的，身心靈的階級序列。

廁所門邊，苗木與他的團員們豎起低音貝斯，撥起吉他，要將剛寫好的新歌獻給大家。苗木敲響桌面，大聲宣佈，「剛出爐的新歌喔，熱呼呼的比剛出爐的麵包還要香喔……」苗木醉得下巴都鬆了，舌頭都腫了，唱起他熱愛的爵士藍調，癡熱，糊塗，帶有發自本能的流暢感，像不顧一切的瘋狂戀愛，頹廢著香蕉與劣酒的氣息。

Chris從冰箱裡拿出一罐保特瓶，倒了一杯東西給我。我推了推，說，「我今天的買酒預算已經用光了喔，不能再追了……」

本店請客啦。Chris說。

我晃動酒杯，嗅一嗅，「這是什麼啊？」

Chris說，「店裡每一瓶酒快要空掉的時候，我就把剩下的那一點點倒進保特瓶裡，存起來。算是我特調的雞尾酒，沒有比例沒有規則的，有時好喝有時難喝，難喝的時候像女鬼撒的尿，好喝起來的時候啊，比女朋友的那個還要好喝喔……」

「聽起來不錯喔……」我試了一口。

「味道怎樣？」

「還不錯，苦得剛剛好，酸得也剛剛好。」我說，「你有幫它取名字嗎？」

「沒想過。」

我又試了一口。「這杯酒喝起來好像人生喔，」我說，「什麼味道都有。」

「人參？」

「是人生啦，ㄕㄥ生，人『生』——」我說。

「那倒是，」Chris說，「不知道什麼時候會遇上好事，不知道什麼時候會倒大楣，不知道喝多少會醉。」

「啊，我知道了……」我即將宣告的事情令我超級亢奮，「這是雞尾酒界的ㄆㄨㄣ啦！」

「ㄆㄨㄣ？」

「對呀，ㄆㄨㄣ，就是餿水的意思。」

Chris哈哈大笑，「對對對，ㄆㄨㄣ最營養了。像我們這種人，哪個不是靠雜質與剩菜活下來的。」

就像南非貧民窟，開普敦近郊的Khayalisha小鎮，幾個窮人把破房子漆得色彩繽紛。粉紅色的屋頂，藍色的窗，奶黃色的大門，綠色的牆。正因爲那些油漆都是撿來的，城裡的富人丟棄的，或男人打工後拎回家的剩餘物，那些房子才美得這麼不可預期，這麼可愛。

我覺得Chris的「餿水」很好喝，不要錢的餿水更好喝，連灌三杯，臉都鬆了，話也多了。這種沒名沒姓的雞尾酒，不比Margarita或Cosmopolitan，不比單一純麥威士忌，缺少正統酒色優雅的比例感，不知喝到哪裡會醉，於是說醉就醉。

剩酒的威力，「亂」的威力，就像夜市裡賣的藥膏，擦了不知是神效還是災難。

夜市牌藥膏，原本就是不可預測的。

衝動之餘，我越過吧台吻了Chris，但Chris不爲所動，冷靜地擦著杯子，緩緩說道：「這家店我做到下個月底，以後妳別再來了。」

「爲什麼？」

「妳不覺得這個地方很虛假嗎？」他說。

「怎麼會？我很喜歡這間酒吧。」

「這裡已經變了，」Chris說，「換了老闆，換了股東，走了一批熟客，換來另一批新的……就算是那些舊的客人，在這裡進進出出五年下來，一個一個也都走樣了……」Chris以眼神指指吧台尾端，倚在電話旁的一個女子，「她是這裡最久的客人，開張第一天就來了，住附近，一個禮拜至少來三、四個晚上，是個作家（早在Chris點名之前，我就已經認出她了），苦哈哈撐了好幾年，前年突然爆紅，大暢銷，眼裡變得只有名流，開口閉口就是我跟誰誰誰很熟，口袋裡一串名字，叮叮噹噹，隨口抓出來就要跟人作交易。」

「只有零錢才會響得叮叮噹噹，大鈔是不出聲的，股票與債券也是不出聲的。」我說，「你不覺得她這樣很可憐嗎？」

「我會說是可悲。」Chris說。

「但是，苗木還是老樣子啊。」

「只有他是不夠的。」Chris說，「而且他還沒經過『成功』的試煉。」

「但是他通過了『失敗』的試煉啊，」我幾乎是在爭辯著，「他做得這麼辛苦，這麼久，得不到賞識，一樣不改其志……」

「隨妳說啦。」Chris說。

「也許變的是你。」我說，「是你變了。」

「或許我真的變了吧，」Chris說，「我在這裡熬夜五年，看夠了，也受夠了。」

「也包括我嗎？」我問。

「什麼意思?」

「你也覺得我很假嗎?」

Chris搖搖頭，說，「妳是例外。這一屋子的人，只有妳的眼神還是乾淨的。」

我眨動眼皮，澀然生睏的雙眼泌不出淚水，乾巴巴盯著Chris，想像他怎麼看我，耳裡重覆著他說的那句，「我要走了，妳別再來了。」

11

天天開心

身體髒了要洗澡，心髒了也要。

每當有需要的時候，我就讓自己哭一哭。我會告訴自己：「時候到了，該哭幾下了。」抽出一段童年往事，像生意人抽出過期的帳冊，像盲眼人調出自己的病歷，像無家的棄子捏著撿來的全家福，就著租來的電影，痛痛快快哭一頓。

偶爾覺得眼睛髒了，目睹的爛事沾黏不去，也要哭一場，讓淚水漱一漱。

眼淚是最棒的消毒水。天然、有機、完全免費，自人的內核湧流而出，通過眼睛，再回到那個被人稱作「心」的地方：一個不斷充血、人體內最軟也最強的一塊肉。

是眼淚讓我「正常」到今天。

愈是歪斜的人，愈要學會假裝，假裝正常。

關於眼淚，TM在小說裡寫道，逃跑的黑奴在船上破了羊水，生下孩子，幾天以後抵達密約地點，接應的黑奶奶不怕娃娃餓過頭，就怕娃娃沒哭過，急著問小孩哭過了沒？媽媽說哭過了，黑奶奶這才放心，否則必須收集媽媽的尿液，替娃娃消毒洗眼睛。

通往人間的路原來這麼毒呀，難怪有人一出生便瞎了眼睛。

我們一直沒發現，外婆已經半盲了。她拒絕就醫，怕被醫生拐去開刀、練習、做實驗、瞎攪和，耗掉金錢與勇氣終要目盲，盲於醫生的野心而非白內障。她假裝自己沒瞎（眼睛死亡叫做「盲」，「瞎」是眼睛害了病），在白茫茫的世界裡安頓下來，吸收無盡的荒涼，像一隻孤單的蛾，讓歷史那充滿惡意的大手劫去了，扔進磨損的玻璃罐裡，碰碰撞撞落下粉屑般的鱗片，斷了翅膀，成為爬蟲。

幼稚園時期，外婆每天央我替她跑腿，去店裡買一種粉紅色的糖果，那是她最愛的零嘴，小小一粒，像鈕扣，一次一顆，再慢慢增為兩顆、三顆，直到她一次吞下幾十顆，送進了醫院，我才知道那是藥。虧我曾經，將我賺得的第一筆錢（幼稚園大班的繪畫習作，登上了《國語日報》）全數拿去買了那款粉紅色糖果。我記得自己何其鄭重，以雙手獻上我的禮物，「阿嬤，這是我用我的錢買給妳的……」

後來我知道，那家糖果店其實是一間地下藥房，粉紅色糖果則是走私的日本貨，專治「腦神經衰弱」。外婆倘若活到今天，人們會以「憂鬱症」這個詞彙來診斷她、界定她，彷彿一個人傷心過重或者傷心太久，就一定「有病」，一定「不正常」。幸運的常人並不瞭解，一個女人驟然失去丈夫是什麼滋味，丈夫被指控叛國是什麼意思，單身的寡婦與抱著兩個孩子的寡婦，誰比誰更有希望一點？

「感同身受」是一組虛言假彙，只有「受」過的人才明瞭「受」是什麼，「受夠了」與「受不了」又是怎樣。

爲了營救丈夫，外婆行賄。行賄是因爲有人索賄，開價七千。洗一件衣服只賺幾毛錢，要洗多久才能把人救出來呀。賣了牛，賣了地，勉強湊了五千塊，對方收了錢，說，「你丈夫是個老實人，被人利用了，跑去組工會，你們台灣人太單純了……」新來的統治者說著殖民者才會說的話，「你們台灣人太單純了。」外婆初學國語，北京話講得零零落落，結結巴巴像智障，讀不懂字據，被迫當文盲，她的丈夫果然沒有出獄，台灣人果然太單純了。

按照VW的說法，外婆的心生了病，失去比例感。

失去比例感的心，傾向爲不值得的小事流淚。就像墨西哥人說的，Por nada，這種人花錢買無用的東西，爲了毫無利害可言的事物與人爭吵、與人相鬧，爲微不足道的事情傷感、喜悅。就像台灣話說的，「空空」，這個人「空空」，是一個「空仔」，做什麼皆不爲什麼。

有一年，沉默至彷彿失語的外婆，突然變得好多話（斷翅的蛾爬行於自身落下的鱗粉之中，犯了過敏）。她將抽屜一格一格清空，衣櫃由裡朝外翻個徹底，挑出年輕時編織的毛衣，一件一件拆掉，重組，再織一件新的。雙手動個不停，整日都在編織：織毛衣，織圍巾，織帽子，織襪子般嬰孩專用的小鞋子，邊織邊說小文啊，阿嬷這雙鞋送妳，我說阿嬤我穿不下啦，我已經讀高中了耶。就算穿得下我也不想要，怕穿了讓人笑話。外婆織出的每一針、每一線，就是她支出（與穿渡）的每一分每一秒：失血、衰亂（那些線衫全都褪色起了毛球），古古臭臭，歪七扭八，一點也不「入時」，落在當令的「時間感」之外，稱不上「時裝」。

外婆在附近的小公園擺了一個攤位，陳列她編織的各樣東西，整天賣不出一件。她挫折極了，拆掉舊的再織一件新的，然而再怎麼織都不會是新的。沒有人告訴她，那些配色與圖紋看起來都太過時也太倒楣了，只有很老、很窮或很衰的人，才會買來穿穿看，因爲他們體內的時鐘壞掉了（一如外婆和她的作品），與時代格格不入，手頭總是缺錢，買不起店裡的當季品，習慣了庫存的舊貨，與別人餽贈的淘汰品。

乏人問津的公園地攤，就連警察都懶得取締，「如果一個女子靜默地在做針線活，她是在靜默地打破那靜默」，忽而有一天，某人打破了那靜默，向外婆買了一條披巾，並且在隔日的同一時間，圍著那條在秋日裡顯得過於肥厚的披巾，再次拜訪外婆，實現他昨日的諾言：他要拜外婆爲師，學習日語。

外婆驕傲地收了一個學生，重新活了過來。揉著她瞞過眾人的白內障，在午後的陽光裡，一對一教著那個年輕人，「溫柔」與「祕密」該怎麼發音。我見過那年輕人，至少三十歲，也許超過四十了，對老人來說算是很年輕的，對當時剛上高中的我而言，似乎又算老了。面試找工作，人家會嫌他不夠年輕，倘若自殺上了報紙，讀者又會說眞可惜啊還這麼年輕。

這樣一個男子，上班日的下午沒去上班，在公園裡跟半盲的跛腳老太婆聊天，帶小點心送她，以恭敬的日語稱她一聲「先生」，這樣的男人啊，這樣的男人倘若不是極其孤獨，就是極其善良。

他給了外婆晚年，最最明亮的時光。

外婆開始抹粉，化妝，染髮，穿皮鞋，央我替她把停格的手錶挖出來，搖動它，讓它發出聲音，自死裡復活，打電話確認「中原標準時間」，校正長針短針，尋回「現在」，找回「當下」。

那是一隻機械錶，你得要戴著它，讓它隨生命擺動，才能持續運轉。

當我找到這隻錶的時候，它封死在某個不知日夜的九點零四分，標本般沉默、僵硬，沒有溫度，自然也沒有速度。我搖它幾下，它勉強醒了醒，動一動，答答答發出聲音，彷彿有了呼吸，隨即又歸於死寂。必須持續不停地動手搖晃，給它力量，它才能夠得到動能，重新復活。

外婆復活了三個月，跟隨復活的時間走過一段明亮溫柔的秋天，男人就不見了。絲毫沒有預警，從此不再現身。外婆失去了學生，機械錶失去了動力，男人帶走他象徵的寶物——一份善良的孤獨——離開了，移至別的地方。也許他終於找到工作，向上移動一階，掙扎著遠離了孤獨幾步；也可能他向下跌墜，墜入更深的孤獨，進了醫院或療養院那一類，外婆抵死不去的地方。

我記得小學的時候，外婆最愛看「天天開心」，當時台語節目一日只准一小時，而且必須切割爲兩個時段，外婆格外珍惜中午僅有的、半小時的開心時光。看賣藥天王黃克林，演唱獨創的〈倒退嚕〉，背後插大旗，一身乩童裝，「耶，拜請，拜請／拜請東海岸、西海岸／北投紗帽山／鶯歌出土炭／草山底咧出溫泉喔……」

但是暑假到了，我搶走外婆的頻道，改看知性、高尚的節目，老師要我看的節目。輕易便忽略了「天天開心」，這「低俗」的鄉土綜藝，是外婆賴以依存的，唯一，不感到痛的時光——

鏡頭搖到舞台邊，掃到那彷彿不曾年輕過的阿匹婆，「鳳梨西瓜片／欠錢不愛還／尖嘴的是雞喔／扁嘴的是番鴨／彎彎的是豬肉／四角的是豆干……」阿匹婆搖著旗子跟著跳，台客舞的一幫始祖，早在「天天開心」就已然成軍了。

「三十分鐘『咻』一下就過去了……」主持人司馬玉嬌後來病了，傷重的心再也開心不起來。石松截去右下肢。卓勝利得了癌症。

一年很短，一日太長。記不得從哪一天開始，外婆不再開口說話了，靜得像一座廢墟，任時間在身上爬過，走滿蛛絲。

舊的一年掛在窗外的斜陽裡，隨溫度下降，冷卻，離開，進入新的一年。

外婆再也不染頭髮了。任憑染料褪盡，退回本色，露出原色，現出蒼白的死。整日躺在床上，化爲一座頽敗的花園，潮濕，陰黑，長滿皮膚病。霸道的疾病折磨她的腺體，摔斷了她的髖骨，醜了她美麗的臉，壞了她的記性。

老到無法再死一次，只能變成殘廢了。

「人生眞是令人失望啊……」將所有過不完的時間，過不去的時間，一針一針打進沒有人要的毛衣裡面。將時間纏附的悲苦，一針一針還給歷史。

她從不信任醫生。她是在醫院死去的。

火化後撿骨，骨頭裡全是孔洞，彷彿被蛀空了。

「這就是骨質疏鬆……」殯葬人員夾起褐色的碎骨，指著那些變色的孔洞，說，「生命就是這樣流失的。」

身體髒了要洗澡，心髒了也要。需要眼淚的時候，我就閉上眼睛，想念我的外婆。雖說所有的思念都意味著錯過，遺漏，丟失，誤解，一切的想念都是「來不及」，生者對逝者的想念充其量，只是遲到的感情、無效的眷戀。就算我想念的那個人，根本就是一個被我錯記的女人，就算我從來不曾瞭解過她，一如她之不瞭解我，這都無法否認我們相愛的事實。

小學二年級，跟著外婆回老家過年，午餐後邋膩了鞦韆，執意要去海邊探險。海邊有吸飽了鹽分的、濕軟的沙，適合跌倒、打滾、埋寶藏、挖螃蟹。我尤其愛聽海浪的聲音，看海面在無限深藍的遠方與青色的天空連成一線。但是大人都在忙，又說冬日風大，海邊枯得像沙漠，不值得造訪，我賴在地上踢著小腿鬧掉半部賀歲片的時間，沒人理我，決定自己出門找路，尋訪夢寐以求的大海。

我穿著城市小孩的衣裳，沿著鄉間小路瞎走亂繞，新買的洋裝搭著白色的海軍領，紅色的印花裙上，有一艘艘冒煙的蒸氣船。我愛死這套新衣服了，執意出門或許只是爲了讓人稱讚我的蒸汽船。

太陽西落的時候我發現自己已經迷路了，但是我不敢問路，嚴格遵守媽媽的教誨：到哪都要像個在地人，以免壞人釘上妳。

一個男孩躡行在我身後，靠上來，問，「妳要去哪裡？」我說我要去海邊。

「妳這樣方向不對喔，」男孩說，「要我載妳去嗎？」男孩騎著一輛與身型極不相襯的大鐵馬，雙腳搆不著地。

「好啊。」我說。我一見他掉光的門牙，就知道他是個好人。

男孩用力踩著鐵馬，逆轉了方向，走了一段上坡路，再下坡，將我放在某個防風林的入口處，指著一條雜草叢生的小路，說，「這是捷徑，穿過去就可以看到海了。」

「你不去嗎？」我問。

「海邊什麼都沒有，只有妳這種台北人才會想去。」

「但是海邊很漂亮啊。」我說。

「夏天還不錯啦，可以游泳，」他說，「但是今年颱風淹水以後，我就沒再去過海邊了。」

「你們今年淹得多高啊？」

「很高喔，」男孩踮起腳尖，手臂舉過頭，「快要淹掉一層樓呢。」

鐵馬男孩離開後，我獨自穿入小徑，任野草刮過穿著毛襪的雙腿。冷風掃過我的臉，抽打耳邊的空氣，製造嗚嗚的嚎叫聲，翻動我胸前的海軍領，像是在唱歌，又像在伸冤似的。落單的我感到有點害怕，加速腳步，緊緊追隨遠處海潮的呼喚。我聞到海的氣息，聽見浪的碎裂，碎裂聲擊打我的心臟，令我恐懼而快樂地奔跑起來。

擺脫刺棘蔓生的草徑，出了防風林，絕美的夕陽穿過我的眼瞳，直衝腦門，我驚呼著倒抽一口氣，提著一顆心，情不自禁任它跳上眼皮，濕潤了眼眶。瞬間，我瞭解了課本中「感動」兩字的意思。

海灘遼闊得像孩子的夢，足以容納一切成人拋棄的東西。

遠處擱淺著一截一截或大或小的漂流木，在晴朗的落日底下鑲著金光。漂流木之間，散落著大塊大塊模糊難辨的、灰泥色的龐然大物。那些大東西拱出相同的形狀，相同的大小，同樣沒有顏色的顏色。

我緩緩靠近，認出了它們：一具一具溺死的豬屍，在世人的遺忘底下腫脹著，發出腐肉的氣味。憤怒著，隨時要爆炸開來。

豬屍綿延著，列隊送死一般，拉出一道已然乾涸的水線。

我顫慄著向前移動幾步。

豬屍綿延著，其中幾具承受不了腐敗的脹氣，裂了開。

自夏日的水災之後失蹤至今，被人遺忘至今。那樣集體的，大規模的死亡。

許許多多茫茫歡動的小白點，自死亡的皮肉裡誕生。

我該後退但是我沒有後退，顫慄著一個七歲孩童所能啓動的所有勇氣，所有好奇，站在佈滿豬屍的夕陽裡。

紫紅色的彩霞擴散如夢。死亡太過壯麗，不容我閉上眼睛。

12

白色的禮物

回憶燒灼，像底片，經過化學藥劑的洗禮：水浴，顯影，急制，定影，以「海波清潔劑」滌淨殘留藥劑，將未感光的粒子溶掉，浸泡防水斑，水洗淨化之後，再花四小時晾乾。頑皮的藝術家隨性打亂程序，中途曝光，改變藥劑的比例、溫度、沖泡與搖晃的時間，讓底片局部加溫，局部降溫，有些地方加了光，另有一些減了光。

一切憑感覺。就像荒木經惟鏡頭下，那些，走光的少女。

「不過，現在要拍這種照片很難了。」荒木說，他曾打算以「走光少女」爲題，在紐約舉辦個展，但是因爲「政治正確」不及格，被拒絕了。「要是惹到那些胖女人團體來抗議可就慘了。」荒木嘴上這麼說，但是他分明愛死了那些胖女人，市井裡各式各樣的歐巴桑。

荒木拍太太的裸體（以及她死後的遺體），拍歐巴桑的裸態與「人生角色定妝照」。荒木是個眞正的變態，絕非單單剝削他人的假變態。當他剝開別人的時候，剝自己更深。他收集太太的陰毛，製成兩撮頭髮爲禿頭的自己塑像，他的變態是具有「本眞性」的。他拍乾乾小小的乳房，也拍切除了乳房的女體，那個得了乳癌的女人沒有活下來，遺照選了荒木拍攝的一張側臉。照片是女人生前就選定的。女人要世人記住這樣的她，記住荒木爲殘疾注入的神聖與性感。

在我所購得的這本《寫眞的話》裡面，有一個走光的少女：荒木行經芭蕾教室，看見練舞的女孩舉起整條右腿，現（獻）出褲底，情不自禁按下快門。是的，情不自禁，全憑感覺。眞是個完美的變態呀。

另一個少女，在花街的巷弄裡玩耍。任何一種城市邊緣總有的，野性的少女。看來至多十歲吧，普通的放學女孩，家裡的大人太忙碌了或許還沒到家，她獨自跪在一片鐵皮搭建的屋牆外，握著粉筆，在水泥地上塗鴉。久未修繕的路面破損、剝落，露出粗糙的砂石，女孩就跪在上面。跪在這粗糙的世界表面，穿著短短的小裙子，撅起未發育的小屁股，握著短短的粉筆，面朝鏡頭直視著。

荒木請女孩吃飯，「說些花言巧語把她拐來拍照」。下一張照片，女孩已經進了飯館，入了包廂，花色上衣換成全白的襯衫，皮鞋改成白襪子，腳踝壓平了，跪坐於榻榻米，同樣直視著鏡頭。與女孩對坐的成年男子低著頭，一身黑帽黑鞋黑西裝，臉埋進方帽裡，正在倒清酒。女孩手邊的玻璃杯空著，也許沒喝什麼，也許剛喝光了一整杯，桌上那瓶飲料像是果汁汽水又像啤酒，荒木說，「我跟她說這是『麒麟牌檸檬汽水』啦，唉，攝影這種行爲啊，根本就近乎誘拐、偷竊之類的嘛。話說回來，這個小女孩眞是太棒了！」

當年的小女孩，如今已過中年了吧。童年的她直視鏡頭，未有一絲膽怯，在陌生人的邀請之下身歷險境，全身而退，留下詭譎美麗的影像，令人心生羨慕。

這是小女孩被怪叔叔拐走之餘，所能得到的，最好的際遇。

我的際遇比荒木的花街女孩差一截，比阿莫好得多。

坐在長途公車裡，向媽媽提到荒木經惟，說了阿莫的事，也核對了當年小姊姊失蹤的細節。我們抱著兩籃水果、糕餅，與花束，上山祭拜外婆。無論路途再怎麼遙遠不便，我媽總要準備一束鮮花，她是那種再怎麼艱苦克難，絕不輕易棄捨美感的女人。

「其實同款的代誌，細漢的時陣我亦拄著（tú-tioh，遇過）……」媽媽告訴我，童年的時候，她也遇過一次性攻擊。她記得當時四、五歲，也許六歲，總之是父親失蹤以後，母親也不在身邊的日子。

那是一個蒼白的秋天，我媽阿雪一個人，在別人的田裡撿拾採剩的菜葉。身爲一個寄宿者，一個準孤兒，總覺得要很乖很勤勞，不斷地工作，才有資格繼續住下來。我媽阿雪說。

那個人是突然冒出來的，一個逃兵。那幾年，村子裡都是兵，阿雪說，他們住在寺廟、學校裡，深夜傳出受虐的哭喊，是軍官在教訓被逮回的逃兵。

阿雪記得自己的兩件褲子都被對方剝掉了，「但是我太小了，他根本進不來。」兒童與處女終究是不一樣的。兒童連處女都算不上。阿雪不記得自己哭了沒有，喊了沒有，但是她記得那個人，在某個堅硬無比的時刻，忽而無限溫柔地垮掉了，將東西收進褲襠，離開了。

事後，我媽阿雪繼續工作，撿拾菜葉，比事發前更加沉默，將心事疊起來收好，像疊起一團揉縐的紗布，藏入心底某個生鏽的鐵罐。

「為什麼妳從來都沒告訴過我？」我問。

「妳不也什麼都不告訴我嗎？」阿雪說。

「後來呢？」我問，「那件事發生以後，妳有向誰投訴嗎？」

「沒有。」

「為什麼？」

「就是沒想要說。」

是不敢說，不想說，還是不知道要說？

阿雪側著頭，想一想，覺得我提供的三種選項並無差別。

問題不在說不說，怎麼說，問題在於：說與不說其實沒有差別。

「要說給誰聽呢？」阿雪問。有誰真的在乎呢？摯愛的人已經消失了，那獨獨有資格聽她哭訴的人已經不在了。爸爸入了監，媽媽去了台北，在中山北路的飯店當下女，每月寄來生活費，拜託故鄉的親戚收容女兒，直到小學畢業為止。

「妳怎麼知道那人是逃兵呢？」我問。

「因為他看起來很害怕，跟我一樣。」我媽阿雪這麼說。

「至少他還有良心，」在那全然由暴力統治的時刻，「他放過了我，等於放過了我的命。」男人對女童阿雪的同情，誘發了成人阿雪對他的同情——說穿了，不就是孤獨絕望的一個人嗎？很可能才剛成年而已。

離家一個禮拜，再次見到媽媽的這天，她顯得非常多話。去年，媽媽動了一個大手術，切除了肺部的腫瘤，癌細胞轉移的威脅還在，每天都必須服藥。她很介意術後的疤痕，嫌它醜陋，持續不絕地感到酸麻疼痛，久了就分不出痛的是肺、是骨、是皮，還是心。

今年一月，外公在冬雨的清晨摔了一跤，腦部重傷，癡呆了一個多月，直到最近才又拄著拐杖練習走路。媽媽說壓力好大，胸口的傷處好疼，心頭好悶，尤其這四月的清明時節，整副身體酸得像帶刺的雨，由胸口開始擴散，直到體內最深、最軟、最重要的那塊肉：她鬱鬱寡歡的心。

公車迂迴上山，抵達台北第二公墓。細雨紛紛的上班日，掃墓的人竟然覆滿山頭。這世間猶有許多還沒被遺忘的人。母親含淚泣訴，一如往年，對著無所不在的死者說了好多好多的話，耳語一般，細不可聞，交換祕密似的。擲筊再擲筊，一件事接著一件，一一確認外婆的意向。這一年，我媽阿雪哭著自己的母親，哭得比往年都凶。

我們倆近午出發，傍晚返家，其間，我媽阿雪碎語不斷，甚而做了一項怪異的宣告：「我是文盲。」她說，「妳不在家的時候，我自己跑去看了一部電影，是不是很獨立？」聽說女主角不但露了乳房，還與小她二十歲的少年上床。阿雪買了票，帶著「觀賞A片」的興致進了二輪戲院，沒料到竟是一部政治電影。

「妳覺得好看嗎？」我問。

「還可以啦。」我媽阿雪說，「至少沒有害我睡著。」然而這部電影，對阿雪最重要的意義是，「那個女主角跟我一樣，是個文盲。」

「妳哪是文盲？」我說，「妳明明就讀得懂報紙啊。」

「不對，」阿雪堅持，「我跟那個女主角一樣，我們都是文盲。」

向媽媽說了再見，蹲在門檻正在穿鞋，聽見她低聲說道生日快樂，眼裡泛著羞怯的水光。

「我的生日還沒到啦。」我說。

今天先慶祝嘛。媽媽一邊說，一邊把水果籃裡的蘋果、水梨、桃子、李子裝進布袋，遞給我，說，「妳答應我了，下禮拜就回家喔……」又說，「妳借住人家家裡，要有禮貌，東西帶回去要主動請人家吃，知道嗎？」接著又塞錢給我，說是生日紅包，「外套要帶著，今年的四月很奇怪，特別冷，吃得營養一點，不要太省了知不知道啊，對了冰箱裡有牛奶，還有草莓優格……」

母親又轉進冰箱裡，摸摸掏掏——那一份對親生骨肉神經兮兮，神經兮兮，掏心掏肺，氾濫成災的母愛啊。

打開冰箱，裡面存放著六大瓶，六大瓶，一公升裝的鮮乳。

「媽，妳買這麼多牛奶幹嘛？」

「因爲特價。」

我檢查瓶裝上的製造日期，問，「什麼時候買的？」

「昨天。」

「昨天？」我破口忍住罵聲，「這些牛奶今天就到期了妳知道嗎？」

「這樣喔？」

「上面有寫呀，」我說，「四月十七日到期，不就是今天嗎？」

「……」

「這些牛奶，今天到期，妳知道嗎？」我把一句話斷成三截，畫重點，「妳跟爸爸，就兩個人，買這麼多要幹嘛？」

「因爲買一送一呀。」

「人家爲什麼要打折賣妳？就是因爲東西快過期了呀，」我說，「這是常識，妳不知道嗎？」

「誰說過期了就不能喝……」媽媽扭開瓶口，倒了一杯，咕嚕咕嚕當水喝了起來。

「買一送一，買個兩瓶就算了，但是妳買了六瓶ㄟ！」
「不要訓我。」阿雪說。
「我沒有訓妳，我是說，買東西要注意它新不新鮮，哪一天出廠，還可以再放幾天……」我說，「妳都不看說明書，連製造日期也不看。」
「不要訓我。我是文盲。」她說。「我有看懂，那個女主角是文盲，我跟她一樣。」
「那是一部外國片，爲什麼妳看得懂？」我說，「因爲妳看得懂字幕，妳不是文盲。」
「我是文盲。」她堅持，「我考上中學但是沒去註冊，我爸坐牢害我不能念書，我是文盲。」
除了到期的牛奶，冰箱裡還存了幾盒到期的優格。我媽阿雪另還訂購了三十斤的桑葚，屯在客廳，說是要釀酒。脆弱的桑葚已然磨損破皮，滲出汁液，像淡化的血水，招惹了蚊蠅。媽媽說她累了，打算略過晚餐，直接上床入睡。她說自己昨晚失眠，吃了兩顆安眠藥，依舊沒有睡著。

窗外的四月還在哭著。山腳含住了春天。
春色衰涼，偏灰的藍天像注了苦藥的靜脈，將徘徊欲死的黃昏拉得又長又遠。

我記得生命中第一份生日禮物，就是媽媽送給我的。那一年，月考得到十七名，媽媽很高興，「阮兜的（ê）囡仔（gín-á）無比人較憨。」我家的小孩並不比人家笨吶。她送我一顆足球，我把它當皮球來拍。

一天下午，我在家門外拍皮球，啪、啪、啪、啪，製造活潑歡樂的噪音。皮球失手滾落，我匆匆追上去，赫然見到一隻大手搶在前面，抓起皮球，另一隻手握著剪刀，刺一下，砰，把球戳破。

是爸爸。

爸爸將皮球處死以後，轉身進門繼續上工前珍貴的午睡，一句話也沒說，就連罵人都懶，吝惜到一字也不給。彷彿每說一個字，就要浪費他儲存的一點力氣，讓夜間的勞動更形艱苦。那段時間，他在專做晚餐與消夜的酒樓泊車，六點上工直到清晨三點，白天若有力氣，就出門開計程車。

心情好的時候，爸爸會帶我去附近爬山，在一座蓄滿蝌蚪的水池邊，砍下一截竹子，帶回家。回家後，他會打一盆清水，動手磨刀，俐落地剖開竹子，削出幾條細長的竹枝，再以黑色的砂紙細細打磨，將竹條的側邊磨得平滑、透亮，把刺針般細不可見的歧岔物磨掉。就像外食者處理免洗筷一樣。

幾分鐘就完工。一條完美的竹鞭誕生了。

父親揚起竹鞭，用力一揮，鞭打空氣，讓它發出咻咻的、教育者嚴厲的宣示，接著驕傲地說，「不錯，很有彈性……」我知道，這是專門用來打我的，爲了避免造成某些「穿膚入肉」、搜查困難的小刺傷（瞧，我們多有經驗啊！），我爸細心爲竹鞭打磨光滑的表面，像個認眞的木工。

「爸爸愛睏的時陣，千萬毋通吵，」我爸說，「哪無，妳就知死。」向晚的雲霞，在咻咻的鞭打中發出空洞的叫喊，彷彿很痛快似的，浮出血痕般淡淡的紅色。父親滿意了，將竹鞭遞給我，說，「妳自己試試看。」

後來使用那條竹鞭的，是母親而不是父親。

說來奇怪，是母親主動要爲我過生日的。隔年春天的月考，我擠進前十名。媽媽帶我去百貨公司逛了一下午，挑了一個洋娃娃。洋娃娃一身富麗，美得驚奇又囂張，象徵了我們這對母女絕對不可能變成的那種人：恃寵而驕的人。抱在懷裡就閉眼入睡，搖一搖便發出夢的哀鳴。母親鄭重其事，替我買了一個白色的蛋糕，插上紅色的蠟燭，像是要補償自己失歡的童年。輕聲唱著生日快樂，歌聲細細的，一路走音一路抖，一路往上飄，時而掩著嘴笑，像個心虛笑場的臨時演員。

我爸自始至終反對這檔事，打死不配合，「老人都不過生日了，小孩子過什麼生日！」

窮人就該有窮人的樣子，窮人的脾性，窮人的生活方式，就像新台幣不能當作美金。這是我爸的邏輯。但是我媽阿雪並不同意。她認爲，窮人比富人更有資格花錢，更有資格享受，因爲窮人花的每一分錢，都是自己賺的，不是繼承來的。外公出獄之前，我媽跟著外婆幫傭，住在有錢人的廚房裡，看著榮華富貴在眼前流過，這麼近，像一場觸手可及的夢——全然忽略了夢的本色就是哀傷：在人們眼中灌入幸福是爲了醒來之後，認清，幸福並不在場。

第二天，上學日，我依著母親給的承諾，把最要好的同學帶回家，三個女孩躲在衣櫃裡，抱著娃娃扮醫生、扮姊姊媽媽。突然，衣櫃打開了，母親揮著麵條怒聲吼道：「妳沒聽見我在忙嗎？為什麼不去接電話！」

「我沒聽到啊……」同學嚇呆了，我覺得很丟臉。

「萬一是妳爸爸打的怎麼辦！」母親拍掉我的洋娃娃，「店裡一下子來了七八個人，餓鬼一樣個個都在催，媽媽壓力這麼大，妳只會躲在這裡玩！」是妳讓我放假的呀，我心裡很委屈。

「現在就給我去罰站……」她當著同學的面前下令。

「可是，可是今天是我的生日耶。」

「過什麼生日？妳以為妳是大小姐嗎？」

至於後來，那兩個同學怎麼被趕了回家，洋娃娃的頭顱怎麼落了地，那根竹鞭如何虎虎生風，在我身上製造怵目的鞭痕……我已記不真確了。我記得的是後來，後來，我在小海家隨手翻閱的一本《蛋糕的故事》裡，與媽媽買的那個生日蛋糕重遇了：我的蛋糕比起書上的那個當然粗了點、醜了點、台了點，也便宜了許多，但確確實實就是同一款。Vaguely Reminiscent。原來這蛋糕有著如此美麗的名字：Vaguely Reminiscent。模糊的追念，曖昧的回憶，心不在焉懷著舊日的溫情。

模模糊糊的一塊白色蛋糕，不怎麼好吃，只記得甜。

13

嘻嘻男孩

在報上讀到一個文化大學的女生，走進五金行選了一把刀，還沒付帳就往心口一刺，死了。準是個拉子。我猜。而且是個嗜讀《蒙馬特遺書》的，某種，怎麼愛也不夠（因而無法繞過愛的傷害繼續存活）的，鱷魚牌拉子。

她沒有留下遺書。她的死法就是遺書。遺下一組密碼，送給四面八方的同類：嘿，妳也是嗎？妳也是我們這種，難以說出口的嗎？

這種拉子的另一版本，我管她叫蠍子。蠍子受不了女朋友變心，拿BB彈射進眼睛。但是她射的不是自己而是對方的眼。那女人的眼睛幸好沒瞎，但是視力受損，黑眼珠崩去一角，硬化成混濁的白色，塌進眼白裡，像一匙發炎的豆腐，牽著血絲。

蠍子很「鐵」，鐵到無法假裝自己交過男朋友，鐵到無從假裝自己「不是」，走進女廁總是嚇到人——「先生，這是女廁ㄟ！」每進一次公共廁所，都要接受一次性別檢查。旁人給她的白眼，結成二十年的一團憾恨，被蠍子一次出清，歸給她倒楣的（前）女友。

我跟蠍子不熟，只除了當過她的模特兒。她素描畫得很棒。

當我在蠍子眼前卸下衣衫，她把我當個女人來畫，當拉子來畫。儘管我沒有性經驗，只暗戀過兩個女生。但是拉子把門檻降得很低：只要妳覺得自己是，那就是吧。加入弱小族群本就無利可圖，想來就來吧。當時，九〇年代初，誰也料不到後來，同性戀會變得這麼時尚，這麼「正確」。

那時候我才，十六歲吧。然而再年輕的人，也還有更年輕的歲月。十五歲之前，爸媽說我是個男孩，雖然我不曾射精，陰莖比「鑫鑫腸」還要迷你，而且不太勃起。是天生的。父母並沒有瞞我。我定期看醫生，排定了「重健」手術，心底卻惶惶不定，直覺自己並不想被安插上，那一支，人們要我插上的東西。

我每日檢查胯下的動靜，伸出意興闌珊的手指，逗弄般彈它幾下，似乎每觀察一次，它就變小一點，彷彿真能經由鄙視，讓它逐漸萎去，直到一天我流了血，大量大量的，止不住的鼻血。猛烈如壓制不住的街頭抗爭，湧出來，像意外劈開的油田，帶著暴動的腥味，堵住我的鼻腔，逼使我張開嘴巴，一邊咳一邊呼吸。

密集檢查了兩個禮拜，醫生判定那不是鼻血，是經血。

原來我體內有一座不完整的子宮，不完整的卵巢，完整的陰道閉鎖，造就了經血的淤積，逆流。那些止不住的鼻血，是三年的累積，但只有七個月的份量。我只來季經，或半年經。

似乎我不是男的，也不只是女的。於是心理醫師出現了，幫助我決定性別。

肌肉爆發力，中等。男女各一點。

柔軟度奇佳。女生一點。

胸部略有隆起。女生一點。

陰莖略有勃起。男生兩點。

數理腦袋勝過語文腦袋。男生一點。

（為什麼？為什麼力量屬陽而柔韌屬陰？為什麼數理屬陽而語文屬陰？

唉，我知道你在問什麼。心理醫生說，請你先讓我完成量表再說。）

戀愛呢？喜歡男生還是女生？

女生吧。我說。我暗戀班上的女生。

愛女生。男生五點。

「光憑這一點，」醫生說，「幾乎可以確定你是個男的。」

是嗎？但我覺得自己是個女的。就算擁有半副男人的身體，我還是女的。也許我是女同性戀？

陳醫師你一定也聽說了，板橋有個卡車司機，當了快五十年的男人，結了婚也生了女兒，最近才去做了變性手術。變成女人的他說自己愛的仍是女人，他從來不是男人，所以不是異性戀，就算以男性的身體進入女人，他仍然不是異性戀，因為他不是男人。

他與他的妻，是一對拉子。男拉與女拉組成的拉拉家庭。

當male lesbian這種說法出現在聰明人寫的聰明文章，我覺得很扯，直覺又是理論養的「後現代假人」，如今有個活生生的傢伙現身了，原來一點也不扯。這人一點也不後現代，一點也不酷，簡直還有點老土，什麼時代了，還在頭上戴髮箍，講話斷斷續續，像是被掐住咽喉，帶著雲林特產的海口腔。

曾經，他的生命（板橋卡車司機的生命）與我的一樣新奇，新到沒有名字，奇到沒有性別。他還不是她，我也還不是我，只是IT，it，一個屬性不明的，等待意義的字。

一個代名詞。一種暫時。

像新生兒的第一次啼哭，乾淨無染，發出問世的叫喊。

那不男不女，無法歸類的，it，嬰兒，小東西。

黎明前最後一道黑暗。無法說是黑夜，也還不是清晨。

鐘擺懸停的，未決的時刻。

有什麼在醞釀著。然而還不一定。

就算再等一會兒，還是不一定。

接著一切都亂了。由專家草草決定了。這個世界不容許等待。這非女即男的世界。五歲之前，那個後來變成卡車司機的小孩，被界定為男生，再教養成男人。我也自小被給定了性別，直到青春期才經由手術「回復」性別，就像原住民回復姓名一樣。

「不趕快定下性別，就沒辦法穿制服，沒辦法上學呀！」大家都是一片好意，我知道。再不定下來，就無法成為人。

就像是，一個眾人都感覺陌生、只好判定為「錯別字」的符號，被減去幾筆或增加幾筆，交給手術刀整一整，改成另一個「對」的字。

（「陰陽人」有古字嗎？它是如何消融的？如何像冰山一樣，被文明推著走，在升高的氣溫裡緩緩融化，化成「男的」與「女的」？）

升上大學的那個暑假，我跟初戀女友分手了，退掉頂樓加蓋的小房間，回家沒住幾天，就被我媽逮到一疊照片。大部分是「拍立得」，菸酒與性愛的衍生物。照片中我的眼影像是犯了什麼癮，冒出汗的亢奮，在眼窩裡暈開。下巴掉進酒後的鬆弛裡，吻著一個跟我相似的妖精。那時我早已做了「變性」手術（或者「還原」手術），有了陰道，也來月經。這月經嚴格說來，還是季經，三、四個月來一次。

「李文心，我要妳寫的是『僞娘』，不是陰陽人或變性人。」製作人說，「妳知道僞娘是什麼吧？」

我點點頭。其實我不太確定。

「妳知道妳的筆法，很不親切嗎？」

「……」我不知該怎麼回答，總不好說我知道吧。

「妳寫的這個人……嗯……」製作人翻著稿件，「這個人……天生是個陰陽人，被爸媽當男孩子養到十六歲，鼻子裡冒出經血，才發現自己是個女的？」

「呃……差不多是這樣。」我看見稿子裡畫了許多紅線，心底想著：其實不能這樣簡化，他是一個「剩餘之人」，一個從「陰陽人」剩出來的「女人」，十七歲動了手術，把身上的男性器官割除，變成女的。那些被割掉的男性器官並不完整，類似某種殘餘物質。留下的女性器官也不完整。天底下沒有哪個人是足夠完整的。

「這個陰陽人決定割掉男性生殖器，當個女生，但是她喜歡的也還是女生？」製作人繼續問。

「對。」稿子上圈了幾個紅色的問號。

「所以，她是個女同性戀？」

「嗯。」我說。

「那她爲什麼不選擇當個男人呢？」

「我不知道，這得要問她本人。」我說。

「妳寫的這個，是眞人眞事嗎？」

我點點頭，「她是我朋友的朋友。」阿莫的室友路路（對，就是收拾阿莫自殺現場的那個倒楣鬼）。

「可以幫我聯絡一下，請她上電台嗎？」製作人說，「這種人物要做就做現身說法。」

「但是她住高雄喔？」

「這不是問題。」製作人說。

「我可以打電話問問看，」我說，「但是，假如她不願意呢？」

「妳說呢？」

「可以找小葉同學的媽媽。」

「誰？」

「小葉同學。」我說，順手寫下他的名字，給製作人看。

「這是誰？」

「小葉是女生合唱團裡唯一的男生，歌聲比女生還高，國三那年，在校內廁所離奇死亡。他總是獨自一人，提早在下課之前跑去上廁所，或者趁上課鐘響之後跑去上女廁，因爲其他男生會踢他屁股（「居然膽敢背對我們！」），動手打他（「你可知道站著尿尿也是要有條件的。」），脫他褲子『驗明正身』，看他到底有沒有懶葩（「嘿，眞失望，以爲可以看見你的小妹妹呢……」）。小葉改上『教職員廁所』也不成，老師責罵不懂禮數。有個大個子逼他代筆寫功課，不是一次兩次而是天天代抄，他經常睡眠不足，眼眶發黑。就在他死前兩個月，有人下戰帖：放、學、給、你、好、看，於是他拜託同學陪他繞路回家……

「他死掉那一天，與平日一樣趕在下課之前跑去上廁所，再被發現的時候已經倒臥血泊，褲子拉鍊沒有拉上。事發當日校方沒有報案，逕自將現場清洗乾淨，事後追查的結果：除了廁所的燈壞了，暗濛濛，水箱遲遲未修導致地面濕滑……無從確認他的死因……」

小葉出殯前，葉媽媽跑回學校去找那些大個子，說，「你們不是要看嗎？我現在請車子載你們去，脫給你們看……」校長叫她不要擾亂學生，但是她不服，「他們就很喜歡看呀！現在他躺著，來，我全部脫給你們看……」此後葉媽媽哭了大半年，吃藥看精神科，以爲自己會被送進精神病院。她說，我的兒子沒有尿尿的人權，把他逼死的就是這一點。她尤其不甘心的是，竟然還有老師說，小葉這樣走了也是一種解脫。老師全然不瞭解，有一個那樣的兒子，是一件多麼幸福的事：他會在媽媽下工以後催她去洗澡，藉機把晚飯煮好；幫媽媽洗頭、按摩、染頭髮；燉「魚腥草」爲媽媽治咳嗽……。

唯有避開眾人才能安心上廁所，永遠獨自一人，受傷後失救致死——這是小葉的孤獨，娘娘腔的孤獨。就算出於「政治正確」改叫他們「溫柔漢」或「嘻嘻男孩」，亦無助化解這種孤獨。

「李小姐，」製作人打斷了我，「前天我說得很清楚，我要妳做的題目是『僞娘』，結果妳給我陰陽人，現在又要給我一個娘娘腔？」她說，「僞娘是比女人更懂得打扮化妝，比女人更美的男孩子，我們需要的是輕鬆好玩的話題，可以跟廠商合作的話題……」製作人說，「妳老在狀況外，不太適合這一行。」

但是主持人接受了我的提議，放了SV的這首歌：日間感謝主的恩典／入夜之後提防戒備／半個世界正陷入甜蜜／另一半陷入恐懼／當黑暗伸手越過臉頰攫住妳的時候／不要輕易棄守／找回被抹消的那些事物……／找回線條／找回形狀／經由哪怕最微小的一顆穀粒／尋回事物的輪廓／他們自會向妳透露自己的名……

有個聽眾call in說，「我鼓起勇氣穿女裝出門已經一年多了，我的化妝技術還是很差，因爲沒有人可以教我，而且我鬍渣比較重，要遮住就必須打上很厚的粉底，我又有痘疤，整張臉出門的時候就是很油、很厚，好像塗牆壁一樣，所以我知道路人都在看我……」男孩講話的方式鬆鬆的，亂亂的，每個字都像是滾出來的，彷彿缺了幾顆牙，完全沒有攻擊性。他繼續說，「最近我出門的時候，開始鼓起勇氣上女廁，爲了不要嚇到女生，我都戴著口罩進去。我尿尿的時候都會ㄏㄡ（hold）住，一點一點慢慢放，我想說，淑女們尿尿都很輕、很斯文，我怕尿太大聲會嚇到她們，結果，結果被嚇到的反而是我，原來女生尿尿都好豪邁、好大聲喔……」

歌曲唱到一半，另一個聽眾call in進來，暱稱「檸檬油」，他說自己即將直升的私立國中嚴格進行男女分班，他希望能夠分到女生班，「我不喜歡跟男生在一起，他們整天逼我打架，要我證明自己是個男子漢。」但是，女生班要穿裙子，就連冬天也不例外，「我並不想穿裙子，我還是喜歡穿褲子。」他說，「我的願望是，可以穿男生制服到女生班上課……」主持人與檸檬油談了幾句，問，「家人之中，有誰支持你嗎？」他說沒有，「我從來沒有向家人提起過，我是躲在房間裡打手機call in的……」突然間，主持人像新聞主播進行現場連線似的，說，「檸檬油，我們的另一支線上來了一位聽眾，這位聽眾有話要對你說……」

兩隻電話在空中連線，對方劈頭就是一句，「哥，我是你弟弟啦……」弟弟的話才說一句就斷了，輕輕啜泣起來，將無言的時間留給SV，聽她繼續唱道：我願意罩著妳，挺著妳／爲妳留住一點光／但是我只能教妳／夜的視界……

在準備資料的時候，我聽說了小米的故事。

小米在變成女人之前，曾經自力救濟親手爲自己打麻藥，動手割掉自己的蛋蛋。對他來說，那一對睪睪就像兩顆腫瘤：多餘，醜陋，贅生著異化的疏離感。

小米第一次動手，剪開十五公分的傷口，沒有成功，沒讓東西落下。三個月後再來，以橡皮筋綁住蛋蛋的根部，同樣施以剪刀手術，這次成功了一半，掉下了一邊。光是聽人轉述我就渾身顫慄、齒根發酸。痛成這樣還不罷手，可見他不當女人會死。

小米的行爲被當成自殘而非自救——「去勢」、「自宮」——被當作「精神異常」而非「自我完成」，國防部給了傷殘撫恤金，讓他提前退伍。小米因此籌到變性手術的費用。世人說，變性慾是一種疾病，一種精神變態，卻又說這是個人選擇，不應該動用健保給付。

小米手術之後拔除導尿管，第一次蹲著尿尿，見尿液混著血色滴落腳邊，喜極而泣。

小米不怕痛。身為女人就是痛：自母親的巨痛裡降生，在經潮的疼痛中長大，在乳房的漲痛裡排卵；追隨月亮的周期，適應痛的循環；前幾次做愛會痛，生產會痛，哺乳會痛，哺乳有時比生產更痛。所有的陰性皆擁有某種特殊的力量：受痛的力量。

小米生來本是陽性，一路受痛將自己變成陰性。把陽具化為陰具，陽皮翻轉內摺，成為陰道，像女人生產一般，由自己的產道生出自己。

小米先把自己滅了，再把自己生出來。

把自己生出來是很痛的，非常痛的。

斷了那屬陽的前生，得到了屬陰的新生，下體還在流血，彷彿來了月經，又像第一次性交，經過了十個月的妊娠，於巨痛中分娩，產下了自己。

搞哲學的智者說：沒有誰生來就是女人，女人不是「天生」的，而是點點滴滴「變成」的。

真的可以「變成」嗎？真的會「成」嗎？

小米在變成女人的路途中，一步一摩擦，走得好辛苦。在滑向絕望的路上，倒是一點阻力也沒有。他被當作妖怪，找不到人愛，找不到工作，甚至找不到合適的眼鏡。當兵時他壞了一顆眼睛，無法配戴隱形眼鏡，那顆壞掉的眼珠斜掉了，簡直是毀容。長得不討喜，當不成他嚮往的服飾銷售員，就連家人也不承認他，把他當成一件臭不可聞的家醜。小米時躁時鬱，朋友變少了，可憐兮兮的存款變得更薄了，脾氣一路壞下去，工作就更難找了。自殺一次不成，兩次不成，再一次就被當作幼稚的玩笑，直到最後一次成功了，登上報紙，化為一則「人妖的悲劇」。

小米不夠瘦、不夠美、皮膚不夠滑、聲音不夠細、骨架不夠小、存款不夠多、品味不夠高、口才不夠好（天哪，這麼多的「不夠」到底怎樣才夠啊？）一個高職畢業的鄉下孩子傾注所有，沒能如願過上女人的生活（「女人」的定義不由自己，只由他人），不成女人只成怪胎，一日一日向下落，沒完沒了的下落，落到最深最深的海底，無人抵達的孤獨。

孤獨的極致就是死亡。就連耶穌與藍鯨也救不了他。

相較於小米，阿莫的室友路路算是很幸運的。她順利做了變性手術（請容我再強調一次：這種手術應該正名為「性別回復」手術，或「性向自決」手術），割除了男性生殖器，當了女人，如願過上拉子的理想生活：非常日常、平淡安詳，絲毫無法引起窺奇探問的普通生活。

當年，路路請醫生為自己抽取精液，萃選之後儲存起來，以備日後愛上一個母性堅強的女人，生一個自己的寶寶。那些經過萃取的精子，正活活潑潑健健康康，在低溫的祕密中優游浪蕩，等著在世人面前表演一場神蹟、一段惡作劇：褻瀆似的，令人無所適從卻又驚奇叫喊的……輝煌無比的畸形幻化。

14

查理帕客

晚上七點半，查理站在路邊，扒著一口冷掉的晚餐。

碗裡的稀飯早已結痂，夜風灑上一層細砂，彷彿灑上胡椒鹽。查理在飯碗中注入熱水，拿湯匙攪拌幾下，將馬路的廢氣一併拌了進來，勉強再扒一口。

查理吃飯不拿筷子，筷子容易掉，插在飯裡又像祭給亡者吃的。查理隨時要移動，隨時在跑。他的指甲很短，嵌進肉裡，厚重的勞動在指尖填滿黑色的汙垢。

查理胃痛，吃了藥依舊隱隱作痛。胃痛與耳鳴同樣神祕難癒，是精神病的替代物。所有認識查理的人都說，「你這人太拚、太嚴、太緊了。」查理聽勸，規定自己好好嚼完一口飯，再以舒緩的節奏（幻想自己正在公園散步）慢慢行走，去牽廖桑的車。廖桑的Lexus停在半公里外，忠孝與基隆路口。

這天早上，如同每個四月的清晨，陽光穿過百葉窗，打在脫皮的牆上。一陣春風攪進陽光裡，讓牆上的光影起了波瀾，將一條一條由窗縫切成的金箔，化成漾漾的水波。但是查理沒有時間注意陽光的把戲。鬧鐘六點半滴滴滴滴，滴滴滴滴，戳破無夢的睡眠，起床撒尿洗臉刷牙穿衣吃饅頭，半小時內出門，上工。

查理看也不看一眼牆上，那片金色的小小汪洋。美麗是一潭無意義的浪費，查理不寫詩也不作夢，直接的感受唯有累，尋常而立體的累，還有渴：睡醒時喉嚨乾燥如沙，一杯水不夠，再灌一杯。他天天打呼，就連夢也被他打翻了、逃跑了，無法與太太同床。

疲憊到發狂的睡眠，總是鼾聲大作的。

台灣經濟起飛的十五年，一九六五到一九七九，對查理來說，就是辛苦開車的十五年。他開了兩年的公車，再去車行當學徒，改開計程車，自一九六九開到一九九三女兒入學爲止。長年的司機生涯，爲他換來痔瘡、胃疾、十二指腸潰瘍，收入一年少過一年，自知計程車這行走不遠了，轉行泊車，直到今天，竟也過了十幾年。

查理的胃疾時好時壞，最糟的幾次竟還昏倒在地。上一個夏季苦熱異常，送來一身的皮膚病，像隻受虐的流浪犬。冬天過了春天又來，皮膚依舊病著。但是他堅苦卓絕，不抱怨。命很硬，背很硬，就連睡覺都很硬，不睡彈簧床只睡木板。只是最近，好像，怎麼睡都覺得骨頭發疼，試過軟床才發現：原來這種床這麼好睡這麼舒服。愈睡愈感傷，覺得自己老了。

究竟是骨頭發軟人發老，才愛睡軟床？還是該感嘆自己到老才懂得享受、認出了好東西？反正都是遺憾，都是來不及。

查理自始至終都是一個鄉下人，台北鄉下人。

他花了十年才放棄橡皮管，改用蓮蓬頭洗澡。他當然沒有信用卡。

在台北扎扎實實住了半輩子，遠遠超過身爲鄉下人的履歷，在首都結婚、生子、買房子，客觀說來是個老台北，怎麼看都像個南部人。

不菸不酒不熬夜（前兩項倒不像南部人），不上餐廳不逛街。他說菸好臭、酒好苦、汽水辣得像鞭炮。又說，只要進過任何一家餐廳的廚房，都會失去外食的勇氣（這段話只證明了：他沒有進過「高級」餐廳）。

台北人該有的習慣，好的壞的，他一樣也沒有。倒還保留某些鄉下人的習性：捧著一張缽大的碗，蹲在黃昏底下吃飯。自己修鞋修電鍋。光天化日剪頭髮。牆壁充當電話簿。在薄透的日曆上記帳。將火柴的棒頭摘下，拿來剔牙。

好不容易找人代班，去醫院看病，與候診的老人聊天：阿婆妳幾歲呀？住哪裡？做什麼的？幾個小孩？跟兒子住嗎？收入怎樣？——彷彿身在舊社會的廟口，不在數位時代的市立醫院，擦擦保心安油就能治病似的。又像擺攤的菜販，不把城市人的戒心看在眼裡，就連一根手指的身世，也要問個明白。

查理至今依舊保有這種不合時宜的，鄉下人的好奇心。

大年初一，去植物園看人餵松鼠，看不慣女學生捏著指尖、一撕一撕慢餵慢食搞斯文，「唉呀幹嘛那麼小氣……」出手搶下女孩手中的麵包，卸下一大塊，用力推出去，打拳似的，嚇跑了一樹的松鼠，也嚇到了女孩。

女孩望著眼前這個，比松鼠更稀奇的陌生人，止住了笑意，止不住驚訝，自覺受到了嚴重的冒犯，卻怎麼也生氣不起來，只能原諒這個怪叔叔，這來自舊世界的冒失鬼、野蠻人，並且生動地記起了「古怪」這兩個字。

這座城市升級了，重新迎回松鼠、鴿子，與蝴蝶，連吃素都變得比吃肉高雅昂貴。查理工作的這條街上，新開的「蔬食」餐館標榜「粗茶淡飯」，午餐一客要價四、五百塊。這城市上一次升級，查理剛出社會，趕上崇拜大肉的時代，馬路與樓房覆蓋了草地與田寮，驅逐了所有的鳥蟲與動物。當彩虹被樓房趕進深山，城市就富了起來。

這幾年，台北厭倦了自己富裕的髒汙，學著更愛乾淨一點。在緩慢退去塵垢的過程中，被滿身髒汙暴富而出的北京上海追了過去。台北人看著上海，看她不要命地往身上堆積進步的灰霾，於是加緊練英文，跨海找機會，投入那定義不明、沒人找得出方向的「全球化競爭」當中。

就連查理也開始學起英文來了。

「崔se啊，您好，」查理接通手機，「是，我是pa車的查理，您要現在拿ca？還是要我把ki送過去？」

se是先生。pa是泊車。ca是汽車。ki是鑰匙。

查理以自創的密碼換算單字：「卡（台語）」是車。「起（台語）」是鑰匙。「pa」就不必學了：他已經「趴」了快二十年的車。

直到最近與客人聊天，查理才恍然大悟，原來「欸囉A」就是洛杉磯呀。

崔sir來自澳門，自稱華僑。他不是餐廳的客人，是查理接的「外客」。崔先生來附近不爲吃飯，爲的是打牌。這家私人俱樂部匿身於一棟商務大樓，招待的盡是政商名流。外人看不透，只當是企業招待所，查理這些看破內情的「底下人」也不便說破，以免失去那滲出門縫的一點蠅頭小利。這個祕密俱樂部，進出的都是報紙電視常見的名字，舊朝的權貴還在，新朝的權貴又來，兩路人馬將時間錯開，眼不見爲淨，就自以爲比別人乾淨，彼此互丟爛泥巴，指著對方罵髒。

崔先生趕時間，命查理將車與鑰匙送過去。查理放下晚餐，耐著腳底的酸楚、胃囊的垂贅感，跑了幾百步，將崔sir的BMW開回招待所，把鑰匙交給保全，換來兩百塊。這兩百塊，是查理「泊車代管」的一次所得。所謂一次，可以是「一餐飯」的時間，也可以是一整天。而「代管」的工作包括：確保車子不被拖吊、不被開單、不被刮傷。可見查理的工作除了找位、卡位、搶位子……在安頓好的、正在安頓、等著安頓、急著離開……的種種車輛之間跑腿穿梭，還必須躲避警察，與拖吊車賽跑。否則每一筆罰款，都歸查理埋單。

吊車還遠遠威脅著，查理就必須搶時間，將停在紅線的車輛撤回黃線。

警察來了，則要把黃線上的車輛退往白線。

收費員出現，又要把白線上的那輛送回黃線。否則要自付停車費。

但是黃線並不總是閒在那裡等待紅線，白線也絕少空在那裡等待黃線。情況危急的時候，查理就把車子開往附近大樓的地下車庫，竊賊似的掛在斜坡上，集中意志，與吊車拚搏，厚著臉皮，吞下警衛與住戶的咒罵。

「上個月吃了五張紅單，這一次我絕不讓步！」他汗流浹背，肌肉賁張，連牙齦都是綳緊的，像一支賣命的、生鏽的鐵鎚。

時間是鐵鏽。

隨時間鏽了的人，依舊來回奔跑，搶時間。

在時代的催促底下練英文，搶生意。

白天說Good day，晚上說Good evening，再見說Good night。

我是查理帕克，I am Charlie，the parker，Charlie Parker。

查理在夜色的掩護下，演練這深奧的句子，彷彿在排演話劇似的。

查理這名字，是女兒給的。

世界正新，毒蛇換皮似的。爲女兒命名的父親，請女兒爲自己命名。女兒說，Charlie Parker 是一個非常傳奇的爵士樂手，而parker有泊車員的意思，「餐廳重新開幕以後，你這樣自我介紹，那些外國人一定會記得你，找你停車。喜歡查理帕克的人，給起小費一定很大方。」其實泊車員的英文本是car park attendant，然而這一組字太難了，教不動，女兒於是發明了Charlie Parker，查理帕克。

對面那家餐廳，年初才剛易主，「義大利懷石主義」，兩個月前的情人節，特餐一客四千八，四十六席全滿。街角便宜的「愛神西餐」反而沒有生意，一晚的業績不滿三千。所謂經濟不景氣，意味著有錢人更花得起。所以查理他們這家餐廳，也要升級。

餐廳改裝後的氣派，將遠遠壓過氣派。招牌小小一塊，收斂起來，嵌進大理石牆的凹槽裡，艱深的法語字，還打了一撇小鬍子，彷彿不稀罕似的、不歡迎人，除非懂得法語的有錢人。以後改賣無油鐵板燒，一客四千起跳。

距離開幕還有半個月，餐廳內懸浮著施工的石灰粉，屋頂亮起新裝的吊燈，將查理西裝的刮痕照得很亮。工人進進出出，空氣裡漲滿歡騰。以後，走道上不再容許員工推擠說笑，出入一概由後門，不再與顧客共用廁所，伙食也不再跟著菜單走了。

儘管如此，查理依舊面帶笑容，爲這家餐廳感到驕傲，自認在它的成功裡扮演了一個角色。

「再過幾天，我就是高檔鐵板燒的泊車員了！」查理愈想愈振奮，彷彿升官似的。他需要轉型，添置新衣新鞋，投入這個新的世界。

新領帶已經有了。淺海般的藍綠色，光滑的緞面上，泊著形形色色的船隻，有冒煙的蒸汽船，遠洋的捕魚船，巨型的貨櫃輪，逍遙的大風帆，遊艇上奢華的派對，海盜船古老的械鬥。熱鬧無比，數百年的時間之海。領帶是女兒送的，上網向「紐約大都會博物館」郵購來的。查理覺得網路這東西眞是神奇，假如能活著退休的話，一定要上去逛一逛。

查理好歹是個台北人，偶爾也要面向那浮華的、時代的表相。幾年前一〇一開幕，他盼了兩個多月，直到大年初二才有時間探望，還眞只是探望而已：繞著它的裙襬逛一圈，拍張照片。抬頭仰視，讚嘆風眞大呀。跟著排隊的人群一起，蓄意而快樂地失控，推擠，塞進門內，目不轉睛東看西看，上上廁所，摸摸垃圾桶，聽聽公共電話裡的嘟嘟聲。樓面標示的都是外國字，看不懂，多走幾步就逛進工地裡了，向忙碌的泰勞們說聲新年好啊，忍不住問起過年加班有沒有獎金。可惜電梯還不能往上搭，就去停車場看看吧。

回到二樓的走廊，在沙發上坐一坐，跟幾個阿公阿嬤聊天：

哪裡來的？

嘉義來的。

怎麼來的？

清晨五點坐遊覽車來的。

今晚住哪？

等一下就回去啦。老先生說。

老先生彎著一雙農民的小腿，扭開佈滿曬斑的水壺，咕嚕咕嚕灌幾口。老太太屈著十隻過勞的手指，從袋子裡扯出半截雞翅，啃兩下。記者在一旁舉起相機，將鄉下老人連同Cartier鑽錶專櫃（尤其它的品牌象徵：純金美洲豹）一齊納入景框，反覆按下快門，操演「對比」的技法，查理就這樣上了報紙，成爲嘉義觀光團的一員。

查理停好一輛車，在紙條上寫下車號與車主的代號，標上自創的「方位密碼」，再將紙條別在鑰匙圈上。春風繞過街角，掃上騎樓，查理撿起廢紙，在一個磨損的紙箱中塞入紙盒、海報、宣傳單。那個半盲的阿婆自會出現，摸進紙箱，搬走屬於她的破爛。查理與阿婆默契十足，只管忙自己的，不需要在場指點。查理爲拾荒人奉獻的幾滴汗水，像是在證明：時間雖然可以將人磨損，卻絕對無法把人碾碎。

在街頭謀生，最怕惹人討厭。查理總要盡力做個好人。掃地，撿垃圾，指揮交通，清理水溝。發黃的白襯衫破了領口，與身上的汗臭一樣老實，大家都說他心地善良愛管閒事，可以把戶口遷來競選里長，雖則他的老實也包括：毫不遮掩當街痛揍自己的小孩。

十年前，查理五十出頭，被上一家餐廳裁了，慌得像一隻狂犬。債款、貸款、父親的醫藥費、女兒的學費、補習費……。奔走三個多月，找不到工作，花錢弄假學歷，竟連虛張聲勢亦保守得可笑，只敢從國小升級到國中畢業。就像選假髮，最好避開顏色太黑太濃密的，否則反倒讓人起疑，眼前走過的是個禿子。連英文字母都認不全，怎能頂著高中學歷去找工作呢？更別說大學了，大學是他女兒的事。查理此生最驕傲的一件事，就是，讓大學變成他女兒的事。他要她跨過他頭頂那條界線，進入世界另一邊：離開收小費的這邊，進入給小費的那邊。

十年前捏造的學歷，確實爲查理創造了幾個機會：跨過面試的門檻，遭遇「正面」拒絕的機會。查理花錢買到的教訓是：國中畢業跟國小一樣無用，而所謂的機會，眞正的機會，只留給那些機會過剩因而不需要機會的人。

他能倚靠的終究只有自己，靠自己不懈地守在路邊，觀察街車的動向，進行綿密而耗時的田野調查。只要發現任何一輛車子繞行超過兩圈，就勇敢撲上去，像計程車朝目標蹦行（這曾經是他的強項），逮住時機（把握紅燈造成的壅塞），拍拍對方的車門，禮貌地介紹自己：「找不到車位嗎？我可以爲您服務。」

一旦選定陣地，當街就立下招牌，「代客停車」，像蒼蠅守住被人扔棄的鳳梨，怎麼也趕不走。熱了就去附近的精品店，在門口站一站，讓電動門打開，借一點免費的清涼。

餐廳出面干預，立下規矩：接客可以，以本店的食客優先。薪水沒有。小費自議，但是不可以跟客人討價還價。查理欣然接受，在盛夏的正午開工，在那連野草都被烤得痛苦呻吟的時刻，頂起一片炙熱的晴空，上車，下車，快跑，奔走。讓內褲濕透，讓它快樂地冒煙，化爲蒸籠裡一塊心甘情願的紗布。

查理用力踩著自己，踩著自己的影子，在垂直的陽光底下變成一個飽滿的黑點，成爲一個有工作的人。曬黑的皮膚泛起紅色的灼傷，送客時收起下巴，微微彎著腰桿，艱難地，把手心伸出去。

「每次服務收費一百」要怎麼說？要怎麼說得既堅定又不失禮呢？

查理一邊整理自己該學的句子，一邊將手裡捏皺的鈔票攤平。這幾張寒酸的鈔票，在查理的手中摩擦著，發出細微的聲響。這些沙沙的聲響，是他晦暗不明的羞恥心。客人裝傻不給錢，他就開口提醒，「老闆我沒有底薪，只靠小費。」若說餐廳支付了什麼，不外一日兩餐，外加駐守在門口的權利。

查理的「邊緣求生術」也包括洗車。在車主吃飯喝酒打牌、跟小三相好的時候，逕自把車子洗乾淨，還車時暗示一聲，「謝謝老闆，我剛剛順便替你洗了車。」對查理來說，生存的祕訣就是無賴，就是無中生有，在「一無所有」之中動手動腳動腦筋，把「有」變出來。像一隻赤貧的動物，或經驗老道的昆蟲，善用周遭的廢物，將「沒有」變成「有」，懷抱著舊世界知足的謙遜、節制的脾胃，不該拿的不拿，該道謝就道謝，該道歉就道歉——但是家人除外。

我出生那一年，查理已經三十好幾，緊張得發抖，在趕赴醫院的途中，將計程車駛進水溝，那時他還沒當過爸爸，我也還沒有名字。而今，查理與我落在一座城市的兩端，一個拚命爲對方賺錢，痛苦地嚼著怎麼也嚼不爛的英文，另一個住在同學家，出入昂貴的餐廳，讀著英文的菜單——這樣的「人鬼殊途」一點也不奇怪，就跟「媽媽姓蔡，女兒姓李，母女同血不同姓」一樣自然。

中下階層之父母成功的一刻，正是與子女「階級分裂」的時刻：成爲不同階級的人，使用不同的語言，聽不一樣的歌。查理以一種享受的心情，反覆講述某個車主告訴他的，「向上流動」。據說，「台灣的工人家庭，父母肯拚又不出意外的話，小孩也聰明考上公立大學的話，第二或第三代就有希望翻身，變成白領。」這話說來並不科學，但是我爸查理深信不移，因爲這句話給了他無窮的希望，無窮的生存意義。

查理對羅經理感激不已。十年前他初到此地，在街上搭起一塊地盤，舊勢力與新山頭就來搗蛋，全是靠羅經理出面解的圍。羅經理動用了老住戶的優勢、生意人的手腕、老江湖的義氣，硬是讓查理留了下來，還替他打了一副鑰匙，供他進出他家的大樓鐵門，下工後把「代客停車」的招牌（連同鋼杯鋼碗與毛巾等各式雜物）一併收進樓梯間，以免遭人破壞。

查理是這樣心存感激，以至於，當羅經理的母親過世，他除了致上奠儀親自上香，還要求女兒也出面祭拜這一位，教養出好心人的高貴老太太。

我拒絕不了我爸查理——假如你見過他怎麼在醫院裡罵我，就會瞭解我之無法拒絕，是怎樣的一種「無法」拒絕——接到電話以後（以爲是打來道歉結果是打來交辦事情的），依約來到他工作的街區，一身素衣搭上電梯，進入B座十一樓，面向羅奶奶終壽八十八的粉紅色靈堂，獻上耳語般的謝辭，「羅阿嬤妳不認識我，我叫李文心，是外面趴車老李的女兒，我要謝謝妳跟妳的兒子羅經理，對我父親多年來的照顧。希望您病痛全消，自由自在，抵達西方極樂世界。」

客廳裡靜悄悄的，滲進斷斷續續的談話，羅家人聚在樓上的房間，商量著外人不宜旁聽的事。一個小女孩溜下樓梯扶手，在我面前跳下、落地、穩住腳跟，茫茫然晃到餐桌邊，問，「請問妳是誰呀？」拿起一個橘子遞給我，說，「妳幫我吃。」羅經理下樓見我，握手道謝，順便告知了一件難以啓口的事。

上完了香，回到街上，與父親會合。時間是下午三點，午飯已成了剩飯，我拿起他的鋼碗要去沖洗，卻見他攔下來，說，「餐廳在施工，裡面很髒，水管也換了地方……」彷彿這一刻，這一刻，我們的關係不是一對父女，而是泊車員與他的顧客。

我們之間隔了一道界線，而查理心甘情願接受了這條界線，與女兒成爲不同階層的人。

我掏出書包裡的紙條，交給爸爸，「昨天我跟媽媽去拜拜，媽媽叫我幫你割紙條，這是我早上割的，」我說，「這批比較少，我最近在電台打工，比較忙，等我忙完了，再多割一點給你。」

理提供的公司信紙最合用，摩擦力與彈性都剛剛好。

剛好打一個結，太長又容易相互打結。太薄太脆的打不成結，太厚太光滑也打不成結。只有羅經親嚴厲的「規格限制」，並非吹毛求疵：紙面太寬無法拿來穿綁，太細則裝不進筆劃，長度要能常被退貨打槍，搞得我暗怒不已，直到親眼看著父親扯下一張紙條，將它綁上鑰匙環，才瞭解父紙條寬度一點二公分，長度十二公分，十二張釘成一疊，用來登錄車主身份與停車方位。過去經

事情辦完了，不知道要說什麼，心裡擱著的那件事繼續躺著，我杵在原地，等父親開口。

我爸查理也想聊個幾句，畢竟我離開了一個禮拜，中間只通過一次電話。但是他改不了舊脾氣，打不開咬緊的牙關，像一枚壞掉的蛤蜊，滿口沙啞，咳了咳。

空氣中瀰漫著熟悉的城市廢氣。父女倆就這麼站著，像站在一片沉默的凍土上，冒不出新芽，吐不出像樣的話。

（有一種人是這樣相愛的。從不擁抱，不親吻。唯一的，唯一的身體接觸，不外乎拳腳相向。瞭解而傷心的時候，她不敢握住他粗厚的手，他也不敢。兩人各站一邊，隔著凍土般的無言，在心底費力擁抱，像擁抱一首他們都不懂的詩，一個百年不散的嘆息。）

終於，父親說話了：「妳那個舊傷，到底好了沒有？」

這是他道歉的方式。

「早就好了。」我說。

這是我原諒的方式。

那片陳年的摔傷已然在我的腰椎定居，屯墾至臀部與大腿，日夜吵嚷折磨人，像個壞孩子，比自己的血肉還親。直到更懂事以後，我才有能力瞭解並且承認，當年施暴的其實是我。在父親動手之前，是我，是我先用那種眼神看他。那種，瞧不起父親的眼神。是的，施暴的是我。我那不善言辭的父親只不過是，以暴制暴罷了。「文暴」有時比「武暴」還要傷人。

「工作順利嗎？」他問。

「很順利。」這當然是謊話。

「領到薪水以後，千萬不要去買股票。」我爸查理說。（他以為股票一張多少錢啊？）

「錢滾錢是最傻的，世間沒有這麼好的事。」我爸說。

這是他的價值觀。勞動者的價值觀。

我爸查理絲毫不近女色，送上門也往外推，絕非因為道德高尚，而是他根本就反對逸樂，鄙視慵懶，看不起任何不勞而獲的事。對他來說，這世上多數的工作都是不勞而獲，他不買彩券不買樂透當然也不買股票基金，只有流汗賺得的錢，才是真正的錢。

「我買給你的那瓶潤膚油，你有沒有擦啊？」我看著父親蔓延至下巴的皮膚病，「那瓶很貴、很有效，你不要浪費了喔。」

我擦凡士林就好。他說。

那瓶「潤膚油」，其實是Kiehl's的保濕霜，小海介紹的紐約名牌。據說，那些嗜讀《紐約時報》的文化菁英，都很喜歡這個品牌。只不過，這瓶昂貴的保濕霜，與所有的父親節禮物一樣，埋在角落積灰塵。就像去年，他抱怨腳痛，我買了一雙New Balance，他不肯穿，直到我說柯林頓也穿這個牌子，他才勉強試穿一天。當了一日的美國前總統，隔日又把鞋子扔到一邊，照舊套上那雙夜市牌塑膠皮鞋。

我看著爸爸手上裂開的紋路、原子筆殘留的筆劃，問他，「晚安怎麼講？」

我爸查理說他早就會了，反問，「妳知道加州有多大嗎？」

「多大？」

「四十一萬平方公里，是台灣的十二倍。」查理說。

「哇。」除了讚嘆，我無話可說。

「妳知道，人口超過一億的國家有幾個嗎？」查理問。

有意思。我點著頭，認真地思考著……「中國……印度……美國……孟加拉有嗎？」

「有。」

「俄羅斯？（查理點頭）……墨西哥？」

「墨西哥沒有。」

「還有幾個啊？」我說。

查理折起手指，「中國、印度、美國、孟加拉、俄羅斯……」進行小學生減法，「還有五個。」

「日本！」我說。

「對。」

「歐洲都沒有嗎？」

「都沒有。」

「日本……日本……」我覺得腦袋空空。

「還有印尼。」查理丟出一個答案，得意問道，「還有呢？」

「巴西？阿根廷？」開始胡亂猜了。

「巴西有。」

「現在幾個了？」我一邊唱名，一邊算數，「中、美、俄……印度、孟加拉……日本，巴西，印尼……還有兩個。」

「這十個國家，人口加起來，超過三十幾億。」查理說。

「剩下的是哪兩個啊？」我問。

「妳讀台大的，還輸我？」

「講啦……」

「那妳答應我，以後不再講髒話，我就告訴妳。」

這台詞該是我的而非你的吧，我心想。但還是說「好」。

我答應得飛快，分明是敷衍。但是我爸查理並不追究：他提出要求的目的，不在換取承諾，只是爲了表達「我很在乎」，用一種迂迴的方式告訴我：我瞭解妳。

答案是巴基斯坦與奈及利亞。兩個被內戰肢解的、受苦的國家。

上個月，查理破天荒請人代班，參加一場婚禮。查理的長兄（也就是我的大伯）嫁女兒，新郎是個英國人。微雨的周末傍晚，濕冷的台北總是塞車。一家人擠在借來的Toyota裡，堵在市民大道的車陣當中，眼看就要遲到了。查理暴躁起來，以髒話填滿鬱悶的車廂，我媽阿雪點火開罵：你不要以爲只有你的時間是時間，女兒今天跟家教請假，下禮拜要考試，並不是閒人，我爸住院我很忙也很累，全家出動就是爲了要陪你，不是來聽你罵人的……

那段塞滿抱怨的路，是一條無法調轉回頭的單向道，人生般苦無盡頭，在乾澀的沉默之間，偶爾冒出的人話，大抵就是這些：世上沒有你這種人啦，連星期天也不休息，一年三百六十五天從頭做到尾，過年只休兩天，初二初三就去上班到底是要上給誰呀，滿街都是空位，誰需要代客停車？做得那麼累，連開刀都沒有時間，假如你要做到像上次那樣，昏倒在路邊才要停止，下一次進的就不只是醫院了啦……我媽阿雪這麼說。

是的，假如查理準備做到累死爲止，那麼他永遠都不會感覺夠累。正如同，假如他只會用一種笨拙的方式去愛，一直一直賺錢給他又打又罵的人，那麼，要他停止這類自虐般的「苦賺行爲」等於叫他「停止去愛」。

一陣引擎的咆哮穿破車流，紅色法拉利駛上路肩，甩開一整列守法的烏龜。

「幹！報警抓他。恁娘咧……」我說。

「人家開得起這種車，就一定繳得起罰單啦。」我媽阿雪冷冷地說。

「不對，」我爸查理說，「開得起這種車，就有辦法找立委銷單。」

我說，「幹他媽的你們記得台中那輛法拉利嗎？F430，車號8888。一輛一千萬，保險桿就要四十萬，烤漆兩萬，愛停哪就停哪，警察都不敢拖吊，說是怕弄壞要賠。」名車的力量。富的力量。有錢就能合法違法。

「恁祖嬤的摩托車給拖壞了，操恁爸的警察爲何不用賠？」我說。

當我再次以「幹他媽的」當做起始句，我爸查理叫我住嘴：「妳是按怎？講話遮（tsiah，這麼）垃圾（lah-sap，骯髒）？」

「這只是小case啦，」我說，「我可以一次臭幹二三十字，一口氣不斷，你要不要聽？」

「妳讀台大就學會這個？」

「沒有啊，」我淡淡地說，「都是跟你學的。」

總算，一輛警車飆上路肩追緝，法拉利從盲目囂張的一百四十公里，降回忿忿不平的七十公里、五十公里、十公里，亮起煞車燈，回到困獸般怒目的靜止。查理忽而尷尬地說，「所以說喔，家庭教育眞的很重要。」

數完「人口上億的大國」，我向查理說了再見，退出這場「台詞稀少」、「互動尷尬」、「冷場不斷」的親子大戲。查理剝開我留下的橘子（羅小妹妹贈與的），吃一瓣，伸伸懶腰，伸展著不屬於他的四肢：他過勞的身體還記掛著半公里外，邱先生託管的那輛Mazda。

Thank you, have a good day. Goodbye, happy weekend.

查理以舌尖剔剔牙齒，叫醒我教給他的句子，小心翼翼鍛鍊著失學的舌頭，在反覆的練習中重新發現了上顎。一個音節拖著一個音節，帶著跛足的節奏。細嚼慢嚥地像在品味，品味橘肉裡綻開的果粒，像舌尖綻開的子音。彷彿每個字都很珍貴，都是他花錢買來的。One hundred is okay. Two hundred is better：一百也OK。兩百元更好。有時卻不得不咬牙切齒，彷彿憎恨那些字。必得將某些字的舌頭咬破，才能免於它的諷刺。

但查理終究是個快樂的學生。他喜歡知識，熱愛學習。知識讓他自覺充滿力量，有力量掌握自己的命運。除了人口上億的國家、美國加州的面積，他還背得出全球八大工業國，東協加一與加三各是哪幾國，哪些地方入列「聯合國教科文組織世界遺產」，以及歷年來（總統、立委、縣市長）的選舉藍綠得票率。他說，人生就像車窗一樣透明，有什麼不可告人？

六歲那年上小學，第一次學國語：桌子、椅子、簿子、包子、車子、繩子、孩子。查理只上了一堂課，就發現了國語的奧祕，回家跟所有的大人小孩宣稱：國語眞是太簡單了，只要將台語的發音轉個47度，後面再加一個「子」，就能完全轉化，像轉眼珠一樣簡單。

至於為何是47度而非62度或75度？查理日後解釋，這只是某種「比喻」，或者，某種神奇的化學，聲音的化學，牽涉到神祕的天分，就像他可以輕易區辨Benz與BMW的引擎聲。

飄雨了。查理鑽進自己的車，小憩一下。

這輛二手車買來的時候已經十二歲了，在查理身邊守了九年，成為高齡二十一的老車床，供查理在空檔間補眠，在冬寒中取暖。每日發動幾下，熱熱引擎，必要時往前或往後挪幾步，像一隻半癱的忠狗。時間挾著日曬與風雨，打得它體無完膚，擋風玻璃霧茫茫的，彷彿得了白內障。查理拿出抹布，擦拭落雨後模糊的車窗。

他透明的人生，車窗般「沒什麼不可告人」的透明人生，眼看已經老了去，與這片模糊的車窗一樣，怎麼也擦不亮。

我回憶那場婚禮：我爸查理的大哥嫁女兒那天，台上唱著卡拉OK，講著色情笑話，眾人嘻嘻哈哈，就他一人獨自繃著臉，像是在忍耐什麼。我記得他閉上眼睛，低下頭，拉起抹布般油膩的一截桌布，用力擦抹自己的臉。只有我看見了不言不笑的他，在大紅桌巾喜氣洋洋的掩護之下，偷偷拭去眼淚。父女倆尷尬地別過頭，一個假裝「我沒看見」，另一個假裝「我沒看見妳看見了」。

婚禮非常準時，在表定時間一小時以後開始，「非常」準時。

我記得自己一進會場就笑開了，哇靠眞是「台」呀，台到最高點。這是一家非常豪華的餐廳（非常，重點是「非常」），位於交流道旁的巨型台菜館。它的豪華比較接近豪邁，豪氣干雲，帶著一股賭氣的，拚命的奢侈。粗礪而壯闊的霓虹與聲光，彷彿對著馬路放鞭炮，將眾人的目光引過來，再一拳揮上去，打得人眼冒金星。

婚禮由餐廳的領班主持，一個油頭粉面的矮個子，穿著男版高跟鞋，上台講了幾句祝福的話，節目就開始了。所謂的節目就是：卡拉OK來賓輪唱，以及，主持人串場的黃色笑話。

「有沒有哪一位貴賓想要先來？」主持人機械化地張望著，等一等，很有經驗地說，「大家都很客氣，其實喉嚨很癢，高手們偷偷去便所漱口了，那就由小弟我先來，爲大家獻唱一首（停頓一秒，升高期待），午、夜、香、吻。」

我簡直樂不可支。彷彿時間逆流，回到童年的夜市，看老江湖賣假骨董——依慣例推斷，前幾件一定流標，老江湖充滿自知之明，不等圍觀者喊價，逕自叫價三聲宣布流標，隨即端出下一件：白玉觀音南京來的甲午戰爭流到日本再流到台灣，底價五百有沒有人出價？有沒有？有沒有？最後一次有沒有？（啪！揚起尺板痛打拍賣桌），流標！（珍貴的玉觀音扔進紙箱）一氣呵成，通暢如吃了泄藥。

「來，下音樂！（主持人抬高左手）謝謝各位！（擺出開場的氣勢，邀請眾人的掌聲），歡迎台上的愛之船大樂隊（總共兩個樂手）……情人／情人／我怎麼能夠忘記那／午夜／醉人的／歌聲……」

就算新郎是個倫敦帥哥，遠道來的親家是個英國紳士，英國在台官員也西裝畢挺坐在主桌，滿場台味照樣一絲不減。餐廳秀開始，主持人寒酸兮兮唱著獨腳戲，把一個端著餐盤的服務生強拉上台，扯著皺巴巴的裙襬，搖著不對拍的屁股，隨著歌聲（午夜～醉人的～香～吻～）送出一個心不在焉的飛吻。

「多少（騷）蝶兒（鵝）爲花死，多少（騷）蜂兒（鵝）爲花生（森）……」主持人唱得錐心刺骨，鄰桌的少年們相互扔擲花生。「我只（子）爲了愛情人（稜），生（森）命也可以犧牲（森）……」

午夜香吻唱完，主持人講了一個笑話：一對夫妻要去參加婚禮，跟各位一樣，在餐廳附近找車位。繞了好幾圈，夫妻倆變臉快要吵架了，總算，對面車道空出一個位子，太太趕快下車跨過街，幫老公佔位子。老公一個迴轉，正要倒車，馬上就要「插」進來了，這時冒出了另一輛車，也想「插」進來，太太把腿張開，指著雙腿構成的三角形，大聲宣示：眞歹勢，這空毋是你的，是欲予（hōo）阮翁插的（很抱歉，這洞不是你的，是給我丈夫插的）。

全場大笑，掌聲如雷。

我先是毛骨悚然，垮著驚愕的下巴，在城市人世故的猜疑，與鄉巴佬苦悶的嬉鬧之間盪了盪，雙肩不由自主抖起來，抖起來，抖得無可遏止，癲癇發作似的，抖掉了讀書人的身段，爆出淚眼迷濛的大笑，正大光明耍低級，耍得淚流滿面。好一場「世紀婚禮」。

菜都上了，酒也喝了，主持人已盡責地唱了三首歌，講了兩個黃色笑話。屏東來的新娘表舅、板橋來的二阿姨，以及兩個叫不出名字的親戚，也都已經上台表演過了。新娘的爸爸醉得搖搖擺擺上了台，爲心愛的女兒獻唱一首，余天的（後來也是阿吉仔的）「你是我的性命」。

我要甘願獻乎妳，寶貴的性命，

因爲我太愛妳，愛妳如生命，

妳的迷人笑容，妳的迷人模樣，（唱到這句，新娘的爸爸開始哽咽）

在我腦海，在我心內，不時徘徊流連，（儘管聲音抖得厲害，還是要唱下去）

啊……大聲叫出妳的名（已經痛哭流涕，依舊抖著「余天式」七彎八拐的尾音）

妳就是，（哭得喘不過氣）我的（簡直快要斷氣）……性命……（新娘的媽媽火速上台，挺住他）

唱完一pa，進入間奏，新娘的爸爸擦乾眼淚，深呼吸，並不打算就此罷休。他要把歌唱完，因爲這首歌唱起來實在太爽了。尤其結尾那兩句，那高昂漂亮的轉音，絕對不能錯過。即使活過六十歲，我爸查理的大哥依舊是個，鬆弛愛鬧的小孩子。

在激情過後，全場啞然的間奏當中，我被大伯喜劇性的「自我感動」惹得邊笑邊哭，氣都岔了。這時，盡責的主持人拿起麥克風，塡補歌唱間的空白：「各位親友，我們美麗的新娘再度入場了（眾人轉動頭顱，齊聲鼓掌），這一次，她換上高雅的紫色露背裝……

「新娘李惠芬小姐，今年二十八歲，亞東技術學院畢業，是來自松山的望族，家族從事成衣產業……」其實是在菜市場裡賣衣服，包括三件一百的內衣褲，與俗稱「親家母衫」的花上衣。假如這也叫「望族」的話，菜場裡賣肉鬆的就是「食品業望族」，賣塑膠袋的則是「石化業望族」。

我坐在台下第二桌，全身起乩似的抖個不停，抖在止不住的啞笑裡，碎了一臉的淚。我知道自己太失態也太失禮了，火速擦掉笑翻的淚水，囁囁低下頭，以眼白偷窺父親，怕他生我的氣，卻發現他也正在掉淚。只不過，他的眼淚是眞的。不帶一絲竊笑、一絲荒謬，沒有諷刺、沒有歡樂，只有純然的感傷。在一部爆笑片裡全然不對味地，注入詩的哀愁。像冬夜裡的街頭醉漢，瞪著清醒而發紅的眼睛，旁觀鬧市裡嘻嘩取樂的紅塵男女。

也許他想起四歲就夭折的小妹，或者剛過世的大姊。大姊好不容易退休了（原本在電影院裡當售票員兼清潔工），一場小病竟然演變成癌症，半年就走了。或許他想的不是大姊而是另一個失聯的小弟，大把的青春浸在酒癮當中，差點溺斃，一身肝毒毀掉俊秀的外貌，剝去健康的皮膚，像一隻拔光毛髮的怪貓，不再回家過年，也不再出席親族的聚會。也許他想念摯愛的父親，想念他響亮的木屐，晚餐前喀喀喀穿過紫色的斜陽，戴著一頂黑色的紳士帽，到附近的雜貨店坐到天黑，喝兩瓶啤酒。

八〇年代的台北雜貨店，還保有一項絕技：只需一根繩子，就能將十個酒瓶紮成一個均勻的等邊六角形，疊在店門口，隨手就能拿來當座椅。老父親就坐在十支酒瓶上，墊一層紙板，哼著小調抽著菸，喝完一瓶再來一瓶，跟時下的年輕人混酒吧一樣。有時也開一瓶黃酒或高粱，喝不完就寄在店裡，隔日再來，彷彿雜貨店就是一間酒吧，而他是個開瓶寄放的大戶。路人看他一臉陶醉，好奇問道，歐吉桑你一天喝多少？他豪氣萬千吐出一口流氓氣，「恁爸若（nā）共（kā）腹肚的酒吐轉去基隆河，台北就欲作大水囉。」老子若將肚裡的酒吐回基隆河，台北就要鬧水災了。

人的心事安靜無聲，像玫瑰的呼吸，像花朵的凋零。我暗暗偷看父親，看他偷偷地抹掉眼淚，不問也不敢靠近。——我們不是那種出身，那種家庭，我們不習慣互吐心事，個人住在個人的祕密裡面。

醉到腳軟的大伯，被自己的歌聲醉得腳更軟了。淚水洩掉了力氣，顛顛倒倒歪下台，抱住他的英國親家，講了幾句對方當然聽不懂的，熱情的大話。

當伯母（新娘的媽媽）接下麥克風，開啓她動感的大紅唇，高唱「熱情的沙漠」，大伯這才自恍惚中醒來，以一種送禮般的興奮之情，對著親家說起英語：三Q—ㄞ拉夫油—哈批—咪（拍拍自己的胸口）咪，哈批—ㄞ拉夫油（Thank you—I love you—happy—me！me—happy—I love you）。

接著，大伯吐出一個艱難的單字，「康瓜秋雷……」，但這個字串實在滿長滿艱深的，於是他掏出口袋裡的小抄，很誠懇地再唸一次，「康瓜秋雷森斯」，congratulations，恭喜恭喜。首度來台的新郎父親、拘謹的英國紳士，被台客放縱的熱情擁在懷中，無力掙脫，活像被征服的摔角選手，於失敗中認同了他的對手，竟也豪邁地大吼大叫，卸下西裝，將整杯紅酒一乾到底。

回到我爸查理的工作現場：當天色暗下，查理在破車中醒來，有人敲敲車窗，是Mazda的邱先生。

邱先生很體貼，說，「你休息吧，給我鑰匙就好。」

「停得很遠吶，」查理鑽出車子，「都過松仁路了。」

邱先生說沒關係，「辦公室裡坐一整天，散步一下也不錯。」

餐廳的廚工為查理送來晚餐，預告夜間的忙碌正要開始。查理咬著冷冷的排骨，塑膠似的嚼不爛，只好丟在路邊給流浪狗。一面扒著油膩的晚餐，一面警戒著，環視周遭的動靜，忽而近乎本能地撇下飯碗，快速奔跑了起來，腦海裡灌進一種斷然的、無可商量的紅色：拖吊車的紅色。

跑了一段才發現是虛驚一場，遠處閃爍的是一輛新款的休旅車。

他果然無法放鬆。

脾胃被長期的緊張蒙蔽了，一旦稍稍放鬆，反而緊張得要抽痛起來。

為了掙一口飯，他不曾好好吃過一頓飯。

晚餐的人潮很快就要來了。接下來的時間，他雖然不能休息，至少擁有幾分鐘的安靜。汽車、道路，與警察的暴虐暫時休止。此刻，他只需替自己煩惱就好。可怕的街道。艱難的城市。

今天他領到三次辱罵，一張罰單。得到另一個警察的同情，躲過下午那波吊車的突襲。被一個據稱是國中校長的吝嗇鬼占了便宜（以過期的《商業周刊》抵付泊車費）。在一輛賓士與Toyota之間，選擇了賓士（揣想那可能加倍的小費），再一次臣服於現實的力量，金錢的力量。

許多許多年前，手排車動不動就熄火，器物與手錶像人心一樣厚重的老時光裡，查理第一次在賓士與福特之間做了選擇，並且驚心動魄地原諒了自己。想像那輛賓士多付的一點小費，可以為女兒買一件有用的東西。不，比「有用」更高貴的東西：一件沒用的東西，一個禮物，一份玩具。

約定的時間已過，那輛Audi的車主還不現身。

但查理已經習慣了，習慣別人不把他的時間當時間。

等待的時刻，他打濕毛巾，洗把臉，再將毛巾嚴肅地鋪直、晾乾。

這條毛巾帶著破布般的憂鬱，掛在春寒的角落裡，滴著水。

查理奮鬥慣了，不懂得倚靠。他習慣靠在自己身上。

吃飽了就走進巷底，對著餿水桶踢一踢，將裡面的老鼠嚇跑，再倒入自己的剩菜，以免把那小東西悶死了。即使在豺狼虎豹的環伺下，靠啃食殘屑爲生，查理卻不像一般的狼狗心生妒恨，以欺負弱小爲樂。

回身洗手，撞上那面斑駁的鏡子，看見自己多年不曾看清的事：一張覆滿塵埃的臉上，有時間深耕的凹痕。

查理是不照鏡子的。但是這一次，意外在鏡中端詳自己，竟像是一種冒犯。

不再年輕也不再美麗的人，對鏡子的一種冒犯。

或許因爲這幾天，總想著要做一套西裝，查理才發覺自己老了，老了。臨老在巷弄間一個轉頭，跌進回憶裡，想起初抵台北那一天，午夜住進表舅家，忐忑地興奮著，在朦朧的清晨四點睡去不久，就被戰亂般轟隆隆的噪音震醒，屋子微微晃動，以爲遇到地震。揉揉眼睛，朝著紗窗的破洞望向晨曦，才知道表舅住在鐵道旁，剛剛那陣搖撼，來自清晨第一班駛過的火車。由此開啓了城市的震撼、台北人的第一天。

查理老了，台北還是那麼年輕。餐廳嶄新的招牌，嵌進大理石的凹槽中，紫灰色的法文草書，存心不讓人看懂似的，帶著惡意的魅力。昔日比高比大的舊式招牌早已卸下。新的招牌，新的名字，新的菜單，全都像是爲了外國人與外國語而存在。就連鄉下人失學的嘴巴，也爲了講幾句像樣的英文，緊張的鍛鍊著。Good day. Good night. Welcome. I am Charlie Parker，我是泊車查理，查理帕克。

台北的背脊突然抽得老高，插上天，展示它輝煌的畸形。昂起下巴，追趕著另一些進步得更快更有效率（因此更爲殘酷野蠻）的城市，邁向比現代更現代的——道貌岸然的搜括，嫻熟優雅的貪婪。

法律與秩序，揮舞著文明的暴力，將馬路一條一條馴服了，連五米寬的巷子也要列管。查理知道，在失序的道路上謀生的日子，沒有多久了，「所以我要把握機會才行」。查理思慮的眉心擠出一道好奇的眼神，投向一個路過的男子，揣想他身上那套西裝，不知要到哪裡去買。

在台北住了幾十年，查理偶爾也會的，也會像個標準的城市人，渴望享受一點華而不實的東西，搞氣氛的「玩意兒」——膚淺得可愛，帶著浮華的豔氣——尤其當它免費的時候。雖然他始終搞不懂，所謂的娛樂、休閒，到底是什麼意思。那些年輕人所說的「玩」，究竟有什麼好玩？

離年底還早得很，查理已經決定了：「今年，我也要去一〇一看燄火。」十二月三十一日午夜之前，所有的車輛都會離開，多數的車輛還會早早離開躲進車庫、搶佔路邊車位，以免被上百萬的人潮夾在午夜的台北。

今年，查理也要加入群眾的狂歡，去一○一湊熱鬧，親身經歷一趟富麗囂張的紙醉金迷，看它如何精準而忙亂地在三分鐘內燒掉幾千萬，瞠目結舌地浪費一場。

四十年的台北人，畢竟不是當假的。

查理抬頭遙望一○一，看它眨著幾對亮亮的眼睛：白色的兩對急急閃爍，像是在警告（飛機別撞上來呀我在這裡）；紅色的兩對，於暗夜中慢起慢滅，像伏擊的獸的眼睛。一百八十秒的花火，可以照亮所有的陳腔濫調（目眩神迷、傾國傾城、光芒萬丈、輝煌燦爛），讓這些華麗的辭藻瞬間爆炸，甦醒，噴洩，燃燒，再歸於灰燼。

台北像一條蠕動的蛇，褪去舊皮的同時，於痛癢中長出新的皮膚，進入最脆弱的時刻，蛻變的時刻，暫時失去了攻擊性，最容易遭受襲擊。哽塞著喉嚨，試圖吞下這個比她更新更大的世界。揣想著，這世界將會怎麼泯滅我，或成就我。北京、上海、首爾、孟買，將怎麼趕上我，甚或贏過我。

查理張開嘴巴，吞不下碩大的疲倦，任由呵欠漲滿喉嚨。

他打了電話給太太：「阿雪呀，你爸剛動過手術，一定要吃好一點。補品儘量買，不要省。我看我們多花一點錢，讓他改住單人房吧……」

掛上電話，那個闊少總算出現了。「我的Audi呢？」遲到的闊少滿臉不耐煩，一露面就要拿車。

查理請他在原地等一等，隨即快步走著，走著，不自覺又跑了起來，迎向責任的呼喚、商店般明豔的未來。

沒有人告訴查理（就連羅經理也只敢偷偷告訴我），老闆已經聘了新人。俊美、體面、年輕，名副其實的泊車「小弟」。時髦，伶俐，奶油般光滑、聰明，適合各種麵包、各種城市。

查理賣力的步伐，震動著城市的心臟。

然而這座城市，是不會同情他的。

15

小時那件事

「我從來沒有，沒有看過那樣的黃昏。……眞可怕。」

阿莫說起兩個月前，浴室中血流滿地的時刻，穿過她瞳孔的絕美暮色，「臨死前目睹的世界瑰麗異常，那異常瑰麗的究竟是天堂還是地獄呢？」

我想起3596，他說，「登陸火燒島的時候，我們全都驚呆了……」太美了，這座隔離島：滿山遍海的清純無辜，圍圍困住理想、意志，與青春。眾人暈頭轉向，一路嘔吐一路顚下船，「原來地獄這麼漂亮呀。」海水是透明的綠，綠到盡頭銜上透明的藍，游擺著舉世最自由冶豔的魚，珊瑚是活生生的粉紅色，像嬰兒的手指。3596的肌肉消失了，無法使力，臉上的肌肉鬆開，彷彿微笑，「在軍法處關了將近一年，沒領到死刑，只判了十幾年，大家都互道恭喜，好像中獎一樣……」由地獄的下層往上升了幾階，地獄還是地獄，卻怎麼看都比先前的那個美麗，渾然不覺更深的地獄已經爬進心底，住在裡面了。

「地獄，不深不恐怖。」3596一邊說，一邊陪著9047過關打怪打電動。

「二月那陣子實在太難熬了，怎麼也睡不著。」阿莫說。冬雨滴滴答答，止不住，像失序的經血，像夢裡冷掉的眼淚。阿莫整個月不曾在床上睡著，捱在書桌前魍魎瞪著電腦直到冷醒，驚覺自己曾經閉眼睡去，珍惜不已，護著夢的餘溫摸上床，吞下兩顆安眠藥，哄騙著催自己再睡回去，怎奈她「自欺術」不夠高明，四面盡是冷冽的醒。愈冷愈清醒地滑向某個名爲「邊界」的地方，聽見有人對她說話，乖順地依循那聲音的呼喚，三兩下就將自己的頭髮剪了。

「那個聲音有性別嗎？」我問，「是男人還是女人的聲音？」

「不知道耶。」阿莫說，「不是分不出那聲音的性別喔，而是，那個聲音完全把我劫走了，我根本無從分神去區辨。」

「那，那個聲音始終都是同一個嗎？」我問，「我是說，假如那個聲音有『身份』的話，它是固定的『同一個人』，同一種音色，還是會變換？」

「感覺上，都是同一個。」阿莫說，「並不一定是妳想像的那種叨叨的說話聲喔……」

「不然是怎樣？」

「妳作過夢吧？」我點頭，阿莫繼續說，「夢裡的人說話的時候，不一定是『張開嘴巴』說的呀，有時就像電波或心電感應，直接匯入妳的意識。」

是的。很玄。

「沒錯，」我說，「外婆在夢裡跟我說話的時候，完全背對著我，我卻記得她的表情。」

我繼續問，「妳喃喃自語的時候，是在跟那個聲音說話嗎？」

「我不確定。」

「怎麼說？」

「喃喃自語的時候，通常我自己並不知道，是別人告訴我的，醫生、護士、同房，還有以前的同事……」

「妳是在跟那個聲音聊天、對話，還是爭執、對峙？」

阿莫皺著眉心，頸子一斜。事情顯然沒我說的那麼簡單。

「也許妳只是單純地跟著它、重覆它？」我說。

「唉，我真的分不清楚耶，」阿莫說，「完完全全被它劫走了，雖然經驗了那個聲音，卻無法重建那個經驗，但也不是完全發瘋徹底失去現實感喔……比如我在走路的時候，那個聲音出現了，來找我，我一邊喃喃自語一邊還懂得閃汽車，等紅綠燈……

「還有一次，我在路上遇見以前的同學，一邊喃喃自語被那聲音劫走的同時，一邊還知道自己認識眼前的這個人，記得他的名字。這表示當時，我還知道自己是誰，曾經讀過哪間學校，交過哪些朋友……」阿莫說，「被劫走的時候，自我意識並沒有消失。」

「妳覺得那個聲音對妳有惡意嗎?」

「沒有。」

「善意呢?」

「也沒有。」

「完全中立?」

「完全中立。」阿莫說,「但是它把我搞得很累就是了。」

「妳這髮型倒是很不錯,」我說,「妳可以開一間『夢遊者』理髮店。」

我再問,「所以,妳動手割自己的時候,並不是它教唆的?」

阿莫搖搖頭,「是我自己的決定。」或者說,是酒、藥與阿莫共同的決定。

那幾天,冬雨把空氣凍得很濕,誘發了某種偏執的、心靈的燥熱。阿莫說,「星期一我照樣上班,照樣遲到,至少遲到一兩個小時。不論是否眞心,遲到的人總要表現出羞愧自責的神色,因爲妳的時間不是自己的,不歸自己管理、使用,或浪費。生病必須請假,否則就算曠職,請假一律扣錢,誰叫妳向老闆奢借了時間。」

現代的城市組織,交由鐘錶與網路架構的「時間」來管理,「時間感」就是「現實感」。統一了時間,就統一了現實的秩序。我們校對鐘錶與日曆,避免缺席或遲到,因爲我們害怕脫離現實,害怕遭到現實的懲罰。

「那天下午，我在辦公室裡闔上眼皮，休息一下，眼球依舊靜不下來，跟著慌亂的心跳轉來轉去。我閉起的眼睛隱約看見了，一個遭受電擊治療的女人，太陽穴的皮肉陷下去，烙出傷痕，筋肉都燙熟了，膚色轉爲淡淡的熟白，像一片涮過的羊肉……」阿莫說，「我嚇得張開眼睛，發現四周一片漆黑，不知自己身在何方，冷汗爬滿四肢。我告訴自己『不對呀，我不是在辦公室裡寫企劃案嗎？』伸手亂摸，把燈點亮。結果呢，原來我躺在自己的床上，剛剛自夢裡醒來。幹，我好不容易在自己的床上睡著了，竟然連睡覺的時候都在上班！在睡夢中度過了禮拜二的上班日，醒來依舊是禮拜二，必須再進辦公室，將夢裡的工作重複一次。」

「好慘喔。」我說，「妳休學跑去上班，爲的就是定時吃飯，定時睡覺，把時間感找回來，結果還是找不到。」

別說夢是假的，夢比什麼都眞：作夢的時候，我們有限的人生、有限的時間，照樣分分秒秒在流失，與現實中並無兩樣。而人生在世，所得的唯一一項禮物，就是手上這一筆時間啊。

夢像滲漏的雨水，溢入現實之中。阿莫下了床，踩著海沙般不斷流失的時間，眨動模糊的近視眼，摸進廚房裡面。煮開夢一般的水，沖泡夢一般的咖啡，打開夢一般的冰箱，烤著夢一般的麵包，聞著夢一般的、早餐的香氣。阿莫說，「我拉開窗簾。奇怪，七點多了天還沒亮。二月的隆冬，太陽也學我染上遲到的毛病嗎？我把窗子打開，想聽聽街上的聲音，看人們是否聚集在街頭，議論紛紛：是日蝕嗎？還是報紙預告過的什麼異象？」但是街道一如往常，沒有群聚的觀眾，沒有高懸的望遠鏡，或黑色的護目鏡。摩托車發出急促的噪音，便利商店亮著燈，顧客穿過電動門，觸動響亮的叮咚聲。打開電視，在幾個新聞頻道之間切換過一輪，不見大呼小叫的「新聞快報」，解釋這「遲來的天光」。

「那幾天，我爸媽去了薩爾瓦多，參加小舅的婚禮，我跟他們不在同一時區，就不在同一個現實裡面。室友路路也不在，只好打電話給同事……」阿莫說。

「小葉，是我，阿莫。」

「是妳呀……」對方呼了一口氣，「妳電話總算通了。」

阿莫問小葉：「妳不覺得今天很奇怪嗎？」

「哪裡怪？」

「妳不覺得怪嗎？」

「沒錯，是很怪，」小葉反問阿莫，「妳告訴我，哪裡怪？」

「已經快八點了耶。」

「對啊，妳倒是告訴我，這有什麼奇怪？」

（這個世界壞掉了嗎？阿莫心想：怎麼連小葉都聽不懂我的話了？）

「已經快八點了。」阿莫再強調一次。

「所以呢？」對方說。

「八點了，爲什麼天還沒亮呢？」

「因爲現在是晚上啊。」小葉說，「妳不知道大家找了妳一整天嗎？」

「我就是這樣被老闆炒掉的。」阿莫笑嘻嘻地說，「我是《變形記》的那隻人蟲，再也不必擔負身爲員工的責任了。」

「對呀，因爲他崩潰了。」我說。

「妳呢？」阿莫問，「妳的工作還順利嗎？」

「不怎麼樣，」我說，「試用期快過了，沒人找我塡表格、辦手續。」製作人說，這一行需要的不是文謅謅的破才華，不是讓人心軟的道德感，而是殘酷的好奇心。

「離職以後，我整天掛在網上，搜尋類似的故事，找那些與我同樣的人，讀一則，哭一則，不感到餓，也不覺得渴……」阿莫說，「事情已經過去十幾年了，我以爲自己已經讓它過去了，但是它沒有過去，一直回來。究竟是它不願意走，還是我不讓它走？」

有人愛貓，有人愛狗。有人愛酒成癡繼而恨酒怕酒，有人對酒無動於衷。對阿莫來說，生命的基調大致兩種：一種人身負創傷，另一種在溫室裡倖免於難。

我說，「就算活到七十歲，成了老太婆，依舊讀一則，哭一則，也不該是個問題呀。」我不知道自己有沒有資格這樣說，但至少，我是這樣相信的：療癒不是遺忘，不必非有終點不可。

療癒是持續受痛並且知道自己爲何受痛，因而受得了痛。

療癒不是無動於衷。

「那時候妳多大呀？」我問。

「剛轉學，我記得很清楚，小學二年級，下學期。」阿莫說，「我從高雄搬上來，覺得台北好冷喔，我爸跟我媽剛離婚，到台北找朋友、找關係、找工作，把我放在那個阿姨家，原本只想放幾個禮拜，後來發現這樣對他來說反而方便，就改付伙食與住宿費，讓我住了下來。」那個阿姨姓徐，已婚，有個兒子，「我懷疑我爸當時的外遇就是那個徐阿姨，把我放在她家，就能光明正大把錢寄給她，去她家看我，還可以順便約會。」

「妳在那裡住了多久？」

「將近一年。」

「所以，事情發生的時候妳差不多七、八歲？」

「嗯。」

「持續了多久？」

「記不清楚了，只記得很冷，棉被掀開的時候很冷。」

「一定是冬天吧，剛開學的時候，」我說，「妳才剛住進去，就被弄了。」

「我想也是。」

「有插入嗎？」我問

「記不得了。」阿莫說。

「是記不得，還是不想記得？」我說，「妳不想說沒關係喔。」

阿莫頓了頓，以嘴唇思考了幾秒鐘，說，「我記得有手指，其餘的，不知是太困惑了記不得，還是閉起眼睛不敢記得……」

（我還小，別來煩我。月經都還沒來呢，連處女也算不上。）

阿莫摸著微微發熱的額頭，繼續說，「我第一次交男朋友的時候，跟他上床之前，就知道自己應該不會流血……」

「所以妳記得……」

「對，似乎有這樣的記憶，這樣的直覺。」阿莫說。

「那，妳有流血嗎？」

「眞的沒有耶。」阿莫說。

「我也是，我也沒有，」我說，「小肆是我的第一個，我也沒有流血。」

「第一次」與「第一個」本是處女情結的產物，最是可疑：不進入而得到高潮算不算是第一次？進不去而陷入低潮算不算是第一次？穿著衣服幫對方口愛算不算是第一次？自己玩到出血算不算是第一次？多少女孩將自己的第一次獻給了摔傷的腳踏車？多少T以「處女」之身把女朋友弄得慾水氾濫？多少女孩爲了保住「處女」之身，改讓男友破了後窗？

爲了守住純潔的處子之身，可以行人間最變態之事。

清明剛過，四月的台北依舊哭個沒完，哭得滴滴答答，鬱鬱生姿。夜裡寒涼，我穿著薄薄的外套，阿莫卻在吃冰，吃愛玉冰。愛玉是她對高雄最後的記憶。

「我記得搬家那天，在高雄火車站，等車的時候吃的就是愛玉冰。」阿莫說，愛玉冰將她的童年分成兩半：愛玉冰之前，愛玉冰之後。之後的世界是台北，寄人籬下的歲月，無從上鎖的房間。阿莫嗜吃愛玉，每一口都彷彿一片透明的夢，一塊彈跳的、金色的幻覺，幻見回返「事件」之前，車站裡明亮的清晨。

愛玉是南部少女北上之前，最透明的一份純真的金色。

「爲什麼妳咬定妳爸跟那個徐阿姨有一腿？」我問。

「因爲他們後來絕交了，」阿莫說，「假如是一般的朋友，不會搞到這麼絕。」阿莫承認，這是她事後的臆想，「我親眼看見我爸把她的照片撕碎了。」

「我甚至覺得，徐阿姨的兒子或許知情，所以才會這樣對我。」阿莫說。

「她兒子幾歲？」我問。

「那時候……那個哥哥……」阿莫皺了皺鼻子，「我還眞是記不住耶，總之是個中學生，穿卡其制服，戴著大盤子一樣的醜帽子，國中高中在我眼裡都是一樣的。」

「妳覺得他在報復？在妳身上要回你爸拿走的東西？」

「我哪知道。我沒興趣瞭解他。」阿莫揉著額頭，說，「我只記得他很凶、很奸詐、每天恐嚇我。他在我身上加諸的並不是什麼青少年的探索或好奇。」

「那妳對妳爸呢？爲什麼妳好像更氣妳爸？」我問。

「首先，因爲他是我爸。」阿莫倒抽一口氣，「再來，他的表現不像一個不知情的無辜者。」

「什麼意思？」

「他叫我忘記。」阿莫說，「當我告訴他的時候，他叫我忘記。我爸的反應不是憤怒，不是傷心，我寧願他氣到發狂、亂丟東西甚至動手打我，怪我太蠢太笨不早說，但是他竟然叫我忘記。」

「……」

「心裡有鬼，才會叫別人忘記。」阿莫說，「他要我變成一個愚蠢失憶的發霉枕頭。」

阿莫十七歲那年（也就是我們剛認識，她跑到我租賃的小客廳裡借宿那一陣）在床上踢打著推開了男朋友，失控哭叫起來，這才認清「小時候的事情」一直住在身體裡面，佔滿皮膚，一碰就醒了。

傷口像一張不曾癒合的嘴巴，敞開著，該流的血還沒乾，化膿生瘡，喃喃欲訴，渴望讓人聽見：聽自己怎麼受的傷，哪裡還裂著，哪裡還在痛。

事物的秩序大抵如此：一開始密度很高，久了就鬆懈了。時間的壓迫感如此。記憶的壓迫如此。人際關係也如此。

幾個月後，阿莫勉強接受了男朋友的身體，縱使體內反覆發炎的、燃燒的記憶從未熄火，皮膚卻不再感到燒灼的疼痛。習慣了，不痛了，類似長期受虐後的情感遲鈍。直到她遇見了小異。

「一開始，是創傷本身令我痛苦、回憶本身令我痛苦，到了後來，是『不准說』這件事，引發我的痛苦，而且這種痛苦有毒，它令我生恨。」阿莫的爸爸要她忘記，阿莫的媽媽則說：妳在為自己變成這樣亂找藉口。

變成怎樣？

變得不男不女，跟女人在一起。

阿莫的媽媽怪她，「妳說的全是藉口。」

他們不想聽。他們不相信。掩蓋讓傷口爛得更深，由一口爛瘡變成一口爛井。

「於是妳有了自殺的念頭？」我問。

阿莫點點頭，說，「我爸為了叫我忘記，竟然還騙我說，那個哥哥後來娶了日本人，移民去東京，在那裡出了車禍，死掉了。」

「哇，高招。」我說，「妳怎麼知道妳爸騙妳？」

「家人騙妳的時候，其實妳總是知道的。就看妳要不要裝傻。」

「妳有裝傻嗎？」

「我跟我爸說，哥哥死了還不夠，還有叔叔呢？」徐阿姨的老公也有份。

「天哪，妳有夠猛的。」我說，「妳爸的反應呢？」

「他打我，非常用力，亂打一通，接著就哭了……哭完了繼續叫我忘記。」

阿莫的媽媽更絕，她說，「都過去了，想起來有什麼用？」眞相令人痛苦——沒錯，眞相是個沒用的東西——眾人轉而譴責揭露眞相的人，忘記追究加害者。

莫媽媽說，「這種事我見多了，十之八九都是假的……」莫媽媽是地方法院的警衛，「就算是眞的又怎樣，」她說，「這種事情太平常了，到處都有，只有妳會這樣大驚小怪。」

「眞荒謬，」我說，「就好像，眾人都說變性慾是一種病、一種變態，既然是病，就該享用健保給付，一旦說到變性手術，又說這是個人選擇，是一種『自由』，應該自費。」

「我媽在乎我變成拉子，勝過爲女兒打抱不平的愛。」阿莫說。

世間父母千萬種，路路她媽是另一種。

路路回高雄，把惜兒的照片放在床頭，她媽問她，「這是誰？」路路回道，「妳說咧？」她媽就懂了。

第二天，媽媽把姑姑搬來當救兵，一對姑嫂低聲下氣拜託路路，「千萬不要告訴妳爸，不然，他會中風……」又說，「有事找我們商量就好，讓我們體諒爸爸，把他當做小孩子，給他時間，等他長大好不好？」路路的媽媽與姑姑習慣講台語，她們是不進城的「下港人」，不懂「酷兒」那一套。但是，這對姑嫂還眞是一款「南台灣酷甃加味姑嫂丸」啊——醫學博士化驗，選用上等正藥，虔依古法製成，女界護身聖品，主治婦女室女靜女各症：治閉經來往無時，治赤帶白帶不孕怕孕，治經來小便作痛，治經來潮熱胃呆失眠，治經行肚痛大便閉結，治經多經小或先或後，治經色不一黃淡赤瘀，治神經衰弱一切刺痛，治更年期前後暗病冷感，治經期不調或多或少……。

「就連修女尼姑也適用喔。」唸完藥單，我抬起頭。

「哈，這是香港的文案吧？」阿莫說。

「對呀，」我說，「香港的藥單好妙喔，根本就是詩。」

這一對姑嫂跑去打了兩枚金戒指，一個給路路，一個打算給惜兒。路路火大了，說，「幹嘛這樣大驚小怪，我又沒要結婚。」媽媽趕緊澄清，「沒有啦，我想收她做乾女兒啦。」姑姑懾於路路的威嚴，聲音小得像螞蟻，「是我的主意啦，不然我們改一下，我收她當乾妹妹好不好？」又說，「收她當乾女兒或乾妹妹，她來我們家玩，過年來圍爐，感覺就比較自然啊，對不對？」

我跟阿莫窩在她的小房間裡。地上攤著我的行李。我已搬離小海的家，打算在這裡住上幾天，直到阿莫出院。

「割腕那一刻，妳是眞的想死嗎？」我問。

「不盡然，沒有那麼明確的意向，我只知道自己太想離開了，離開此時此刻，離開當下，離開那個被各種念頭霸佔的自己……」阿莫說，「我喝了很多酒，細細的割了很多道，吞下很多藥，一陣施力過猛，心一橫，事情就搞大了……」有些傷口渴望將自己敞開，發出聲音；有些傷口來路不明，來得太快太急，令當事人來不及認清。

「妳第一次離家出走的時候，跑去住我那裡，記得嗎？」我說。

「記得。」阿莫的聲音發熱，輕輕抖動起來，說，「我好像感冒了，快要發燒了。」

「妳留給我一本《麥田捕手》，記得嗎？」我說。

「是嗎？我忘了。」黏稠的、回憶的不適感，爬滿阿莫的皮膚。

「我把它看完了，看了兩遍，」我說，「有一句話我始終看不懂，顯然是翻譯有問題，但是那句話的位置、它身處的脈絡，又讓我覺得應該很關鍵，所以我跑去查了原文。那句話是：You don't like anything that is happening。」你不喜歡任何當下發生的事。

這句話是男主角H的妹妹說的，她在罵她哥哥。妹妹瞭解哥哥並且疼愛哥哥，以小孩子而非大人的方式，純眞地罵他：你不喜歡任何正在發生的事，你否定一切你正在經歷的事。

「我覺得這個小女孩好神喔！」我說，「因爲她夠純，所以夠聰明。她用最簡單的語言指出了眞相……」我說，「所有憂鬱的人都無法接受當下、投入此刻，總想要離開現在，逃進別的時區，想要離開這裡，去到別的地方。所有想死的人都是爲了離開『此時此刻』，離開此時此刻就等於離開自己。」H受不了私立中學的菁英教育，對自己出身的上流階級感到不齒，他想逃到中西部，去加油站當工人，因爲加油工不像律師、不像銀行家、不像貴族學校的老師。加油工是不必撒謊的。

「的確，『當下』有時實在令人難以承受，」阿莫說，「那種不斷咬噬的孤獨、空洞。如果連愛都是假的、連親情也要造假，還有什麼是眞的呢？」孤獨的終極就是死亡。

「但是身爲一個人，除了『當下』我們沒有地方可以活，哪裡也去不了……」阿莫說。人生在世，所得的唯一一份財產（或者負債），就是這一把時間：那僅僅能靠自己通過，無法由別人代替的每一分、每一秒。

「我們手上這一把時間，就是我們的一生ㄟ……」我說，「但是大家都在殺時間，每天醒來的唯一目標就是：努力把今天殺掉……」

「呵，」阿莫笑了，「妳講得好像打線上遊戲喔。」

困住了。大家都被困住了。我說，「難怪Chris告訴我，他妹妹想去印度。十三相信自己只要能夠去得了印度，在垂死之家工作幾年，替垂死的人洗浴、餵食、上藥、送終，就可以將自己投身於他人，離開苦苦糾纏的自己。」

「他妹眞的打算去印度？」

「還沒出院呢，哪有那麼快？」我說，「我只知道，Chris要幫她出旅費，又怕她一個人出事，要她找個朋友作伴，Chris連那個朋友的旅費也願意出。」

「那就妳吧。」阿莫說。

「我不敢。」

「妳喜歡Chris？」

「很明顯嗎？」我問。

「超—級—明—顯。」

「但是他好像對我沒有興趣。」

「他太累了啦，」阿莫說，「我要是他，絕對不在這種時候談戀愛。」

「爲什麼？」

「因爲談戀愛本身就很累啊，」阿莫說，「很愛的話，會累死，試過又發現愛不下去的話，會煩死。」

「輕鬆一點不行嗎？愛得輕盈一點不行嗎？」

「Chris本來就是一個嚴肅的人啊，」阿莫說，「妳喜歡他不就因爲那副死樣子嗎？」

「那，妳怎麼回應妳媽說的，妳之所以變成拉子，是因爲妳害怕男人？」我問。

「我確實把『小時候的事情』拿來當理由，向父母come out說，我無法跟男人在一起，但我知道那是一種策略，一個方便的理由。」故事蜷在牆角的衣櫃裡，爬出來，有了自己的陰影，也有了自己的光。

阿莫說，「幼童的身體遭到侵犯，最根本的恐懼與無力感在於：你很小，而對方很巨大。你被比自己體積大很多的成人控制，被一股推不開的力量穿透，這種創傷是很複雜的，絕不單單與性相關……」阿莫話說一半，決定去吞一顆止痛藥，「頭好痛喔，我覺得自己快要發燒了……」

「我幫妳刮痧吧，」我說，「刮痧很有用，妳少吃一點藥吧。」

「『那件事情』本身，確實傷害了我的童年。那種不舒服的感受，是某種『想要哭的不舒服』。但是在成長的過程中，我反而經歷了另一種似乎更強的創傷——我強烈認同自己是個受害者、一個『性侵被害人』……彷彿除了這個，我什麼也不是……」阿莫邊說邊解開鈕扣，露出肩頸與脊椎，接受我的業餘治療。

「小時候並不知道發生了什麼，當然也就不瞭解事情的『嚴重性』，不覺得自己有多受害。直到我長大、受教育、看電視、看報紙，逐漸意識到『性』很特別、很珍貴，女人的性尤其珍貴……當我學習並且意識到這件事，發現周圍的人，從父母老師到同學朋友，全部都被包圍在這樣的結構與想像裡，慢慢才意識到『過去發生的那件事』，原來是很嚴重的，小時候發生的那件事，在眾人的眼中原來是，一種非常非常嚴重的剝奪……」在七、八歲的時候，由女童變成處女：破了處的處女。在成為處女的同時，失去了處女的身份。在固守「處女情結」的文化中，歷經了「創傷的性化」。

「也就是說，小時候還不懂得傷心，不知道憤怒，這些創傷的強度，被剝奪的感覺，全部都是『後來的』，隨著成長而來的，當然也伴隨著小時候留下來的，對人的不信任感，包括被父母拋下的孤單，南部人的自卑感，不敢開口要零用錢的、異鄉人的飄零感……」阿莫說，「我的結論是，並不是『小時候發生的事』決定了我現在的樣子，而是，我身處的環境僅僅提供了一種解釋，一種看法，讓我以這唯一的一種觀點回溯過往。身爲一個T，尤其容易被誘發出這種『尋根』的需求，因爲我們以爲自己不正常，害怕自己不正常，於是回頭尋遍蛛絲馬跡，尋找自己之所以成爲自己的理由。」

沒有月光的夜晚，阿莫坐在自己的床上，露出自己的皮膚，將它交給我。於厚實的陰影中，一句一句艱難地，把自己交給我。

一句一艱辛，彷彿刮出的瘀痧，點狀發炎的皮膚。

「眞的有比較舒服喔……」阿莫動動脖子，揉揉太陽穴，服從我的指令，乖乖喝下一杯溫水。

創傷本是社會化的過程，療癒是沒有終點的。尤其當命運衰上妳的時候。

「我老覺得，『痊癒』是一個非常可疑的字眼，」我說，「痊癒預設了某種身心『復原』的狀態，不曾生病受傷的狀態，可是，人怎麼可能回到『原點』呢？『原點』在哪裡？」身體自出生開始不斷變化，成長與衰老，青春與死亡，不過是同一件事的兩面說法。Living is the way we die：誰不是邊活邊死呢？

「每個人都被傷害過，男也好女也好，彎也好直也好……」阿莫說，「把童年性創傷跟T聯繫起來，最大的問題就是『陽具中心』。有人戀腳趾，覺得觸摸腳趾才是最性感的事，甚至藉由偷摸腳趾達到性高潮——爲什麼我們不把『被摸腳趾』當成性侵害？卻極度在乎男性生殖器是否進入了女體？」

「不過，一想到被哪個怪叔叔偷摸腳趾，對方還因此偷偷射精，感覺還滿噁心的……」我說，「但是，也就跟踩到狗屎差不多噁吧，並不會造成什麼毀滅性的創傷。」我繼續說，「假如我是一個心懷不軌的神棍，或是一個心領神會的花癡，一個有戀肩癖的施虐狂，那我現在對妳進行的這個『刮痧的動作』，哼哼哼，就是在滿足我的性慾，對妳進行性侵犯……」

「唉呦，好恐怖喔。可惜妳不是我的菜。」阿莫說她曾經，在自慰的時候，幻想自己被強暴。經由施虐的過程，模擬受暴的經驗，讓痛苦的記憶鬆開。

創傷的孿生姊妹不必然是受害者，也可以是fantasy，各式各樣狂野的行動與想像力。阿莫說，創傷可以變成怪胎的情慾巢區。

「不過，我必須承認，這樣的想法，是我在受害者的苦海中翻騰了好久好久之後，才想開的……」關於一個被扯裂的T、沒被扯裂——或者「安於扯裂」——的主體性與性主體……

我繼續爲阿莫刮痧，一面發現這一刻，這一刻，我的舌頭有點癢。

我眞想吻她，親吻這一刻的她，這個坦率的演說狂。我直覺阿莫並不反對跟我來這麼一下。因爲我不是她的菜，很安全。

然而，與這個念頭相形相生的是：她現在還很脆弱，不適合冒險。假如眞心爲她著想，我應該懂得節制，節制自己的慾望，那不斷探索邊界的好奇心。

我們習慣把「主體」掛在嘴邊，錯將主體當作「不斷爲了滿足而向前」，全然忽略了，主體也包括「節制」與「放棄」：有所不爲，拒絕欲望對自己的影響力。

小海與我的友誼岌岌可危。我已經得到教訓。他天天來敲門，我夜夜裝聾上鎖，對「性友誼」這概念感到疲倦、充滿懷疑：當「性友誼」由概念轉化爲行動，「友誼」的空間反而遭到擠迫，壓縮變形，成爲另一種東西。

那是什麼東西？一時還說不定——人與人之間，某些時空條件底下衍異而生的關係，暫時無法定義，還不能安上名字，一如小海與我共有的這份，不成關係的關係。我在各種詞彙的纖維當中尋找線索，塵埃未定，找不到合適的用語，也還沒創造出新的，索性逃到阿莫這裡，避避風頭。

我婉謝命運賜予的機遇，謝絕情慾的貪婪，將自己對阿莫的邪念收起來，守護彼此的友誼。

莫媽媽一口咬定，阿莫對小異的情感屬性，是「投奔」而非「投身」。

投身是義無反顧的愛情，投奔是爲了避難：爲了逃開異性，奔向同性的身體。

「眞蠢，」阿莫說，「我媽當初嫁給我爸，還不就爲了合法逃家，離開自己的父母。只有她可以投奔，我不可以。投奔異性就可以，投身同性卻不行。」

「妳記得《慾望街車》裡面，最性感的那段話嗎：男女之間在黑暗中發生的那些事，會讓其他的事物相形失色，變得一點也不重要……」那近乎野蠻的肉搏，赤裸裸的性慾，是白蘭琪也搭過的「慾望街車」，這列街車將她帶向毀滅，「我反覆讀著這段話，覺得田納西．威廉斯根本就在偷渡，他講的是男人與男人之間的愛……」我說。

白蘭琪把自己玩完了，給眾人玩壞了也說壞了。後來她變得非常現實、愛財，因爲她壞掉了。爲了迴避愛的傷害，不再相信愛情，轉而相信金錢，追求財富允諾的美麗與尊嚴。爲了贏得追求者的尊重，不斷撒謊，吊人胃口，她說，「我只能這樣騙他釣他直到他飢渴地想要我。」投資釣男人，釣有錢有勢的男人，不就是每個女孩都在做的事嗎？所有的雜誌、廣告、偶像劇，都在推銷這種夢想：投資於美貌、於談吐、於體態、於品味，報名遠在天涯的神祕旅行（門檻超高，資格限定），搭機買商務艙，出入藝品拍賣會，處心積慮混跡「富公子」與「大老闆」的社交圈……「就連我心愛的白蘭琪（我發出搞笑的啜泣），曾經最純眞的那個女孩，整天想的也是富豪……」前男友在德州鑽油竟然中了，財富噴得天地難容，再深的口袋都裝不住，溢得遍地都是，白蘭琪老想去會會舊情沾點好處，一點好處就能滿足她的幸福妄想……。

美女「上嫁」有錢人，女明星像排隊的魚，一條一條輪流嫁給富商，這是怎麼回事？由什麼東西造就的？這東西恐怕比「阿莫小時發生的事情」更壞，而且壞到了底，壞得遍地風流，深得人心，竟而沒有人抱怨這事太壞。

「就算妳媽是對的，那又怎樣？就算妳是『創傷造就的女同性戀』，那又怎樣？這比異性戀女子，集體尋求名利的庇護，聽起來『正常』多了。」我說。

「也許吧，」阿莫說，「每個女孩變成女人的過程，或多或少都走過一段創傷的個人史吧……」

「拉子害怕愛錯了，不拉的害怕自己愛不起……」不夠可愛，不值得愛，配不上愛。恐懼自己不夠瘦，不夠嫩，腿不夠細，奶不夠大，屁股不夠翹，ＢＢ不夠粉紅色（ＢＢ霜？聽說韓系的美眉都在瘋ＢＢ霜？我娘一臉驚嚇問我：這年頭，就連ＢＢ也要化妝嗎？）……所有落在「平均值」的身體都被公告為「殘障」，自卑是常態，總是相信自己有夠醜，今天比昨天更醜，明天還可以再醜一點。

身在由商品統治的亂世，所有正常的女人都不太正常，集體罹患「Ｄ罩杯欽羨症」，每一對還沒塡充異物的乳房都在等待，等待接受塡充——於下一趟失戀之後。天生的乳房太小了，直接掃進菜籃，歸爲「畸形」或「缺損」，需要矯正與治療，以矽膠，以玻尿酸，以膠原蛋白，以肉毒桿菌，於乳房，於鼻樑，於嘴唇，於眼周，臉頰，小腿肚；必要的時候還得動刀，割眼皮、開眼頭、削下巴、抽脂肪。除了撞衫撞包撞男友，未來還要小心撞臉蛋。義乳、義齒、義鼻、義眼，就是不易心、易感、易心腸……這份「異女創傷與整療清單」可以沒完沒了寫到地老天荒，直到失敗的革命再度宣告成功復又失敗，直到「人性」的定義翻過一輪又一輪，直到人類不再是人類。

「其實小異做過胸部喔。」阿莫說。

「眞的假的？」我問。

「假的，花了二十萬做了假奶。」

「眞的假的？」

「眞的啦，」阿莫說，「離婚以後去做的。除了增強自信，也爲了徹底斷絕與她前夫的關係。她前夫到處劈腿卻不願意放人，小異離婚之後還眷戀著他，繼續被他玩弄了一、兩年，她一直想做隆乳手術，但總是缺乏勇氣，缺乏那一股衝動……」

「嗯，整型需要一種豁出去的衝動……」我說。

「後來，小異被她前夫搞得厭煩透頂也自恨極了，一時衝動就跑去做了。」阿莫說，「對小異來說，隆乳帶來極大的解放，因爲她的身體變了樣，前夫又是個守不住祕密的大嘴巴，隆乳後她反而可以堅持自己的底線，再也不讓前夫碰她了……」

「哇，她也經歷了『變形記』耶……」由外向內鍛造自我，改變意志。

也許我該收回那份「異女創傷與整療清單」。

「不過她拆彈了，變回可愛的『知性小A奶』……」阿莫說，「嘿嘿，我試過她的D奶，也試過她的A奶。」

「有差嗎？」

「對我來說根本沒差。」阿莫說，「T不是男人也不想當男人，我們欣賞女生的角度，跟男生不一樣。」

「怎麼個不一樣？」我問。

「那些整型廣告針對的都是『男女關係』，只汙染到異性戀吧。」阿莫說，「特別是『美甲』

跟『指甲彩繪』，我很難想像有哪個拉子會喜歡那種手指，指甲留得像慈禧太后那麼長，削得那麼尖，貼上一堆水鑽、亮片、小花……那些女人不必工作嗎？連頭髮都不必自己動手洗嗎？尤其，這樣的指甲不會刮傷女朋友的小妹妹嗎？就連自己與自己的性關係也會破皮出血吧。」

「到底怎麼不一樣啦？」

阿莫說得很有道理，但我偏偏不想聽道理。道理只站在「理性」那一頭，我渴望理性以外的東西。

阿莫吹著口哨、閉上眼睛，勉強讓我押著潛入「非理性」的水面下，瞎混一陣，撈不出隻字片語，僅僅問我，「妳知道高凌風吧？」

「知道啊。冬天裡的一把火。」

「他有一首歌，歌名叫做『不一樣』……就是那種感覺啦……」

哎呦阿莫妳還眞老派耶。我說。竟然知道這首歌：

想要說（縮）／口兒難開／想形容（濃）又不知（吱）怎樣形容（濃）最適當（死當）／總言之（吱）／一句話／我說（縮）不一樣／它就是（私）不一樣**尢尢尢尢**……。

16

自由免費・小海再見

人生裡冒出一個錯誤，是歧岔，是意外。

倘若一錯再錯，就成了語言與風格。

我所犯下的第一個錯：幫小海打手槍。第二個錯：上了他的床。

白蘭琪逾期寄宿至不受歡迎的地步，我發現自己也一樣，該走了。就像借錢，不單要給個說法，報個數字，最重要的是還款期限。凡事除了底線，還有上限。少了「時限」就不叫「借」了，倒像是「賴」，吃定了人家似的。

逾期借宿的我，並不覺得自己用光了小海的善意，主要是，小海連續三晚來敲門，敲得我把房門鎖起來，裝聾，假睡。假睡的人是叫不醒的。

小海想要，我不想。問題壞在我無法決定，無法決定自己是否有權利拒絕，彷彿在拿身體付房租似的，遂有了寄人籬下的感受。

一旦有了「以身相換」的不適感，便想離開，便想要「贖」。

起手打包那一天，睡醒的時候，門外嗡嗡響著吸塵器，小海的管家正在打掃。我躺在海姊姊香噴噴的床上，軟趴趴地打電話：

「阿莫啊，是我，妳哪一天出院？」

「小白袍剛剛來過。最快禮拜五。」

「高興嗎？」我問。

「出獄了當然高興，但是也有點怕。」阿莫說，「接下來要靠自己了。」

「對呀，」我說，「把自己全副交給別人，不負一點責任，實在好輕鬆喔。」

「妳聽起來怪怪的喔……」阿莫說。

「我想改住妳那邊，可以嗎？」

「可以是可以，但我那裡那麼小，小海的陳公館那麼豪華，家裡又沒大人，幹嘛想不開？」

「就那個問題呀……」

「曖呦，到底是小海食量太大還是妳太好吃了呀？」阿莫鬼笑著。

「笑啊，妳再笑啊……」我說，「哪一天妳自己遇上就知道了。」

「哈，我有遇過啊，我是妳的前輩耶，」阿莫笑說，「我小學的時候就遇到啦……」

「可惡，妳這個死踼，連這種事都拿來說嘴，我看妳眞的該出院了。」

掛上電話，持續自囚於門鎖這一頭。吸塵器的噪音徘徊門外，像老人家的抱怨（妳這丫頭臉皮眞厚）。小海的浴室有水聲，想必他洗了晨澡，準備將我領出門，享用「來來飯店」的會員早餐。

我側身把自己交給左耳，聽見彈簧床裡出了內亂，有一根金屬疲勞過度，斷裂了。床的心臟裡，有根血管爆開了。床的胸腔中，有一截肋骨在痛。

小海敲了門，問，「醒了嗎？餓了沒？」

我讓小海進門，告訴他我要走了。他問爲什麼，我解釋了我自己，但我的說法或許太隱晦，不足以說服小海，只好搬出大白話。

我說，「你需要的不是朋友，而是免費的妓女。」

「我從來沒有把妳當成妓女。」小海瞪著小動物無辜的大眼睛。

「我知道，」我說，「但是，你讓我覺得住在這裡不自由。」

「因爲跟我發生性關係，所以覺得不自由？」小海問。

「不是。是因爲無法拒絕，所以覺得不自由。」

「妳可以拒絕呀。」

「但是你一直問。」

「妳可以說不要啊。」

「我說了啊。」

「哪有……」小海躲進一種孩子氣的沮喪。

「你敲門我不應，這樣還不叫『說』嗎？」

「我只是再問一下而已。」

「是嗎？」我說，「你只問了一次嗎？昨天你問了幾次？」

「……」

「你是眞的不懂還是故意裝笨？」天哪我眞凶，但我收不住。

「……」

「你讓我覺得我應該付房租，」我說，「但是你家這種房子，我是租不起的。」

「我從來沒有這個意思。」

「我知道你沒有這個意思，」我說，「也許是我自己的問題，我還是搬走比較好。」

「妳要搬去哪裡？」

「我過兩天就要回家了，阿莫那裡可以讓我擋兩天。」

「我可以付妳錢，」小海說，「假如妳覺得……」

「喂你到底有沒有聽懂啊！」我生氣了，「我不想當免費的妓女，也不想當收費的妓女。」——建立遊戲規則，接受金錢與禮物的賄賂，在歡愉的罪行裡重構嶄新而基進的倫理世界？

「不然，其他的全都不要做，偶爾幫我打手槍就好了。」小海說。

「這也能商量喔？」這句話以加粗的變體字扭曲了我的五官。

小海發出近乎疼痛的嗚咽，說，「我只想要妳，不想要別人。」

「小海你眞的有病ㄟ！」我說，「你像以前那樣去買就好啦！要不就去酒吧釣人。你不缺錢，不缺長相，不缺身高，你幹嘛纏著我啊？」

開罵了我才瞭解自己實在高傲，無法變成一個有價的人，有「身價」的人。無法違逆本性，以身相抵：抵銷房租、水電、一日三餐、友愛的接濟。

我只想當免費的。自由的。Free。免費是自由的同義詞。

唯獨免費才有資格說不。

我記得上一回，沒能放膽說「不」的後果：半夜嘔出大量的食糜，酸餿糜爛的腐水，自體內湧出再逆流，自鼻腔繞道，回向體內。

強酸的毒劑腐蝕我的睡眠。我想我缺乏賣淫的天分。也許賣給陌生人還行？但是，我連賣字都賣得好吃力，寫不出電台想要的那種句子。

「妳有沒有想過，為什麼我會這樣？」小海問我。

「怎樣？」

「為什麼我會這樣對妳？」

「想過啊，我們不就正在討論這件事嗎？」我說，「你可能有『性上癮』的問題，我幫不了你；你可以去買、去釣人，或者找朋友談、找醫師談……」

「妳有沒有想過別的可能？」

「什麼可能？」

「妳記不記得妳問過我：小海，你有沒有祕密？」

「記得。」

「我說有，妳記得嗎？」小海說，「我說我有祕密。」

「嗯。」所以呢？

「我還說，那是一個就連妳也不想聽的祕密，記得嗎？」

「記得。」我將衣服像菜乾一樣捲進自己的行李箱，說，「我早就知道那個祕密了。我知道你的問題。」

「是嗎？」小海問，「妳知道什麼？」

「你跑去檔案局，調出你爺爺的資料，他經手了一大堆案子，判了一大堆死刑……」

「我是去過檔案局。但是，我的祕密不是這件。」

「我知道，我還沒說完，」我坐回床上，讓那根疲勞的金屬再斷一次，轉頭面向小海，「我外公的案子，也是你爺爺經手的。」我說。

「妳知道了？」

「嗯，」我也去了檔案局，「但是我並不恨你，也不討厭你。我很喜歡你這個人，你是我最好的朋友。不過我必須承認，我鄙視你與你的家族所象徵的那些東西。」

小海點點頭，說，「我也是。」

「但是我要告訴妳的祕密不是這個。」小海說。

這倒新鮮了。我自疲勞的床上揚起疲勞的眉角，看著小海。

「我愛妳。」

我聽見他說我愛妳。

啊？

「我愛妳。」

我傻了幾分鐘。接著就氣炸了。

辭窮了就說「我愛妳」，這算什麼呀？

「你鬼扯。」我說。

「是眞的。」他堅持，「我已經愛妳很久了。」

激情立起趾尖，繃緊最小的肌群，艱難地保持平衡。

「你是我朋友ㄟ，」我激動得發抖，「我最好的朋友ㄟ，」我快要哭了，「你怎麼可以這樣？」

「妳不覺得這樣很好嗎？愛上自己最好的朋友？」

「你是我朋友ㄟ，」我氣得辭也窮了，「你騙我，說什麼『性友誼』，拿友誼當藉口，把我弄上床……」

假如我被告知那是「愛情」，絕不會與小海發生關係。

「也許你只是精蟲灌腦，頭昏搞錯了，」我說，「你的歷任女朋友，我都認識的啊，李玫君時代、張倩宜時代、小蘋果時代、小蓮霧時代……，小蓮霧的生日禮物，還是我陪你去挑的呀……」小海年輕得像一頭公狗，即使長我半歲，他依舊比我年輕。

「但是她們都不是妳。」

「你在說什麼？」

「大一下我們熟起來的時候，妳已經跟小肆在一起了，我只好去交別的女朋友……但是現在，妳一個人，我也一個人……」小海說，「我一直在等妳……」

「這就是你的祕密？」

「對。」

「我就是你的祕密！」

「對。」

「既然你知道我不想聽，爲什麼還要告訴我？」

「因爲妳說我把妳當成免費的妓女。」小海說。

「你要改寫自己的情史，我管不著，但是我不相信。」

小海相信自己愛上了我，並且自信已經愛我很久。當一個男孩被性慾佔領的時候，反而是很純情的。我再也不可能繼續留宿了。

「假如小海是眞心的呢？」阿莫問我，「爲什麼妳一口咬定小海自欺欺人？」

「『懶叫』擱著冷幾天，他自己就會清醒了。」我說。

阿莫刮了痧，神清氣爽，馬上趕回醫院報到去了，一分鐘都不願意遲。在「出院許可」即將兌現的這一周，她不僅不能犯錯，益發要表現得可靠、穩重。

阿莫才剛離開，小海就來了電話。他在哭。說自己在樓下，想要見我。

「你在監視我嗎？」我掀開窗簾向下望。

「沒有，我只是在樓下等。等阿莫回去，等妳有空。」

「這就是監視啊。」

「我上去看妳好不好？」

「我不想見你。」

「爲什麼？」

「你騙我，我不想見你。」

「我愛妳。」小海在電話裡哭得像孩子。

「你根本分不清到底是想要上我，還是愛我……」我說。

「那有什麼分別？」

「當然有分別。」我說。這下子我們在討論「性愛合一」了嗎？

「想愛與想要有什麼分別？」小海繼續哭，「哪一種愛不是從『想要』開始的？哪一種愛是『不想要』的？」

小海在公寓底下嚚嚚鬧鬧，我眞怕了他。不敢讓他進門，只好下樓見他。

一見他就伸手要碰我，我閃了開。

沉默了許久，我終於找到新的論點。

「你不愛我，是你的罪惡感在愛我。」我說。

「不是，我從大一就開始愛妳了，」小海說，「我爺爺跟妳外公的事，我是最近才知道的。」

「這就是我的意思啊！」我說，「假如你從大一就開始愛我，這表示你已經愛了我六年了，爲什麼你以前都沒事，直到最近才發作呢？因爲一，我們上了床；二，你發現你們這種特權家庭的幸福寬裕，是建立在我們這種家庭的悲劇之上……所以，你不但被『性』混淆了，還被『罪惡感』沖昏了頭。」我說。

「不要跟我講道理，」小海說，「妳已經拿走了我最重要的東西。不要跟我講道理。」

「我拿走你什麼東西？」

「最重要的東西，」小海說，「妳既然拿走我的心，就應該把我整個人都拿走。」

「我沒有拿走你的心，」我說，「我只握過你的鳥。」

小海沒在聽，只顧著說，「拿走了一樣，就等於拿走了全部。你可以把我整個人都拿走，」小海說，「妳可以殺我。」

瞬間，我感覺慘白的路燈傾斜了。一個拾荒的老婦路過，以領帶——及其所象徵的那個消失的男人——拴住她的黑狗。

「小海你嗑藥了嗎？」

「沒有。」他說，「但是我喝了很多酒，還有止痛藥。我有刀，妳可以殺我。」

刀柄握在他的拳頭裡，拳頭握在他的書包裡。我背脊一冷，想像刀尖滑過不敢呼吸的皮膚。

「你帶刀子來幹嘛？」我怎麼可能殺他？我害怕自己被殺。

「因爲妳不相信我。」小海說，「我可以死給妳看，證明我是眞的。」

「不用，不用，我相信。」爲了性命的安全，該說相信的我都相信。

我驚覺自己身在風暴之中：小海意識底下三公分，理性不及的深處，一場靜默的風暴。

「那我可以抱妳嗎？」小海問。

「可以不要嗎？」

「拜託啦。」

「我也拜託你啦小海，」我抖得厲害，哭了起來，「我覺得你變得好陌生喔。」

「好啦好啦妳不要哭，我不抱妳就是了。」

我哭著拒絕，卻逆行著做出相反的事，出手擁住小海，一邊同情，一邊害怕。小海失眠的眼珠燃燒著，瞳孔彷彿變大了，像高熱膨脹的煤球。我的指尖觸到他的背，摸到不尋常的東西。

「你的背怎麼了？」我對他的身體終究是有認識的。

「沒什麼。」他說。

「我可以看嗎？」

「不可以。」

「到底怎麼了？」

「不要看，」小海說，「看了妳會後悔的。」

這一刻，小海的表情很專注，恍惚中帶著厲厲的清澈。我知道他在保護我，保護我免於殘忍的視覺衝撞。於是我抖得更厲害了。

「我帶妳去吃飯好嗎？」小海說，「妳在我家吃胖了耶，好可愛喔。」

他說他連我的肥胖都愛，倘若這不能也不夠資格叫做愛情，愛情大概很稀有吧。

小海高三那年，紅衫姑娘一聲令下就不要他了。小海無從反抗，唯有臣服，臣服於熟齡肉販熟透的權威：那足以摧殘並且折斷一切的，性的暴君。相比於紅姑，我蒼白得像一隻逃跑未成的母雞、嬌生慣養的家禽，振著飛不動的翅膀，服從於小海瀕臨崩潰的權威：瘋子與狂人獨享的特權。

我們離開深幽的巷弄，步向霓虹閃爍的大街。在人群與車流的監護之下，我的恐懼感消退了些。小海忽而親我一下，說要請我吃大餐。假如神經也有皮膚的話，我的神經已經脫皮了，裸露在浪漫的泥濘裡。

「無菜單日本料理，評價很高的餐廳喔，」小海問我，「妳吃過Omakase嗎？Omakase就是信任的意思，把自己交給對方。」小海發紅的雙眼灼灼相逼，那件關於愛情的祕密還在生，還在長。

我們在路上轉了半個多小時，幾度迷路，問路問得汗流浹背，反而讓腦袋稍稍冷卻下來。一個胖嘟嘟的傻小子站在粗劣醜陋的變電箱上，握著麥克筆當麥克風，演唱蔡依林的「舞孃」。討賞的紙盒空蕩蕩，一陣強風就颳走了。

我們找到小海說的那間店：二十二家屋。

劇場般層層疊高又層層推遠的空間，沾染了夢的光澤，彷彿每一桌都上演著一齣劇本。店裡已經客滿，人流溢出門外。我置身於等待進食的隊伍當中，聽著身外的種種聲音，眼光掃來掃去，覺得身不由己。

「好像要等很久吶，」我說，「小海，要不要換一家？」

「還有空間，」小海說，「店家正在安排，再等一下就好。」

我焦躁著忍受熱情對我的摧殘，擠出一個惶亂的微笑。向右移動幾步，在另一扇大門外定住：原來這間店另有一半，由成片的榻榻米拼貼而成。已然打掃乾淨，準備將食客疏散過來。在那無人穿梭、因而潔淨如夢的店面當中，蹲坐了十幾隻貓。

十幾隻，也許二十隻貓。一隻一隻單獨被拴束於，一張一張錯開的矮桌邊。

空氣中浮著漂白水與生魚的氣味。

一屋子的貓咪，只有兩種顏色，純黑或純白。只准兩色，不准其他顏色。

拴著貓咪的長鍊，只歸一種顏色：一種沒得商量的大紅色。

每一隻貓都蓬鬆著豎起全身的毛，於是每一隻看起來都像波斯貓。

我扯扯小海的袖子，請他轉身面對這一幕，詭譎的畫面：

身為貓的動物，一隻一隻，被飼主梳理成了「非貓」，彷彿連動物都不是了，甚至連寵物都不算。只看見人的意志，將生命化做一道裝置，一件擺飾，一個靜物或道具——活生生的貓咪，在繩索給定的圓周之內移動，或者不動。

要通過多大的遺忘，才能如此乖馴靜止，接受繩子的束綁？在不容奔跑跳躍的圓周之內，病懨懨地美麗著。

要通過多大的遺忘，才能像那些貓咪一樣擁有一張，幾乎要化爲人面的臉？一張張彷彿見膩了世面的，人面的欺妄。

「小海，這家店讓我害怕，我不想進去，我們去對面吃麵就好了。」我說。

「妳不想試試Omakase嗎？」（信任我、愛我、讓我愛到妳、把自己交給我……）

「我怕我會吐，那些貓好像標本喔。」我說。我甚至懷疑牠們被摘了喉嚨，發不出喵喵的叫聲。

空氣中浮著漂白水的味道，卻無法覆蓋貓的體味。

「那場景，像達利的畫嗎？」一周以後，阿莫來看我，她問，「妳見過達利的畫吧？」

「不太一樣……」我說，「我甚至不確定我現在描述的，與我當時看見的一不一樣，我所記得的，與我所經歷的，究竟一不一樣……」我不懂達利，但是在達利的世界裡，我們會看見時間溶解，空間變形，人與物與世界的關係隨之扭轉。進入達利的空間，會自發地感到威脅，感覺受到攻擊，進入一種警戒的狀態。

但是，「二十二家屋」的恐怖與達利的恐怖恰恰相反：那些走進店內，笑咪咪將自己投入其中的人們，沒有誰像門外的我一樣，感到威脅。他們飲酒、划拳、說笑話，與同桌的男女調情，嚼著進口的生魚片——這需要多大的遺忘啊！在標本般死亡的、貓之靜物的環繞下，行使享樂的特權。人的特權。

讓生活得以繼續的，正是這些遺忘。

那一點一滴流逝，內在於每一分每一秒的遺忘。

我跟小海說：「你沒看到那些貓的臉嗎？我不可能吃得下。」

轉身時我撞上一道牆，眉骨破出細細的血。

那面牆並不是透明的，可見我失神到簡直失明的地步。

我以一道血痕結束了這場混亂，意外將小海撞醒了。他護著我的額頭，向店家要了消毒酒精，「妳在這裡坐一下，血止住就不必看醫生了。」這小心的傷口激起小海強大的母性，將他變得明亮而溫暖。

「你沒聞到嗎？」我問小海，「那些貓的味道……」被囚禁的，死亡的味道。

就連我腳下誤踩的枯葉子，也發出訕笑的撕裂聲。

「妳究竟是害怕這個地方，還是怕我？」小海問。

「我不怕你。」我說。

「眞的嗎？那剛剛呢？剛剛妳不怕嗎？」

「剛剛你發瘋中邪了呀，」我說，「但是現在，你好像又回來了。」

「好像是喔……」小海說，「藥醒了，酒也醒了……」

小海見我痛哭流涕，輕輕拍著我的頭頂，說，「妳不是教訓過我嗎：沒有受過苦的人，不需要愛，沒有缺陷的人，不瞭解愛……」生命完美之處不需要愛，愛在生命陷落的地方。

「從今以後，我是一個有缺陷的人了……」小海站起身，像一棵受傷的小樹傾身向我，苦笑著，就像朋友一樣。

「你知道我氣炸了嗎？」我說。

「氣什麼？」

「氣你背叛我、背叛『我們』，低估了你對我的意義，竟然把我們的友誼拿出來賭。」

「我沒有賭喔，」小海說，「身為權貴子弟，我們是不賭博的。我們搞投資、經營人際關係，有關係就有內線消息……」

我笑了。又哭了。

「但是我決定不再逼妳，不再逼妳愛我了。」小海說，「我以前可以忍住不說，以後也可以。

但是這一次破功以後，要再練一陣子。」

送我回阿莫家的時候，小海說，「有一件事妳搞錯了。」

「什麼？」我心頭一驚：小海你別又瘋了。

「《變形記》裡那句話，並不是妳以爲的，『這不是人說的話』……」小海說。

「眞的嗎？但是我明明讀到了……」

「那個版本譯錯了，我查過了，」小海說，「卡夫卡原本寫的是：那是動物的聲音。也可以翻譯成：那是野獸的聲音。」

動物的聲音？野獸的聲音？

「那句話，比妳理解的更簡單一點。」小海說。

「但是我喜歡那個譯錯的版本，」我說，「那個錯誤讓整部小說變深也變大了。」

「沒關係呀，」小海說，「妳還是可以喜歡這個錯誤啊。」

「總有一天，我要去布拉格，在卡夫卡的墳前擲筊，跟他打個商量，請他把那一句改成這一句，」我說，「請他把『那是動物的聲音』，改成『這不是人說的話』……」

月亮變大了，在我濕潤的睫毛底下暈開來。

「還有，根據《羅麗塔》的作者納博可夫的研究，這隻由人變身的蟲，其實長了翅膀，而且牠的翅膀會飛……」小海說。

「是嗎？」

「對呀，妳看我多愛妳……」小海說，「愛妳愛到喜歡妳愛的東西。」

卡夫卡筆下的G化為蟲身，失去人語，喪失了做人的資格，卻也得到一對翅膀。但是他忽略了背上的翅膀，只懂得在地上爬，再由地面爬上牆，就算從天花板上摔落地，依舊不曾動用飛行的能力。G不知道自己會飛，也許就連卡夫卡也不知道G可以飛。他們不相信，不相信「人間失格」的自己，竟能在失格以後換得常人缺乏的能力：飛翔的能力，逃脫的自由。

臨別的時刻，小海說，「我可以抱妳嗎？」

「……」我不知該怎麼辦，壓著眉骨的傷口裝可憐。

「李文心，可以讓我擁抱妳的笨嗎？」小海說。

「什麼？」

「可以讓我擁抱妳的笨嗎？」

「擁抱什麼？」

「擁抱妳的笨啦！愚笨的笨……」小海大聲宣告，「李文心，可以讓我擁抱妳的笨嗎？」

我笑看著他，眼眶泛淚，任他兀自擁上來，圈住我。

我聽見他說，「假如妳可以笨下來，自然就聰明了。」

17

睡不著

最後一日。

打包。收攤。認輸。回家住父母。

中午，小異打電話來，說，「妳媽怪怪的。」

「我媽？哪裡怪？」我問。

「整個人都怪，衣服、言行、眼神……」小異說，「我沒看過妳媽這個樣子。」

小異是阿莫的前女友，在東區開了一間漢堡店，我帶我媽阿雪去過幾次。

小異離了婚，四十幾歲，兒子讀六年級，她跟阿莫是姊妹戀（說是「姨甥戀」、「姑姪戀」或「母子戀」也行。小異最愛說：老娘我可是生得起阿莫的）。

「我媽在妳店裡？」我問。

「剛走，而且還搭計程車。」確實很怪，我媽向來捨不得花這種錢。

「我媽去妳那裡吃飯？」

「對呀，中午忙翻了，到現在才有空通風報信，」小巽邊說邊喘，不知是忙壞了還是嚇壞了，「妳媽不是單獨來的，她還帶了一個女的，說是幾十年的老朋友……」應該是蕭阿姨。我想。紡織廠當作業員的少女時代，與媽媽同一條線上的同齡女工。

「妳媽戴著墨鏡，連用餐的時候都沒拿下來，一直講話一直講話……」

「對著她朋友講？」

「不只喔，」小巽說，「只要我走近她身邊，她就抓住我的手，一直講一直講……」

「講什麼？」

「我太忙了，無心聽她講，餐廳又吵。重點是，她沒有辦法停下來，也無法靜下來點菜，叫我幫她做決定；餐點送到面前，她又抓著我一直講。整份午餐她只碰了一下，簡直是原封不動還給我，一口都沒咬下去。」

我媽阿雪離開時，丟下一千塊說不用找了，請小巽幫忙叫輛計程車，車子抵達店門口，又說自己身上沒現金了，回頭再向小巽借了兩百。

「她們兩人的餐費大約六百，我趕忙塞了五百給妳媽，」小巽說，「但是她不肯拿，堅持只借兩百。」

「她要去哪？」

「沒說。聽起來好像要去哪裡算命還是拜拜。」小巽說，「妳媽從頭到尾都沒摘下墨鏡，但是我看得出來，她眼睛腫得非常厲害，尤其那對眼神……」小巽說，那眼神非比尋常，藏有異常尖銳而發痛的光。「對了，我想起妳媽說的話了，」小巽補上一句，「看不到的東西，比看得到的更厲害。」

掛了電話馬上撥號，媽媽關機，很不尋常。

丟下待整的行李跑回家，一屋子空，一地混亂。一家子寂寞膨脹的荒涼。相簿洩了一地，每一本都像開腸剖肚。封面破了，膠膜裂了，面向裡的全都掏出向外。外婆，外婆，外婆。照片裡盡是媽媽的媽媽──「外婆」無疑是個脫離現實的字眼，明明她與我們最親，與「出」嫁的女兒與「外」孫最親。

清明剛過，才剛上山祭過，外婆的生日接踵而至。媽媽想媽媽想瘋了嗎？

我爸查理來了電話，命令我馬上回家。

「我已經在家裡了。」我說，「媽媽不見了。」

「恁母若像攏無睏，怪怪的……」電話那頭的查理說：半夜裡，一屋子都是腳步聲，忽而在她自己的臥房，忽而盪去客廳，忽而飄向廚房，晨起見馬桶塞滿衛生紙……。阿雪徹夜跑廁所，依舊不忘節制，沒讓馬桶發出沖刷的噪音（她不敢吵醒我爸）。

「我怕妳媽恐要壞去了……」查理慌了，簡直要中風似的，聲音都歪掉了。

電話總算撥通的時候，媽媽已經在家門口了。但是她進不來，對不準鑰匙孔。

再見面的時候，媽媽問我，「妳是誰？」

我說我是阿文呀，「媽，我是妳的女兒，李文心呀！」我感覺自己顫慄著渾身冒汗，皮膚卻無一點汗。

我趕忙拿下眼鏡，說，「我配了新的眼鏡，妳還沒有看習慣，是不是？」

我媽阿雪摘下墨鏡，聚精會神盯著我，一陣狐疑，繼而放下心來，「原來是妳這個不肖女……」她的眼白爬滿血絲，瞳仁裡黑中有黑，最深的暗黑裡燒灼著高熱的火。

這個家我只離開了十天八天，再回來就變了樣。有什麼東西歪掉了，失衡了。一顆脫水的蘋果滾落牆角。

妳爸罵我，叫我把妳抓回家，我媽阿雪說，妳爸說我太寵妳了，把妳寵出脾氣來，不懂得吞忍，一點也不像我們這種人家的女兒。我說妳需要自由，我這一生從來沒有享受過自由，我希望我的女兒可以得到自由，我的話還沒說完，你爸把手伸出來，我好害怕，抱住頭，以爲他要打我，結果你爸伸手是要摸我的臉……我們就抱在一起哭了。

父親與母親相擁而抱，這種好事我從未見過。父親與母親抱頭痛哭，只怕連夢裡也沒見過。

我只見過他們吵架，打架，打得連菜刀都會飛了。「我才不怕他咧，我也不怕死，」我記得年初那場非比尋常（卻也算不上特別異常）的家庭風暴，我媽說她要去把瓦斯打開，將全身烤熟，在烤熟的皮肉上插滿玻璃，看對方怎麼動手，「瓦斯開咧，規身軀烘燒燒，插玻璃，等伊來刣（殺）我。」她要插的那種玻璃，是深宅大戶爲了防範竊賊或貓狗，倒插於牆頭的那種尖銳帶刺的碎玻璃：一支支斷頸的酒瓶。

媽。我喊她。她轉了身，再轉身，我再喊一聲媽，她再一轉，看著我，像在審視一個陌生人，顚跛著疲憊不堪的困惑。

「我三天沒睡了。」她說，「我好想死。」

「那我帶妳去買安眠藥。」我說。

「我已經吃過了。」她說。

「什麼時候吃的？」

很多時候。我媽阿雪說，大前天眼睜睜哭到天亮，一分鐘也沒睡，前天買了藥，一夜服用四回，還是沒睡，昨日再跑藥房換了另一款藥，兩個小時吃一次，還是沒睡，今天又改了更重的藥，還是睡不著。阿雪說她總算瞭解了，瞭解自己的母親生前，有過怎樣的心情。

「怎樣的一種心情？」我問。

「袂曉講啦。心眞懵。」她說，「鬱卒，身軀欲爆炸的感覺。」

媽媽臉上的五官移動著，像一團即將崩解的廢鐵，「我沒有刷牙，嘴巴好苦，」她說，「人肉鹹鹹，人情渺渺，人生海海……」表情收成一枚嚴肅的問號，於洶湧的波濤之中，定了錨。

「妳是誰？」她再次問我。彷彿在幾天之內哭成了半盲。

「媽——我是妳女兒啦，」我把眼鏡扔掉，捧著她的臉，將自己的面容強加給她，「我們去刷牙，然後洗澡，睡覺，好不好？」

「阿公呢？」我媽問我，「妳幫阿公送飯了沒？」

「阿公在醫院，醫院有人照顧他。」我說。

「妳阿嬤生氣了，說阿公忍耐幾十年了，很傷心，說兒女都不喊他爸爸。」

「我也不好意思喊妳老公爸爸呀，」我說，「台灣爸爸總是這樣，硬邦邦的。」

我追問媽媽，「阿嬤哪時候告訴妳的？」

「她現在就在我身邊。剛剛告訴我的。」

「阿嬤現在就在妳身邊？」一道黑色的海浪衝進我的腦門，「應該是作夢吧，媽，阿嬤托夢告訴妳的，是嗎？」

「不是。」阿雪說，「我從來沒有夢見過她。她現在來找我了。」

外公入獄時媽媽三歲、舅舅四歲，出獄時媽媽十九，舅舅二十。兄妹倆喊不出聲，叫不慣「爸爸」兩字。他們改叫爸爸「先生」，或者「老頭」。我也有我的啞，習慣在我媽面前管爸爸叫

「他」，在爸爸面前把「他」置換成「你」或「　」——一個填不滿的空格。轉動人稱代名詞，像轉動魔術方塊。

媽媽跪地痛哭，自罵自說「女兒不孝，對爸爸不禮貌，向爸爸陪罪……」我驚呆著猛然將她拉起，大聲斥道我不是妳爸。她放聲大哭，哭得不帶保留，一張臉水汪汪的裂開來，像一顆摔破的西瓜，漲得通紅。

夜色無聲無息壓下來。媽媽的呼吸好大聲。

刷過牙，洗過臉，那緊緊扼住悲歡的什麼微微放鬆了些，媽媽竟然有了食慾。趙小姐（改裝自阿雪麵攤）的咖啡廳並不供餐，生意久無起色，下午四點就收了。我們去附近的麵館用餐。晚間八點半，牛肉麵早就賣光，大滷麵也沒了，炸醬麵剛剛售罄，清湯麵只剩一份，要了湯麵，再加十顆餃子，食物才剛上桌，媽媽手裡的筷子就掉了——於極度的虛弱之中恍惚著、亢奮著，無法對準鎖孔開門，也無法握住筷子夾菜。但是她卻高興地說，「靈，有靈……」簡直喜不自勝，咯咯笑道，「眞的有貴人，阿嬤有靈……」

「阿嬤怎麼有靈？」我問。

「阿嬤說，明天有人要請我吃飯。」

「筷子掉了是因爲妳沒睡覺，手軟了啦。」我說。

「鐵齒，」媽媽很不服氣，「妳這囡仔自小就叛逆，不肯住家裡，還說這一生絕不結婚……」

她以手指用力戳打我的額頭，幾乎是恨恨地，說，「鐵齒。」三日沒睡的她，施暴的時候反而格外有力。

「去年阿嬤過生日，我們沒有去拜……」她說。

「去年這個時候，妳癌症剛動完手術，不方便出門呀。」我說。

「阿嬤會寂寞妳知道嗎？」媽媽說，「一年才過一次生日，卻沒有餅乾糖果可以請客，那邊的朋友會笑她，妳阿嬤生前那麼閉塞，身後應該多交朋友……」

「好啦，那我明天陪妳上山。」我敷衍著說。

「妳這個鐵齒的，說什麼少拜一次沒關係。叫妳舅舅去拜，他也說少拜一次沒關係。我得癌症還能再活幾年？等我死了，就沒有人拜阿嬤了，她會變成餓鬼。妳這個鐵齒的，以後也不會拜我……」媽媽繼續說，「妳阿公也鐵齒，說他死後不必做儀式，妳一定要答應媽媽，這是阿嬤交待的——阿公死後不管他有多鐵齒，該拜的一定要拜，該做的儀式，一樣也不能少。」

我沉默著。

「知道嗎？」她揚起聲量，敲著筷子，重覆一次，「妳知道嗎？」

我說，「媽媽妳小聲一點不然……」這句話我沒說完：不然妳看起來像個瘋子。

回到家，媽媽說起今天早晨，家裡飛進一隻蝴蝶，「好漂亮，」她說，「妳阿嬤知道我出事了，變成蝴蝶來救我。」媽媽張開手臂，學蝴蝶飛進廚房，「我追上去，那隻蝴蝶就變大了，變得好大……」

「有多大？」

「這麼大……」我媽阿雪撐開雙肘，張開十指，像在比畫一顆籃球。

「怎麼可能這麼大？」

她不欣賞我的懷疑，展開雙臂再答一次，「這麼大。」

「那不就跟人一樣大？」

「對呀，好漂亮，妳阿嬤活著的時候，雙腳壞到不能走路，死後卻可以飛，而且好漂亮……」

「阿嬤本來就很漂亮。」我說。而且很香，直到她病到不願意洗澡。

「阿嬤變成蝴蝶來救我，保護我，」我媽阿雪說，「她跟我說話。」

「說什麼？」

「她叫我出去玩，她說，出去玩我就不會死……」她腫著眼眶繼續說，「但是我不知道要去哪裡玩……」我的朋友在哪裡？又有誰要跟我玩？「我這一生都被關在店裡。」

「過去」躲進「現在」，鑽入「未來」裡面，張開嘴巴，準備吞噬她。擺出歪斜的笑臉，愚弄她。

「妳可以找蕭阿姨啊，」我說，「妳們不是一起去吃漢堡嗎？」

「但是，吃完漢堡就不知道要去哪裡了。」

女兒長大了。負債還清了。丈夫不在家。母親過世了。父親住院請了看護。該要自由了，彷彿。

「我不知道自由是什麼，只覺得寂寞而已。」她說。

沒收了半輩子的自由，拖到晚年再歸還，自由已經不值錢了，貶值成比孤單寂寞更糟的東西。火爐上的那鍋豬腳怎麼也煮不爛，煮了也沒人要吃。自己的生日只有自己記得。馬桶裡的水聲，怎麼也靜不下來。

我媽阿雪說，「阿嬤有來附身，她說妳一定要結婚。」

「是附身，還是託夢？」

「她在我旁邊。」

「現在嗎？阿嬤現在就在妳旁邊？」

「對。」

「到底是附身還是在妳旁邊？」

「妳問這麼清楚幹嘛！」她生氣了，「我是文盲，妳不要挑我毛病。」

「沒有啦，」我把聲音放軟，「我想知道阿嬤在哪裡嘛。」

「看不到的東西，比看得到的更厲害。」我媽阿雪說，「阿嬤有交待，妳不可以不結婚。」

「爲什麼？」

「不然她死不瞑目，我也會死不瞑目，妳阿公阿爸都會死不瞑目。」

她開始哭泣，時而尖叫，咒我鐵齒，罵我不孝。藉由「阿嬤附身」表達不滿，要我屈從那「以我何止拒絕提供照片，也懶得上繳畢業感言，我甚至沒有購買畢業紀念冊。

「是我自己沒有提供照片啦……」

麼他們不放過我們？」回憶堆積如山，綿綿的四月雨落不停，潰成泥流般的災難。

「還有，妳大學畢業的時候，畢業紀念冊沒有妳的照片；妳阿公都被他們關了那麼久了，爲什

父母到場只怕引來訕笑。

其實是有頒獎典禮的，我自己懶得出席，隨口說沒辦典禮。就算辦了也不適合「攜伴參加」，

學獎，佳作獎金不到一萬塊。

錢人的小孩，一定上報紙。」阿雪憤憤不平記著舊恨，那已是兩年前的事了，一個小小的校園文

「妳得了文學獎，居然沒有頒獎典禮，因爲我們沒權沒勢，沒有人重視；換作是哪個大官或有

使出全力這樣打我。也許愛到終途總是令人失望，失望以致生出恨來。

我媽阿雪忘記我了，忘記了「我們」，丟失了對女兒的愛。她本是一個忘情於犧牲的母親，卻

只剩憤怒，遺落了堅強的母性，代之以遺忘。

了。我嚇得噴出淚來，隨著母親的瘋狂化做一個瘋狂的嬰孩，哭著喊媽媽。她的掌心失卻了愛，

媽阿雪再怎麼打我，總還帶著保留。她的愛與理智向來緊緊綁在一起，但是這回鬆脫了，垮掉

她出手打我，毫不保留。我未曾經歷過這種毆打。瘋了。瘋了。正因爲我經驗豐富，我知道我

母親的母親」爲名的，「母親」爲女兒規範的幸福意志。

「妳怎麼知道紀念冊裡沒有我的照片？」我問。

「我自己去買了一本。我女兒台大畢業的ㄋㄟ……」噢，那氾濫成災的，對榮譽與尊嚴的渴望。

「妳阿嬤說，我今年會得到模範母親。她還說，在得到模範母親之前，我不可以去死……」自卑與渴望變成祕密武器（我會上報紙，我會上報紙……），她在屋內奔來走去，像一隻逃不開曠野的犬隻，尋嗅著被埋骨的往事，翻開相簿，絮絮叨叨不斷重述著同樣幾件事，忽而丟出一張照片，說，「這張我不要，妳拿走，他背叛妳。」

我把照片撿起來，是小肆與我的合照，甜蜜的十九歲。

「沒有啦媽，他沒有背叛我啦。」我說。

「他拋棄妳。」

「不是啦。」我說，「因爲我對他不好啦。」

「他劈腿。」

「事情沒有那麼簡單啦。」

接著又丟出一張照片，是我的獨照：學步時期面對鏡頭只哭不笑，「娃娃哇哇」涕泗縱橫，受虐兒似的。

「這張妳拿走，我不要看。」媽媽說。

「爲什麼？」

「因爲妳在哭。」

「小孩子有事沒事都在哭啊。」

「這張我不要，妳哭我就想哭，妳不要以爲我什麼事都不知道。」

我把媽媽哄進浴室，洗了澡，換上睡衣（睡衣的定義：穿不出門的醜舊爛衫）。我的父母不穿「眞的」睡衣，兩截式的那種或絲或棉的「睡眠專用套裝」，他們不屬於那個階層。

安頓著把人塞進棉被，餵了一顆安眠藥，一小時後再一顆，還是沒睡。十一點了，我爸查理隨時就要到家。阿雪靜不下來，泣訴著自己之「不被允許泣訴」，哭到高處就喊叫，喊到高處就尖叫，尖到頂了便陡降下來，低迴著，再緩緩升高，哭喊，尖叫。我不相信附身之說，但她確實不再是我離家之前，熟悉的那同一個人。

她掀開被子，將膝蓋收進胸口，蜷縮爲嬰兒入睡的姿態，退化成一枚窩居子宮的胚胎，雙手遮住眼睛，發出怪異的哭聲。

那不是長者的哭聲，也不是年輕人的哭聲。不是女人的哭聲，也不是男人的哭聲。那甚至不是心碎的哭聲。

那是嬰兒的哭聲：哇——哇——哇——肚子餓了尋不著乳汁，尿布濕了無法自行更換的，那種，赤裸無助的呼號。

她嚶嚶哭著一邊搖晃蜷曲的身體，雙手持續蓋住眼睛。忽而破聲大叫，身體猛力一彈，摔出床外，膝蓋直通通撞向地面，四肢跪伏著，繼而抬起胸口，就地祈拜，哭叫著阿嬤，阿嬤……依舊是嬰兒般嚶嚶的啜泣，學語小童般稚嫩的咬字，「阿嬤，阿嬤，阿嬤……」冷流貫穿全身，滲入骨髓，陰了我一身冷汗。阿雪被劫走了，被某種遠遠強過她也勝過我的力量劫走了，那凜然的神情，像一個被置換的人，將我從一個「鐵齒的」，扭成一個「怕鬼的」。完了。毀了。遇劫了。

我直視至親的瘋狂，知道自己逃不掉了。

從今而後，我將與瘋狂建立解不開的親密關係。

這一夜不會變短，只會隨著分秒的流失而變醜、拉長，恰如世間所有失眠的夜晚。已經超過八十個小時，我媽阿雪連續三天三夜沒有睡了。我決定帶她離家，至阿莫的住處過夜。我爸沒有條件失眠，他沒有權利請假。我想我應該保護他，將母親的癲狂收進我的肩膀。

屋外細雨有聲，我們打傘出門，步行一段。上了大街才能攔到計程車。媽媽邊走邊扔錢，蓄意地，將拾圓伍拾圓的銅板用力拋向路面，擲地有聲。問她爲什麼這樣，她說不爲什麼，「就是想發洩，想舒服一點，把錢丟掉的聲音，聽起來好爽……」她說儲蓄沒有用，「妳這不肖女不肯結婚，我們家到妳這代就要絕種了……」她想當散財童子，卻連散財也是儉省的，前幾天跑了一趟銀行，將一疊鈔票換成一袋銅板。

「那妳都去哪裡散財呢？」

「貧民住宅，」她說，「還有沿著山路，把錢丟到石頭上，最大聲。」

到了阿莫家，打電話給爸爸隨便交待幾句，掛了電話，一轉身，發現媽媽站在身後，鬼影似的靜，無有腳步聲，無有呼吸聲，無有衣物的摩擦聲。她森森冷冷地問，「妳出賣我嗎？」沒有沒有我說沒有，深怕媽媽又不認得我了，趕忙將戴上的眼鏡再取下，把臉向前推，說，「媽，我是妳女兒，我不會害妳。」

「眞的嗎？」她問，「妳會保護我嗎？」

「會。」

「會像阿嬤那樣變成蝴蝶保護我嗎？」

「會。」我答得義無反顧，彷彿我眞的信了，相信自己有能力保護，相信外婆眞的變成一隻，人模人樣的巨蝴蝶。

「媽，妳剛剛在幹什麼？」

「聽妳跟誰講電話，怕妳出賣我。」

「我要怎麼出賣妳？」

「把我送去瘋人院。」

「噢，但是，我問的是另一件事，」我以緩慢的速度向她解釋，「剛剛還在家裡的時候，妳躺在床上，像嬰兒一樣哭，妳記得嗎？」

她一臉困惑，點點頭，又搖頭。

「妳哇——哇——哇——（我掩住雙眼，模仿她）這樣哭，妳記得嗎？」

「喔，那個喔……」好似想起來了。

「那時候，妳在幹什麼？」我一邊說，一邊學她搖晃著身體。

「那時候，我是妳啊。」

什麼？

「那時候，我變成妳了。」我媽阿雪說。

「變成我？」

「對呀，因爲我想看到阿嬤。」

「妳變成我？」我背脊一緊，收到一列冰尖畫過的水滴。

「我變成妳小的時候，去找阿嬤……」

「爲什麼要變成我？」

「妳是阿嬤帶大的，阿嬤最疼妳。阿嬤死掉以後，只有妳夢得到她，我都夢不到……」我與外婆同眠直到三歲。那幾年，我的父母還在熱戀。再怎麼腐敗生鏽的婚姻也曾經有過，最美的時光。

「妳把自己變成我，呼叫阿嬤，希望阿嬤來找妳？」

「對呀。」

「那妳爲什麼要把眼睛蓋起來？」我問。

「因爲我在觀落陰。」

觀落陰？假如我是一隻貓，此刻我的貓背絕對拱上了天，「妳哪裡學的觀落陰？」

「看電視，」她說，「電視裡的人都這樣（她以雙手矇住雙眼），拿紅布遮住眼睛，觀落陰。」

「我要跟她說對不起。」

「妳有什麼話，要跟阿嬤說？」

「爲什麼？」

「因爲我怪她不讓我讀書，我們當了一世的母女，這一世都在吵這件事……」說著她又哭了起來，哭得我後悔萬狀，「妳阿公說我什麼都好，唯一的缺點就是浮誇愛面子，因爲我有自卑感……我功課很好，但是每次讀書我阿嬤（我未曾謀面的外曾祖母）都會把燈關掉，她說『妳爸就是讀書讀到被人抓去關了』……」我媽泣訴著，「妳阿公若是平安在家，一定會讓我念書的，阿嬤也不必去台北當那些有錢人的下女……妳能念書我就盡量讓妳念，我不要妳像我一樣去當女工，做得指甲都裂了……」每個孩子都是她父母的病。愛是殘疾。各人以各人的殘疾去愛，愛我們傷痕累累的父母。病愛於父母。

「妳阿嬤昏迷的時候，我跟她還沒和好，還在冤，她就走了……」我媽阿雪哭得更重了，像瞬間崩塌的雨棚，潰決了。

哭泣與叫喊，扭曲她已然扭曲的臉，沒完沒了彷彿不知疲倦。我好累。

太敏感了，阿雪太敏感了。難怪要生病。

卡夫卡的《變形記》，化身爲蟲失去人語的G，自囚於臥房中，淪爲一樁臭不可聞的家醜（一如殘障者、同性戀、變性人、政治犯、遭到性侵害的童男幼女、精神病患……），窗外就是醫院，卻沒人願意帶他出門就診（這份「不願意」，絕非出自對醫療體制的懷疑）。但是G，人間失格的G，卻是舉家唯一一個深愛藝術，熱衷於音樂的「人」。當妹妹在房客的要求底下拉琴，只有他一人認眞聆聽。當房客聽得生膩、父母尷尬陪笑、妹妹下不了台，唯有G，這隻隱匿的大蟲，沉醉於樂聲中忘情忘我，忘記「異形者」隱身的責任，爬出門外，於客廳現身——狂熱、癡傻、糊塗、天眞，這隻怪獸果然異於常人，比常人更敏銳於藝術的力量。而這份「過敏」終究引領他走向死亡：他聽見自己的妹妹說，「假如他還是我們的家人，我的哥哥，他會讓自己消失，不再成爲我們的負擔……」幾小時後的隔日清晨，他果眞斷氣身亡，彷彿擁有特異功能，得以單憑意志自殺似的。

唯有「病態」之人擁有比常人更深切的情感。

眞純的摯情，是由悲傷鍛造的。

阿莫的住處有浴缸，我讓媽媽泡澡，哄她上床，她問，「妳會保護我嗎？」我說會。「妳會拋棄我嗎？」我說不會。於是她安心閉上眼睛，呑下藥丸。我以為她要睡了，卻見她彎身，屈膝，蜷縮成一個嬰兒，退化成一枚胚胎，將雙手覆在眼上，緩緩搖晃起來。

嬰兒哭了，叫媽媽。哇——哇——哇——阿嬷—阿嬷。

觀落陰開始，我媽進入女兒的幼嬰時期。六十歲的女人，化身為一歲的小女娃，哭著請死者歸來，向死者尋求庇護與原諒。

午夜兩點半，哭聲震天，再不靜下來，鄰居會報警。

蜷縮的身軀厲厲搖晃，厲厲搖晃。假如阿莫的床有骨頭的話，那骨頭肯定裂傷。哭聲震天，尖叫比哭聲更強。倘若警察獲報來撞門，我媽會嚇得魂飛魄散。

砰然間她自床上彈跳而下，雙膝直落，撞上地面——那是一對六十歲的膝蓋呀！這世間難道眞有撞邪這種事嗎？

我媽讓膝蓋直直墜地，不知疼痛為何物，可見另有別的地方比受損的肢體更痛。聲嘶力竭後還能再來一劫。我覺得她的肺快要裂了。

我打電話查號，「台北市立醫院松德院區」，秋香阿姨住過的，松山痟病院。

打電話去醫院，對方說，「沒有精神病史無法強制送醫。」

「拜託，她已經超過八十幾個小時沒睡了，」我說，「我只需要你們幫助我，讓她好好睡一覺……」

「對方與妳的關係是……」

「她是我媽媽，現在只有我跟她，我制不了她……」

「很抱歉，依規定，沒有病史無法強制送醫。」

「但是，但是……」我聽見阿雪在我身邊狂喊一聲，馬上掛了電話。

「妳在幹嘛？」阿雪斜眼問我。

我看著她，全身顫抖。那不是我看過的眼神。

「妳要背叛我嗎？」

我的媽媽不在這裡，她被困在某個「過去」的轉彎處，於「過不去」的地方淤積著腫脹的悔憾，疼痛發炎。

「沒有啦媽，爸爸剛剛打給我，問妳睡了沒。」我騙她，將她送回床上，將阿莫家的水果刀、削果器、美工刀、剪刀與所有尖銳的利器與球棒藏起來。

電話響了，「小姐剛剛是妳打來的嗎？」醫院的值班人員追蹤而至，「我們聽見了患者的情況，現在馬上派出救護車，請告訴我們地址……」

我回到床邊，握住母親哭喊的雙手，說，「媽，阿嬤眞的有靈，她派貴人來救妳了。」

「眞的？」

「眞的，妳看……」我指著手臂浮起的汗毛，「阿嬤剛剛顯靈了，她告訴我，等一下會有貴人來，要妳跟他走……」我摸著自己發炎過敏、恐慌的皮膚，繼續撒謊，「妳看，阿嬤剛剛來找我……」

「眞的嗎？」媽媽笑了。

「我們趕快穿外套，半夜會冷。」外面下著雨。整個四月，從我離家到回家，彷彿天天都下雨。

午夜三點已過，累到報廢，我媽阿雪更廢，頭顱廢成一顆呆笨的木瓜，無法自行穿過衣領，手臂廢成萎縮的掃把，穿不進袖子裡去。一件夾克折騰著還沒穿上一半，電鈴已經響了。

「媽，貴人來了，我去開門。」

「眞的嗎？」

「眞的，阿嬤有交待，叫妳聽貴人的話。」

「眞的來了？」

「眞的，妳看，」我展示手臂豎起的汗毛，「阿嬤在這裡。」

開了門，見到兩個彪形大漢，身穿白色防護衣，面戴口罩，頭戴安全帽，腰間配棍棒，不像來救人的，倒像是緝兇抓鬼的。全副武裝，準備以暴制暴。

「拜託你們，把帽子口罩拿下來，這樣會嚇到我媽，」我說，「我保證她不會傷害你們，拜託拜託，拜託你們像個人，像個普通人一樣，不要嚇到我媽……」他們依了我，把該卸的東西卸下來。我哭得面目模糊，他們在我眼中同樣面目模糊。

回到媽媽身邊，繼續幫她穿外套，「媽，貴人有兩個，是白色的天使喔。」我說。

媽媽探頭偵測來人，猶豫著，「我不認識他們，我會怕。」

「我陪妳去，」我說，「我們一起去。」

「眞的？」

「我會陪妳，一直陪，陪到妳可以回家爲止。」我們相擁而泣，穿著歪七扭八顧不得任何細節之美的夾克，隨著「阿嬤派來的貴人」，一步一步走下樓，穿越幽幽泣泣的落雨聲，進入白色的救護車。

空寂的陰雨中，有金屬擊打石頭的回聲。細水打濕了無言的影子。「眞的是天使耶，」媽媽簡直是歡喜地，握住我的手，說，「都是白色的。人是白色的，這艘船也是白色的。」她將嘴巴埋在我的耳邊低語，「而且，我眞的看到紅色的光，神明眞的來保護我了……」我媽阿雪哭得眼都花了，她目睹的神蹟只不過是，救護車頂上旋轉的光。

半夜的精神病院，急診室喧譁如鬧市，像一座囂囂鼓動的火山，所有睡不著的瘋人都亂到這裡來了。媽媽說渴，我去飲水機汲水來喝，但是她累得癱了，每一根手指都笨得像腳趾，握不穩三角形的袋狀紙杯，對不準錐角般的出水口，每一滴水都顫抖著滑出嘴邊。

她生氣了，將紙袋丟在地上，「爲什麼不給我一個眞正的杯子！」

我奔去護士站，「請問你們有紙杯嗎？」

「飲水機旁不就有嗎？」

「我要眞正的紙杯，可以用雙手握住的那種紙杯，病人身體太弱了，沒辦法用那種杯子喝水。」

「很抱歉，我們只有這種紙杯。」

「那我可以向你們借個杯子嗎？我媽要喝水。」

「這裡不借杯子喔。」

「但是我需要杯子。我們想用眞正的杯子喝溫開水。」

「沒辦法，玻璃杯、陶杯、瓷杯、鋼杯……這裡全都禁用喔，怕患者摔破拿來自殘，或者傷人……」

患者很多，大夜班的醫師僅有兩人。等待的時候，媽媽想上廁所。但是廁所裡沒紙，必須向護理站申領。就連衛生紙也能變成瘋人的武器嗎？

「請妳多給我幾張，」我向護士說，「馬桶蓋都是濕的，要先擦乾了才能坐下。」

護士斜眼睨我，僵屍般伸出板直的手，遞出死物一般的衛生紙，彷彿在怪我蓄意找碴。

我望著護理站內的時鐘，「現在是半夜四點，這種時候來到這個急診室的，哪一個人不是累得快要發狂，誰還有力氣站上馬桶蹲著馬步撒尿拉屎？我們需要坐著尿尿。我們需要乾淨的廁所，乾淨的馬桶蓋，足夠的衛生紙。」

護士面無表情，懶得解釋亦不反駁，說，「我們馬上改進。」

她看我初來乍到，準是個難纏自恨的「新生」，還在狀況外，要求特別多。

在這裡，患者與陪病者看來並無不同：疲憊不堪，焦焚著眼，同樣脆弱易怒，同樣絕望。

急診室的空調冷得令人髮指，我問，「可以給我毛毯嗎？我媽淋了雨，我也淋了雨，這裡很冷妳知道嗎？」

我得到一條毛毯。

「可以給我兩條嗎？」我問，「我們有兩個人。」

「沒辦法，一名患者就是一條。」

「我的手機快沒電了，可以讓我充電嗎？」我們剛進急診室，護理站就沒收了我的充電器。

「不行喔。」護士說，「所有的電線、繩索，都是禁止的喔。」她們不關心妳如何渡過今晚，只須確保妳不會在此勒頸自殺。

「我的手機馬上就沒電了，我早上必須打電話向公司請假……」是妳逼我撒謊的。我心想。

「沒辦法，這是我們的規定。」

「那我把手機交給妳，拜託妳們在護理站裡幫我充電。」我說。

護士搖搖頭，說，「很抱歉。」

「只是舉手之勞，有這麼困難嗎？」

護士看著我，勉強笑著，不出聲。

「手機斷電以後我就無法聯絡任何事情了，這裡又不提供公用電話……」

「必要的時候，妳可以借用護理站的電話。」她回我。

「所以，我必須趁著手機斷電之前，把該記的號碼叫出來，一個一個抄下來？」

我好累，沒有力氣繼續爭辯：「理性」是這樣的嗎？是這樣確認自身的嗎？若是，這絕非一段理性的過程，倒像愚蠢的展示。

醫生總算擠出時間，繞到我們身邊。

量體溫，量血壓（很高，瘋了似的高），抽血送驗：檢查有無藥物、毒品、大麻、烈酒……要是真有這些東西，事情就容易多了。

「我媽去年得了肺癌，有沒有可能是轉移、擴散，腦子長了腫瘤？」我切切提問，他默默聽寫。大夜班的小白袍，年輕得像實習醫生。

「有沒有可能是疾病誘發的死亡焦慮？」我說，「她一直提起她過世的母親。」

小白袍埋頭書寫，十足學院派。我將所見所聞傾倒而出，像嘔吐，有什麼就吐什麼，人在哪就吐在哪，顧不得嘴有多亂，臉有多髒，現場有多滿。

醫生說話了。他問我媽：今天星期幾？現在是幾點？

我媽沒反應，只顧著將她寶貝的墨鏡戴起來。

醫生將自己的手錶伸到我媽眼前，問，「可以告訴我現在幾點嗎？」

我媽不回答。

急診室彷彿患了假性夜盲症，亮著死白的日光燈，要將入睡的盲人全都刺醒似的。我媽壓住墨鏡，不願讓醫師檢查她的眼睛。那支墨鏡是夜市買的，玩具般的裝飾品，圈著鮮綠色的塑膠框，益發神經兮兮，遮住半張臉。只有超級巨星會這樣，在臉上搭帳篷似的。

「妳今年幾歲？」

「多久沒睡了？」

「女兒說妳吃了安眠藥，總共吃了幾顆妳記得嗎？」

我媽阿雪答不出任何一題。臉上爬出某種極其悲傷的困惑。

「蔡雪雲女士，我再請問妳一遍……」小白袍稍稍提高了音量，「妳知道今天是幾號嗎？妳的身份證字號是多少？」

阿雪反應不過來，像個讀不懂唇語的聾人。小白袍加大了聲量，大口咬字，大唇吐字，「蔡—雪—雲—女—士，妳—哪—裡—不—舒—服？」小白袍奮力輸出「認知測驗題」，在搖搖欲墜的患者耳中彷彿責備，阿雪驟然下跪，「對不起我沒有受過教育，我不知道。」她抱住小白袍尷尬的小腿，幽幽泣訴，「我爸三歲就被抓去關了，害我不能念書……」

我趕忙解釋「我爸三歲」的意思，這怪異的文法，「我外公是政治犯，他入獄的時候我媽媽三歲。」

「醫生對不起，我沒有受過教育……」一個上了年紀的女人，抱著一雙二十幾歲的小腿，跪地伸冤，「對不起我是文盲，我聽不懂你在講什麼。」

（對不起。文盲到底對誰不起？）

「對不起我沒有讀書，」一而再再而三，「我寫字都寫不正，」不停重覆簡直歇斯底里，「只好寫ㄅㄆㄇ又怕人家看到，會笑我……」往事像冰凍的池水，結了半世紀的硬塊，突如其來的高燒、腦熱，將凍水急速融化，化成大大小小的碎塊，相互撞擊，隨著混亂的風向打旋，迴流。不斷循環堆積的汙垢，黏附於腦神經，摳也摳不掉。

醫生打了一針讓她睡，淡紫色的液體，美得像神話的眼淚、夢裡流出的果汁。然而現實的苦澀比藥劑更強，她恍惚著安靜下來，半睡了十幾分鐘又張開眼睛，看著我的臉，陌生地說，「阿文，妳在這裡……」掌心泌出汩汩的溫柔，「妳眼睛怎麼腫成這樣……」臉上浮出溫暖的悲傷，彷彿凡人所能經歷的每一種情感，好的壞的，同時爬到她的臉上。

清晨四點半，月亮即將化掉了，我步出媽媽的小隔間，渴望將自己收進某個安靜的角落，睡一下。冷氣好強，將活生生的人間陰成太平間。外套濕了，脫下又抵不住寒。想睡卻不能，只剩下哭泣了。

這一刻，我只爲自己哭泣。

診間的沙發上，一個已經冷靜下來的女人說，「什麼都不必，我只要回家。」女人滿頭白髮，中學生的髮式，由一個老帥哥陪著。老帥哥正向小白袍陳述剛剛發生的事：

「我姊沒吃藥，她把醫生開的藥全都磨碎了，混進家裡的飲水機……」

「我沒有，」白髮說，「你冤枉我。」

老帥哥不理她，專心向醫生投訴，「前天開始，我就發現家裡的水喝起來怪怪的，檢查之後，確實有沉澱物。我有帶樣本來。」

「我沒有，」白髮說，「你總是護著妹妹，不相信我。」

醫生問，「你跟患者住在一起？」

「是的。」老帥哥說，「她發病以後，夫家撒手不管了，只能由我接手，我單身，我這樣獨自照顧她已經快十年了。我每天都要上班，明天也不方便請假，能不能讓她住院幾天？」

「你們家住景美，都是去『耕莘醫院』不是嗎？」

「但是她最近發病的頻率太高了，」弟弟說，「我想換一家醫院試試看。」

「今晚發生了什麼事？」

「從我下班回家開始，她就一直吵著要我帶她去妹妹家突擊檢查，說她已經找到妹妹安裝的針孔攝影機，要我馬上帶她去妹妹家找監視錄影帶……」

「你妹住附近？」

「她嚇壞了，逃得遠遠的，住台中，有自己的家庭，兩個小孩。我姊抱怨我媽偏愛妹妹，懷疑我妹總在背後告狀，說她壞話。總之，妄想症啦。」

「你母親呢？」

「過世了，五年前。」

白髮沒插嘴，望著無助的弟弟，默許這隻忠犬可憐的自白。

「今天晚上，她從七點吵到十二點多，硬是要我帶她去妹妹家突擊檢查，我拒絕，她就打我……」老師哥捲起袖子，展示手臂的抓痕。

「我就跟你說有證據，你偏偏不信，這下好了，時機已經過了，錄影帶已經銷毀了……」白髮說。

醫生問弟弟，姊姊每天固定服用哪些藥，劑量如何，一日幾顆。

弟弟掏出空白的藥袋，一邊解釋一邊說，「你看，藥都不見了，她這幾天都沒吃藥……」

「你都不站在我這邊，我爲什麼要吃？」

「妳承認妳沒吃藥了?!」弟弟轉向白髮。

「我可沒有這樣說。」

「那些藥呢？」

「我怎麼知道去哪兒了？」

「妳在飲水機裡下藥，毒害我，」弟弟說，「妳這幾天都自己燒水自己喝，不喝飲水機的水。」

「你自己把藥放進去的，不要賴到我身上。」白髮魔女吃定了這柔軟善良的弟弟。

「她承認了，」弟弟扯著小白袍的衣袖，像是在拉攏證人，「她承認飲水機裡下了藥！」

「那是你自己下的藥。」白髮絕望而幼稚地霸道著。

「我爲什麼要對自己下藥？那對我一點好處也沒有……」弟弟說，「我已經沒有人生了，妳還要我怎麼樣？」

「我就說今天抓得到證據嘛，哼……」白髮堅持己見，「你幫我逮到證據，事情不就解決了嗎？」

「你看她就是這副德性，一直鬧，鬧到我上床睡了又把我挖起來，一直吵到剛才……醫生我拜託你讓她在這裡多住幾天好嗎？」

「所有的診斷、評估，要等到早上九點，幾位主治醫師會診之後才能決定，」小白袍說，「耕莘不再讓妳姊姊住院了，對不對？」

弟弟的眼睛暗了下來，「老患者，醫生護士都麻木了，要我帶回家自己處理，但是我好想休息，我需要睡眠，需要放假，只要兩、三天就好……」

我沒有辦法再聽下去了：種種暗裡生瘡的家庭祕辛，相愛之人共組的地獄。

白髮魔女的頭頂禿了一塊，像山頂砍伐掉的一片傷疤。病得太久，避世太遠，眼神反倒清純。雙臂交疊於胸前，不由自主搖晃著，像一張傻呼呼的課桌。

我聽見半睡的母親喊著我的名，趕回小隔間，「媽，我沒有跑走喔，我在外面休息。」

「這裡蚊子好多，一直叮我。」阿雪說。

這絕對不是幻覺。蚊子同樣擾得我心神不寧。向護理站索取電蚊香，對方說不行，「所有需要電線的物品，這裡一切禁止。」很熟悉的官方說法。

「但是病房裡的蚊子真的很囂張，我媽睡不著，」我說，「我把她帶到這裡來，唯一的目的就是，要讓她好好大睡一覺，但是你們卻在這裡養了一堆蚊子……」

「我們每天都請專人打掃。」

「那你們真的很能幹，這裡真的太乾淨了，馬桶蓋上都是尿，廁所地上都是水，四月裡冷氣開到最大，依舊趕不走那些蚊子。」我問，「有一種電蚊香片，直接插在牆上沒有電線的，可以給我那一種嗎？」我不斷爭取，對方不斷搖頭。

「那我再請教一下，」我說，「急診室跟病房裡的這些插座，到底什麼時候用得上？」

我回到媽媽身邊，將衛生紙捏成球體，塞入她的耳中，抵擋蚊子穿腦的魔音。將她露出的皮膚全部收進棉被底下。掀開她哭濕的手帕，覆在臉上。也只能這樣了。以如此克難的方式，適應這套系統的「理性」。

下一個患者是自己走進來的。一個年輕的流浪漢。他在街頭的資歷顯然很深，長髮糾結著盤在頸後，黑髮曝曬成淡淡的棕色。全身發臭。拖著撿來的菜籃，領著一身的家當進來「自首」。

「我沒有健保卡，也沒有錢，但是我頭痛，想睡覺，可以免費幫我打一針嗎？」浪人的聲音沒有曲線，沒有高低，像一條拉直的塑膠繩。

「你多久沒有睡了？」醫生在忙，交給護士問話。

「很久了，太陽跟月亮都消失又出來了，出來又消失了，我還是沒有睡著。」

「最近有吃藥嗎？」

「我有一盒頭痛藥，藥房老闆好心送我的……」他從菜籃裡挖出一袋小小的破爛，「還有這個，我自己去藥房買的……一顆十塊，我買了十顆，剩下一顆……。我好想睡覺頭好痛，但是我沒有錢也沒有健保，可以免費幫我打一針嗎？」看起來挺有經驗的。

他很臭，窮到底的那種赤貧的臭。

我站在離他最近的遠處，哭泣不止。

該怎麼辦呢？那些流進我眼中，感染了創痛的事物，該如何排出體外？

浪人的問題還沒解決，戒護員架著一個怒漢闖了進來。

戒護員兩人一組，摔角選手似的，扣押怒漢的雙肩。

怒漢身上有傷，傷口有血，手中有刀。

「我好恨，我好恨……」怒漢胸腔起伏，頸動脈搏搏跳動，「我想殺人，我想殺人……」手握的刀尖已經折斷，還沒殺到別人首先殺傷自己。護士貓著無聲的步伐，偷到他身後，打算採血送驗，被他識破。他暴跳著甩脫戒護員，起身大吼，「不要過來！不要動我！」血脈沸騰，肌肉賁張，「不要逼我，不要逼我……」他的節制有多強，體內的暴動就有多強。

眾人武裝起來，戰事一觸即發：小白袍一號、小白袍二號、戒護員一號、二號、趕來支援的三號、四號……停格成一頁或可名之為「白色武俠」的電影海報。

我退進媽媽的小隔間，聳起昏聵的肩膀，將無法上鎖的房門輕輕掩上，發現自己依舊貪生怕死，可見我並不絕望。

母親聽見了我，如夢似幻地說，「妳阿嬤說我今年會得到模範母親。頒獎的時候，記得把我打扮得漂亮一點……」

「好，我幫妳畫眉毛。」

門外安靜了。怒漢不見了。憂愁的浪人還在。新來了一對老夫妻。

「她一直開窗，想要往外跳，我整晚一直盯著，跟她拉扯……」老先生看來該有七十歲了。夫妻倆全身濕透，裹著毛毯，顫得牙齒都響了。這個四月冷得詭異極了，冬天搖著尾巴不肯走，春天探出耳朵不敢現身。

「我跟她戰了一整夜，戰到天都快亮了，哄她出門去散步，想說到了地面，總不能跳樓了吧，結果她一路亂跑，追得我要死不活，她就給我這樣跳進水池裡去了……」

小白袍問，「您太太過去也曾這樣嗎？還是……」

「她有分裂症，」老先生說，「最近換藥，好像適應得不太好。」

接到報案的警察守在一旁，寫著筆錄。

「她這毛病很久了，兒子死了以後才病的。我兒子已經走了二十幾年。」老先生一邊說，一邊在筆錄上簽名，「你就先打一針讓她睡兩天，借她一套住院服，等我也睡飽了，就帶她回家。」

老先生經驗豐富，沒有情緒需要張揚，拿出隨身攜帶的健保卡與重大傷病卡，將卡片交給護士。

老太太閉著雙眼，將自己裹進毛毯裡面，不說話，像一枚微笑的繭，作著白色的夢。腦子像宇宙，下起綿綿的細雪（幾個小時前，她剛經歷一場疾厲的暴雪）。雪細得像鹽，緩慢、悠長，薄薄的一層，疊覆於另一層薄薄的細白之上，一點一滴，將愛與痛埋葬，直到什麼也記不起，什麼也不必記，再也沒有什麼值得一提。

「做母親的最傻最可憐，愛小孩愛到不要命了……」老先生自說自話，「她的問題就出在她太愛小孩了，就連年輕時的那次流產，都沒能讓她忘記自己的小孩，有時候她還會問我，那個小孩現在住哪，嫁人了沒，一心一意相信自己流掉的是個女嬰……」噢，年輕的媽媽一度擁有，孕育了幾個月，終究沒能留下的小孩。

唉，老先生嘆了一口氣，說，「做人還是別當父母比較快活。當媽媽尤其是一件危險的事，一個人怎麼可能同時最心軟又最堅強呢？」老先生自動自發，要求測量自己的血壓，兀自摸著口袋，說，「我也該吃藥了。」

天光乍現的時候，一個男孩被架了進來，白色的束帶捆住四肢，綁過腰際，他在擔架上掙扎呼喊，憤憤叫罵。隨同出現的有一個老校警、一個粗壯的舍監。

男孩是外文系的，大一新生。

「他在自己的電腦上面噴漆，三個室友的電腦也被他噴上油漆，最後還拿出水果刀，把還沒關機的電腦螢幕戳破了，差點鬧出火災……」舍監冷冷地說。他對男孩的怨怪遠遠勝過哀憫，「已經通知他爸媽了，正從宜蘭趕過來。」

小白袍問他的名字，他答，「我沒有名字。」

「我現在要幫你抽血，可以嗎？」

「我沒有血。」

「死小子，把宿舍搞成一間地獄，」舍監說，「紅色的噴漆，叫他自己去洗。」

小白袍對男孩說，「抽血是標準程序，我必須知道你體內有什麼東西。」

「我的體內除了死去的信任，沒有其他東西。」男孩奮力掙扎，解不開束綁，四肢勒出血痕。

「不過就是失戀，也能搞成這個樣子……」這個舍監簡直是個軍訓官，一個鼻息咻咻的獨裁者。男孩臉上的傷，想必是舍監於纏鬥中奉送的。

「能不能告訴我你的姓名、體重、年齡，」小白袍問男孩，「今晚你有喝酒嗎？」

「體重有什麼意義？年齡有什麼意義？把我放了！少來這麼多廢話！」

「好，我不問，我聽你說。」

「說什麼？說謊嗎？」男孩對小白袍說，「除了謊言你還說過什麼？」

「好，我們都不說謊。我說實話，你也說實話。」小白袍說。

「你想聽眞話？」男孩試圖轉動那顆也被壓制的頭顱，對著圍繞於擔架的眾人、於想像中滿室的旁觀者，大聲問道，「你們眞的想聽眞話嗎？」

April is the cruellest month，男孩大聲朗誦詩句，以咆哮的力氣：

breeding
Lilacs out of the dead land, mixing
Memory and desire, stirring
Dull roots with spring rain.
Winter kept us warm, covering
Earth in forgetful snow, feeding
A little life with dried tubers.

四月殘酷至極，孵育
死寂土裡的丁香，攪拌著
回憶和慾望，放任
春雨澆惹遲鈍的球根。
隆冬給我們溫暖，封存

大地於雪色遺忘，讓乾癟的塊莖獲得些微生機。

這男孩眞是嚴肅啊，居然可以背誦艾略特的《荒原》。凡事當眞，難怪會垮。而我們確實身在四月，於放肆的春雨裡發顫，於精神病院遼曠孤寂（同時擁擠不堪）的荒原之中，求死而不敢，求生卻無助：疑惑著該如何生，該怎麼活，該怎麼生活？

男孩的父母到了，慌得像一雙溺水的手，失去表情，失去脊柱，失去步伐，彷彿就連恐懼也丟失了。

男孩見到父母，狂躁地炸了開來，「是誰通知的？誰把他們叫來的！」怒目指向舍監，「騙子，騙子，你這個騙子！」

破曉的晨光穿過狹窄的氣窗，獰笑著。

「把我放了！」他叫喊，「把我放了！」男孩激烈抽動身體，像猛然發作的火山，噴出冒泡的岩漿。

母親替兒子求情，「拜託你們別綁他綁得那麼緊，他都受傷了……」隨即轉向她心愛的孩子，動手按摩出血的四肢，「不怕，媽媽在這裡。」

「叫他們把我放了！」兒子命令母親，「否則從今以後，我將不再是妳的兒子！」他吠吠罵罵，以侮辱的言辭包裝卑微的懇求。全身的骨節都在跳，彷彿裝了強力彈簧。

爸爸傻在一旁，哭不出聲。溺水的人是哭不出聲的。

「你有什麼心事，告訴我們好不好？」爸爸說。

「你們眞的想聽嗎？」男孩說，「你們有勇氣聽我說眞話嗎？」男孩的喉嚨漲滿了，渾厚得像在佈道、演講，又像在街頭抗議。

「仔細聽好囉，」男孩將聲量陡然放低，「我要說眞話囉，」像體操選手起身飛躍之前，將雙膝驟然彎曲半秒，「我要說眞話囉……」

我旁聽著，目擊了。

震驚，混亂，目瞪口呆。

痛哭以致無法呼吸，任憑涕淚嗆傷口鼻。

我無法重述男孩給出的任何一字，不是因爲內容太過艱澀，無從記述，也不是因爲他說的話太過殘忍，令人想逃。甚至也不是因爲痛。而是，他說的不是人話。

男孩張大嘴巴像在嘔吐，嘔出一串沒有意義的聲音，下顎與嘴唇扭曲變形，眼鼻表情與他發出的聲音同樣難解，同樣猙獰。他說的不是人語，甚至也不是狗語猴語或任何動物的語言。

那直指性命的鬼哭神嚎，驚醒了急診室的每一個人，患者由四面八方響應，疫病般瞬間擴散。

每一個小隔間裡的每一張床，或哭或叫或者吶喊。每一個出事的腦袋全都再次受到震動，將腦中的事故重演一次。

精神病院的急診室，像逆倫者借宿的房間，人多擁擠，獨處時又嫌荒涼。

鬧到清晨八點，所有的瘋狂都累壞了，安靜了，還有一個聲音依舊醒著，在走廊的尾端吶喊：

我要睡覺，我要睡覺，我要睡覺，我要睡覺……。

倘若可以藉由「字體大小」表達抗議的強度，則那句「我要睡覺」，該是由三級的細明體（垂死般虛弱的呻吟，比手錶上的數字更小），以等比級數一次一次放大，成爲九級的細黑，再擴大爲八十級的粗黑，直到六百級的超黑體，成爲報紙的頭版標題還不夠，繼續衝撞，直到喊破喉嚨，再墜入有氣無力的細明體。

我要睡覺……我要睡覺！我要睡覺！！我要睡覺！！！

他躺在醫院的枕頭上，像躺在自己的墳頭。他要將所有的墳墓都叫醒，把六張犁（離這座醫院其實很近）的孤魂野鬼全都叫醒。

星星月亮都累了，太陽也化了，浪人的菜籃也暈死了，沒有人回答他，即使每一個人都醒了。

我要睡覺，我要睡覺，我要睡覺，我要睡覺……。他就是自己的回音。

我聽得頭皮發麻，喉嚨發燙，逮住正要換班的小白袍，問，「爲什麼不再多打一針讓他睡呢？」小白袍答，「已經打過三針了，血管裡都是藥，再打就會有生命危險。」

「這樣還睡不著，怎麼辦？」

「沒辦法了，」小白袍說，「妳別聽他聲音這麼有力，已經八十歲了，跟妳爺爺一樣，火燒島出來的，老患者。」

「是我外公，」我說，「蹲過政治牢的是我外公。」

小白袍指著門邊的一個女孩，說，「那是他的孫女。」

我老早就注意到這個女孩，她整夜將自己安置在角落的一道沙發裡，一派冷靜、淡定，簡直要算是恬適地，讀著隨身帶來的漫畫書。自備靠墊，時而充當枕頭，自備毛毯，換上寬鬆的睡褲。顯然她早已習慣，習慣了半夜的精神病院、急診室。女孩好整以暇，甚至還有能力微笑，自烈燄般「我要睡覺」的吶喊抽離，投入漫畫中的某個情節，某個新奇的人性弱點。她的血脈裡淌著一條深靜的河流，見怪不怪，早早就經歷了百年一遇的災禍，不再輕言氾濫。

我看著她淡定的面容，一時悲從中來，又哭了（妳這沒用的破東西，我只能在心裡咒罵自己）。

要怎麼流出呢？進入眼睛的如何流出眼睛？

今夜所見的一切全都流出眼睛了嗎？成爲淚水就乾淨了嗎？

但那些進入耳中的呢？進入耳中的那些，要如何流出去呢？

我要睡覺……我要睡覺……我要睡覺……我要睡覺……八十歲的老政治犯猶在吶喊：我要睡覺。

我向護士再要一疊衛生紙。算來我這「精神病院的新生」，一夜哭掉了怕有一整盒的衛生紙吧。適應冷空氣，流出鼻水。二十幾個小時沒睡，冒出鼻血。適應眼見的一切，流失淚水。適應耳聞的一切，流更多的淚水。哭得連尿意都沒了，還在哭。適應本是一再流失的過程。

女孩走向我，遞來一包面紙，說，「給妳，這種紙比較細。」當我說著謝謝接手「過來人」送出的禮物，忽而發現自己似乎「熬」過了：鼻涕停了、鼻血沒了，眼淚也收止了。熬過了。適應了。雖則今後還有無數「熬不過」的夜晚等在眼前。

無名塚沉默著。故事滅絕著。刑求者不讓你睡。
惟瘋狂、囈語和妄想，得以贖回殘破的記憶。

一九六六（這不是大家習慣的白色年代），政大學生許席圖，讀了一篇報紙投書，「人情味與公德心」，美國旅台學生寫的文章。投書中批評了國人的壞習慣，令愛國的許同學生出滂然的羞恥心，號召大學生投入公益，「以服務淨化社會」。許同學「籌組叛亂組織」，被捕後刑求發瘋，送入療養院直到死亡。

當時的療養院，只能說是瘋人院。所謂的治療，無非捆綁、打罵與電擊。與「政治」對他們的「治療」並無差別。

花蓮的玉里療養院，前後總共收容過四百多個這一類，政治精神病患。

也有的，不曾住院也沒回家。例如吳同學，陸軍官校畢業生，精通中國史，「能從黃帝背誦到近代」，獄中聽說弟弟慘遭酷刑至死，精神崩潰直到出獄，不知飢寒溫飽，離家游蕩，四十五歲就死了。

綠島有個姓王的，哭哭笑笑自言自語，離營上山一去不回。發現時已成腐屍。

就連我遇劫的那條大道路，也收容著一段類似的身世。

事主是個老兵，黃埔六期，湖北人。共產黨拿下湖北，他投奔老K來到台灣，在萬華夜市作生意。這人犯了什麼罪？資料不明不確定。出獄後已經失神，送到貧民住宅，再轉送松山痟病院。好了。我不要再聽這些了。時間退回一九四七，彭孟緝說，「二二八事件善後的處理，在光復節前（全）部處理完畢了。此後，我希望永不再提起這件事。」這是彭司令在「第一屆省參議會」的談話。他的講稿漏了一個「全」字，記者替他補上了。

同時間的報紙，躲著一則小小的社會新聞：

昨夜天氣突然轉冷，日來米價大有跳出六十大關之勢，街頭乞食者比往日更多。今日上午太平町一帶，有一裹三寸金蓮小足之婦人，由一六七歲之小孩陪同，沿戶乞食。因足過小，隨帶一張小凳。看其服飾係出小康之家，非一般乞食者可比。記者上前詢問，答稱：羅東人此次水災後，來台北尋親無著，返家又乏路費，家內所剩者僅餘母子二口，別無它物。

新的佔領者說著沒人聽懂的語言，伸手就要拿。「他們穿中山裝的，袋子特別大，隨時找麻煩，紅包塞進去就沒事。」連砂糖也列為管制品，將絹私變成有利可圖的業務。彰化一個小商人，偷運五、六袋糖，警員扣人查辦，家人送錢馬上獲釋。一九四九，戒嚴前三天，五月十七日，一石米的價錢，已經漲破一百萬元。六月十五日，舊幣四萬換新幣一元，新台幣自此誕生。隔年，一九五〇，清鄉大逮捕。起初並不關押，在街頭與火車站槍殺，殺完並不收屍，張貼布告示眾……。

家屬領回遺體，必須繳付五百元的贖金。付不起贖金，或隻身來台的大陸人，轉交國防醫學院，供作解剖練習。詩人藍明谷的家人遲了幾步，追到醫院，將他自福馬林的池水撈出。

有個老農夫，在田間撿到一疊漂亮的喜紙，摺飛機給孫子玩，比賽誰射得遠。這些紙飛機眞不是蓋的，穿越田邊的馬路，落入警察手中。紅色的紙面，印著對岸風行的簡體文。農夫判刑七年，出獄時將近七十歲。他一直以為自己犯的是「種稻罪」，因為「政治」這兩字，發音近似台語「種稻」——審判過程中，沒有人為他翻譯。

另有一個留日醫生，姓「奇」，在桃園開診所。附近的孩子打棒球，砸破玻璃窗，日籍太太翻出小孩玩剩的貼紙，在裂縫黏貼三顆星星。奇醫師判刑十五年，妻子於驚恐中逃回日本。

我媽阿雪的父親加入工會，要求恢復職位與待遇。身爲兩個孩子的父親，看不慣接收者霸佔高位，將本地人才往下擠，往失業裡擠……

此後，那些不能說的故事化做耳語，傳遞著家族祕辛，一路改寫變形，歪歪倒倒，化做風的影子。被新添的細節汙染，成爲虛構。加入恐懼的穿鑿、夢的附會。

「我們很想說，但是你們不想聽，連我兒女都不想聽……」3596說。

記憶創傷，本是「再創傷」的過程。連「現實」都過氣了，何況歷史?

「如今我們要走了，年輕人趕不上了……」3596自嘲：我們的「互助會」已經變成「送行者互助協會」了。

是的，我們趕不上3596、2046、2051、9047……的故事，只趕得上他們的葬禮。

18

G

「像我們這種人，得了這種病，就到另一個世界去了⋯⋯」

一顆雨滴落入我閉上的眼睛，我眨動眼皮，不知自己身在何方。

張開眼睛，我看見一扇窗簾，簾外日光灩灩，將全新的一天晾乾了。

我躺在一個房間裡面。腦袋膨脹著高熱，眼底起了水泡，耳鳴聒叫不止，但是我聽得見。

我聽見窗簾外的小花台，有蝸牛爬過細長的草莖。

我聽見蛛網在即將靜止的氣流裡晃動，有東西自上面掉下來，疑似被吸乾的蟲身。

我聽見屋外水溝裡、某個深邃的暗影中，受傷的蛾抬起翅膀的聲音。

我聽見自己的背後有人，面朝向我，發出緩慢深沉的呼吸。我可以聞見他的氣息，似乎是個有點年紀的男子。

耳鳴不止，我卻比任何時候都聽得仔細。我可以穿入聲音的纖維。

噢我看出來了，這是媽媽的房間，我回家來找健保卡。

我憶起不久之前，被疲憊一拳擊倒，厥入昏眠的暈睡中。

我不知道自己睡了多久。

背後陌生的呼吸持續著，會是誰呢？不可能是我爸，回家時他早已出門了。我數著拍子，鼓起勇氣翻過身去。其實背後並沒有人。

聽覺過敏，是幻聽還是神聽？身心承受至極，感官如金屬磨得尖銳異常：狐的耳朵，狗的鼻子，貓的髮膚。

我在心靈的亂流之中體驗了超越極限的事物。我聽見牆壁咳嗽的聲音。

快要十二點了，離開醫院的時候將近九點。

大約四小時前，八點一過，護理站的女人遞來一疊文件，要我去櫃台結帳。

「櫃台怎麼去？」我問。這間醫院，我只認得急診室而已。

「出門沿著地上的黃線走，跟著黃線就不會錯。」

「但是我沒帶健保卡。」

「那就先自費，再回頭補辦退費。」

我檢查自己的皮夾，說，「我身上的現金不夠。」

「可以刷信用卡。」護士說。

離開前，聽見碰碰碰的撞擊聲，這才意識到急診室的另一頭，豎了一道銅牆鐵壁。

「牆壁那頭有人嗎？」我問。

「都是人啊，」護士說，「全都是住院的人。」

他們已經吃過早點，正繞著花圃散步、聊天、做早操。總有幾個不情願的患者，踢著牆壁抗議，要求得到釋放，也有的只是頑皮，想找「隔牆的」玩玩密碼遊戲。我聽著護士的解釋，無法分辨眼前這個人，究竟是大夜班的那個討厭鬼，還是清晨換過班的。

銅牆鐵壁那一頭，不就是當年，秋香阿姨離開的地方嗎？有人說她繳不出費用，被院方「技術性」拋棄；有人說她是自願的，逃跑的。

「身為女人是一件危險的事，身為瘋女人尤其危險。但是，危險的事總是最好玩的。認出了危險還願意鋌而走險，就是自由……」那個主張「秋香自決論」的盲人這麼說。

秋香失蹤的時候我才剛上小學。這些人這些事，全都是長大以後聽人拼湊起來的。

我問護士，「有個患者，姓謝，名叫……名叫（我揮動手指，召喚回憶）……謝世民還謝世君的……總之姓謝，是個男的，全盲還坐輪椅的，我七歲的時候他大約四十出頭，現在應該六十了……妳知道這個人嗎？」

「當然知道，他很有名，」護士說，「他在這裡住了一輩子，大家都叫他謝總統。」

「他還住在這裡？」

「對呀，」護士說，「他叫謝世俊啦，英俊的俊。」

「他就在這片銅牆鐵壁的後面？」近在眼前同時遙逝如昨的，絕對禁地。

「牆壁那頭是小花園，」護士說，「謝總統坐輪椅又看不見，對戶外活動沒什麼興趣，他喜歡寫詩。」

「盲人怎麼寫詩？」我問。

「就用唸的啊，叫他女朋友幫忙寫下來。」

「他還有女朋友喔？」

「跟他一樣資深的啊，老病友。」護士說，「他女朋友幫他寫下來，還投稿呢，中過一次，上過報紙。」

「眞的喔。」

「還放大裱框呢，掛在門診部，第四診的外牆上。他的主治是第四診的邱醫師，是邱醫師出錢裱的框。」

出了急診室，沿著黃線走到繳費櫃台。媽媽前後打了兩針，兩千七。櫃台的女人見我可疑，問，「這是妳的信用卡嗎？」她不相信我有行爲能力。

「難道是我偷來的嗎？」我看起來像一袋垃圾，我知道。

「信用卡的名字與患者的身份不符喔。」對方說。

「因爲我不是患者，我是患者的女兒。」

我的眼睛腫得像核桃，臉頰腫得像發酵的麵團。頭好昏，腦內塞滿口香糖，有個淘氣的拇指姑娘關在裡面，生著悶氣，忽大忽小吹著橡膠泡泡。

刷卡繳費之後，循著綠色的粗線走上二樓門診區。

好溫暖啊這裡。萬事太平似的。剛從地獄的後門逃出來，恍惚中以爲到了渡假旅館。有個男孩推著餐車，與我擦身而過，沿著一間一間的候診室，推銷剛剛出爐的早餐：有全麥麵包、火腿起士漢堡、鮪魚三明治、果汁、豆漿、熱咖啡，「全部都是現做的喔……」男孩賣得很帶勁，一路呼口號。

患者在醫院附設的烘焙教室學習謀生技能，男孩在陌生的「自己人」之間，行走叫賣，彷彿在自家的走廊做著小生意。

「哈囉，」我自背後叫住他，「給我一份三明治。」

「這是要收錢的喔。」男孩說。

「我知道，」我改口，「我要『買』早餐啦。」

他問，「妳要買哪一種？」

「哪一種是你做的？」

他指指全麥麵包，說，「我今天沒做三明治。」

「那我買一個全麥麵包。」其實我吃不下。

一手交錢，一手交貨。男孩轉身以後我追上前去問他，「你認識一個叫做小光的男生嗎？」

男孩搖搖頭說不認識。

「跟我同樣年紀，二十四歲，頭腦跟心臟都開過刀的（我比劃著胸前與頭蓋的刀疤），他叫小光，是我的幼稚園同學，你聽過這個人嗎？」我重複一次，「小光，他叫小光。」親愛的親愛的，我粗魯可愛、神經兮兮的低能兒。

「我不認識。」男孩說。

小光舉家搬遷那日，天空燦亮無雲，像一片倒轉翻天的海平面，寧靜無波。大家都嫉妒死了，愈是嫉妒恭喜得愈是大聲。他媽媽經營的理髮店升級了，加入某個連鎖品牌，朝市中心挺進了三、五條街，一開就是兩間。多年後的這一刻，我首次召回並且再度看清小光的臉：下巴涎著透明的口水，永遠笑嘻嘻的。

在某種疲倦到底、傷心脆弱、精神錯亂以致官能敏捷的記憶牽引底下，我想起搬家那天，最後一次見到小光的情節：

小光笨手笨腳，被赦免了打包裝箱等一切勞務，我捧著送別的禮物（一疊收藏兩年，捨不得撕開，於暑熱中冒油出水的貼紙），尋覓小光的蹤影。我沿著一排騎樓的陰影裡去，於陰影之中望見一個男孩，坐在中醫診所的門口，皺著一張欲哭無淚的小臉。

「小光，你怎麼了啊？」我問。

「我媽叫我來的。」他說。

「你生了什麼病啊？」我再問。

小光吞下一嘴濕黏的委屈，說，「我—要—變—聰—明—」一字拖曳著另一字，字字沾滿了泥濘。

小光的頭上扎滿了針，長長短短共有三、四十支吧。密密麻麻覆滿頭顱，穿進耳輪與眼窩，眉毛苦成八字形，雙手捧著一本教科書：我—要—變—聰—明。

我越過麵包男孩的慢速餐車，直接抵達第四診，找到牆上那一頁，放大裱框的詩行。

繆斯在她踩破一隻蝸牛的昏昕
她用她沒有腳的身體
匍伏在神龕前吐出
一隻又一隻蝙蝠。於是

正在梳洗的太陽決定把黑暗
平均分配給人類，
把潮紅給了貧瘠的土地

裱框中疊了一張作者的獨照。眞是隆重啊。謝世俊戴著墨鏡，在「圖片說明」裡搞笑：「姑娘妳全身脫光沒關係，我沒有眼睛呀。」好瞎喔，這笑梗眞的滿瞎的。在投射燈的光照底下，我極目尋找謝總統眼眶裡淨黑的空，沒有任何充當義眼的球體或彈珠。我望著假想中皺巴巴的黑洞，彷彿看不到盡頭，似乎只要看得夠久、夠深，便能直取他的夢、他眼底的希望與憂愁。

喜悅像一根濕頭髮，黏住我感傷的皮膚：原來你在這裡呀，謝叔叔。

你如何讓身負的這些創傷，一件一件得到釋放？

可不可能這些傷，終究會獲得自由？

醫院來了電話，催促著，「妳媽醒了在找妳，請妳馬上過來。」

「我回家拿健保卡，不小心睡著了，」我握著正在充電的手機，聽見媽媽恐慌的哭叫，「請妳安撫一下我媽，告訴她，我馬上就到了。」

打電話叫車，6884六分鐘。剛剛撥電話時，一張口就噎著了。喉嚨一夜之間乾成一口枯掉的井：井水全被抽光了，久違的陽光曝曬著，露出礦鹽與砂粒。

我好渴，偷著時間跑去廚房找水喝，在瓦斯爐邊看見一隻蟑螂。這隻可憐蟲翻了身子，裸著肚腹，無助地擺動細瘦的下肢。

我戒備著對穢物的成見，一步一小心（思索著該如何出手，讓牠一次斃命卻不爆漿），下手之前發現這隻蟲的軀體異常飽滿厚實，圓滾滾的。原來不是蟑螂而是一隻金龜子：幼童時期我最愛的玩伴之一，僅次於瓢蟲。

在自小長大（實則不斷逃離又歸返）的老家裡，遇見兒時的玩伴：這隻甲蟲自遙遠的過去回到未來，闖入當下，彷彿五歲的我派遣的神獸，安慰當前已然破損的成人生活。

牠像卡夫卡筆下的G，驟然現身，直接從小說裡被抬了出來，擺在我的眼前。

牠是怎麼進來的？這隻金龜子？前一夜大門敞開、一身雪白的「貴人」等在門口時，牠正巧飛了進來嗎？……不對，我們是從阿莫家出發前往精神病院的。可能是爸爸出門的時候吧。或許是我回家的時候。

問題是，爲什麼牠翻了身子？——彷彿有外力介入，撥弄著牠的命運與形狀，讓牠以「G」的姿態，於這樣的時刻與我相遇。

如此精緻美麗，打敗地心引力的奇妙生物，一旦翻了身子，背殼著地，竟完全無法自救，只能臣服於重力的吸迫、死亡癱瘓的力量。

牠盲目踢動無助的手足，等待陌生人出手相救。

我伸出食指與拇指，試圖將牠捏起。必須夠緊，以免鬆脫墜落；還要夠鬆，以免傷害了牠。這需要精準的控制力，足夠的平衡感。我歪著轟轟作響的腦袋，恍惚至崩潰的邊緣，將牠輕柔而鄭重地捏了起來。

這隻金龜子並非綠色的那款、比較常見的品種。牠的全身都是金色的，閃著百分之百、毫不妥協、至純至燦的光芒。

我以兩指銜住牠，打開窗，忐忑將手一放，牠就飛走了。

是的，牠會飛。

是的，G會飛。

納博可夫說得沒錯，G擁有自己並不察知的、飛翔的能力——正常人絕對匱乏，唯異常與殘疾之人獨有的，「非常」的自由。

正午的陽光灌入我的眼睛，再滿了出來。世界傾斜了0.001度，沒有人發現，但是我感覺到了。

阿莫才剛出院又回到醫院，陪伴我。由「台大醫院的患者」化身「松德醫院的看護」。醫生判定我需要治療，故而，我該算是患者還是家屬，這界線已經模糊了，崩潰了，再也不重要了。

阿莫告訴我，小海去了捷克。他在我搬離那一晚，以鐵鍊與衣架抽打自己的背。那血肉模糊的傷痕已經復原了，阿莫說，「他已經好了，我才敢告訴妳的。」

「我有印象，」我說，「他不給我看。他在保護我。」

屋外吹著大風，一塊縝密的黑雲，在夜風的穿扯下，自邊緣開始潰散。

最先崩潰的總是邊界。

人與人相近、相靠、相同、相愛，也要先經歷邊界的崩潰吧。

然而這世間，並不存在「復原」這回事。就像骨折後傷癒的人，行著相同的步態，出入相同的城市，但一切都不一樣了。只有筋膜最深的疼痛知道，所有錯了位的並未歸位，此後再也不會，再也不會回到原位了。

我的四肢百骸歷經一次全面的拆解，重新組裝，成爲一個全新的人。

更疼痛、更歪斜，因而多了一點智性與慈悲的品質。

夏天戀著春天的背影，重重壓上來，氣溫一天高過一天，才剛打破紀錄，又有新的紀錄要破。

只要有一朵花在陽光底下枯萎，就有另一朵花等著綻放。

小海來了簡訊：在布拉格。已經跟卡夫卡商量過了。他說好。

卡夫卡答應了。對此我深信不移。正因他已經死離，成爲一份無可企及的幻象，我的願望才會達成。這美麗的承諾一旦成立便無可推翻，免於科學的破壞、實證主義否定的力量。不撤銷、不反悔，全然交予信念，就像卡夫卡尖尖的耳殼裡，堅實如幻聽的永恆，就像卡夫卡眼中，深邃如謎的黑暗。

我相信自己得到祝福，可以開始寫小說了。

0 後記

其實，Holden住的並非精神病院。他傷的不是心，而是肺，他爲肺結核住院。我不但錯了《變形記》，還錯了《麥田捕手》。他的白髮並不止於瀏海，遍及半顆腦袋。

不過，醫院確實派了精神醫師來問診，評估「適應」社會的「能力」。

2046的出處，讀過書的都知道了。3596與9047呢？

3596來自一部電影。不，不是希區考克。

9047來自一部劇本。提示：木蘭花。不，不是被片商譯成《心靈角落》的那部Magnolia。

Magnolia的花語是「寬恕」。

小說結束，人物暫停，猜謎開始。

感謝綠島牌老先生：

陳傳枝、陳孟和、張敏生、陳英泰、顏世鴻、王文清、劉建修、李金火、李熒台、陳玉藤、宋世興、葉萬吉、鄭逢春、蔡焜霖、盧兆麟、郭振純、涂南山、陳鏗、陳景通。謝謝你們跟我說話。

感謝火燒島老太太：

張常美、張金爵。另有許多我還來不及認識。

感謝他／她們的書寫、繪畫、攝影、錄像，與研究：

陳英泰、顏世鴻、陳孟和、胡慧玲、林世煜、曹欽榮、李禎祥、林芳微、鄭純宜、陳翠蓮、陳銘城、滕兆鏘、歐陽文、施並錫、李萬章、楊老朝、歐陽劍華、陳文成基金會、民間眞相與和解促進會、中研院近史所。

小說裡「謝世俊」的詩句，取自吾友「林触」未發表的詩作。